AF307848

Nadin Maari wurde in Deutschland geboren, wuchs in Österreich auf und lebt heute mit ihrer eigenen turbulenten Familie, und etwas mehr als tausend Büchern, wieder in Deutschland. Kinosäle und die Berge sind ihr zweites Zuhause, genauso wie der Wald vor ihrer Haustür. Begleitet wird all dies stets von einem schokoladigen Stück Sachertorte, garniert mit knallbunten Macarons.

Nadin arbeitet als Beraterin für ein IT-Unternehmen, doch die Sprache der Programmierung genügt ihr nicht. Begeistert stöbert sie nach Worten, ersinnt Figuren und webt Geschichten – am liebsten mit einem Glitzerkörnchen Magie und Glücksende.

NADIN MAARI

Happily Ever After

Das Glück wartet überall

Überarbeitete Neuausgabe August 2021

© 2021 dp Verlag, ein Imprint der dp DIGITAL PUBLISHERS
GmbH

Made in Stuttgart with ♥
Alle Rechte vorbehalten

Happily Ever After

ISBN 978-3-96817-797-7
E-Book-ISBN 978-3-96817-573-7

Covergestaltung: Anne Gebhardt
Umschlaggestaltung: ARTC.ore Design
Unter Verwendung von Abbildungen von
shutterstock.com: © lucky vectorstudio, © Oliver Hoffmann,
© Elizabeth Parkhomchuk, © canadastock , © Steve Cymro,
© Pani Garmyder, © LiliGraphie
Lektorat: Daniela Höhne
Satz: dp DIGITAL PUBLISHERS GmbH
Druck und Bindung: Books on Demand GmbH, Norderstedt

Für meine Omi Gisela.
Danke für all die Märchen

1

Lucinda

»*Rucke di guck, rucke di guck, kein Blut im Schuck: Der Schuck ist nicht zu klein, die rechte Braut, die führt er heim. Und als die Tauben das gerufen hatten, kamen sie beide herabgeflogen und setzten sich dem Aschenputtel auf die Schultern, eine rechts, die andere links, und blieben da sitzen.*

Als die Hochzeit mit dem Königssohn sollte gehalten werden, kamen die falschen Schwestern ... äh, ich meine, da kamen alle Gäste ... und wenn sie nicht müde geworden sind, dann tanzen sie noch heute.«

Schnell schließe ich das uralte, in weiches Leder gebundene Märchenbuch und lasse es auf meinen Bauch sinken.

»Meine liebe Cinda, das haben die Herren Grimm aber anders aufgeschrieben.« Viktoria grinst mich an und stellt ihr Teeglas, in dem die Eiswürfel klirren, neben sich auf den Boden. Entspannt verschränkt sie die Arme hinter dem Kopf, während ihre Hängematte sanft hin und her schaukelt.

Rosanna, die bis eben mit geschlossenen Augen in einem Liegestuhl dem alten Märchen gelauscht hat, wendet sich Viktoria und mir zu. »So ist der Schluss viel schöner und außerdem schlummert Linda schon seit dem dritten Ball im Traumland.«

Ich erhebe mich aus meiner eigenen Hängematte und gehe zu Rosanna, um ihr vorsichtig deren kleine Nichte abzunehmen. Linda lächelt im Schlaf und schmiegt ihr Köpfchen mit dem flachsblonden Haarflaum an meine Halsbeuge.

»Ich lege sie in ihr Bettchen. Soll ich uns noch mehr Eistee mit rausbringen?«

Murmelnd deuten meine Mitbewohnerinnen ihre Zustimmung an und ich trage Rosannas Mini-Nichte über die Dachterrasse hinein in die Wohnung. In Rosannas Zimmer lege ich sie sacht in das Reisebettchen.

»Gute Nacht und schlaf recht schön, morgen werden wir uns wiedersehn«, flüstere ich beim Zudecken und schleiche aus dem Zimmer.

In der Küche schnappe ich mir den Krug mit dem restlichen Eistee, den wir am Nachmittag unter viel Gekicher zusammen mit Linda mit allen möglichen Kräutern zusammengebraut haben, und bringe ihn nach draußen.

Einmal im Monat gehört Rosannas Wochenende ganz einem ihrer diversen Nichten und Neffen. Auch ich liebe diese Tage und selbst Viktoria, deren Hauptlebensplatz ihr Arbeitsplatz ist, versucht dann, mehr Zeit zu Hause anwesend zu sein.

Als ich zu den Mädels zurückkehre, verabschiedet sich hinter den Baumwipfeln vor der Dachterrasse gerade eine spektakuläre Abendsonne, die alles in orangerotes Licht taucht. Der süße Duft der Robinienblüten unten im Garten weht durch eine Brise zu uns herauf, während zwei Amseln ihre Abendlieder trällern.

»Hast du mittlerweile eine Idee, welches Kleid du zum Geburtstagsball deiner Großeltern tragen möchtest?«

Viktorias Bein schiebt sich aus der Hängematte und mit ruhigen Bewegungen stößt sie sich vom Boden ab.

Unvorsichtig plumpse ich in meine Hängematte und rudere kurz mit den Armen, um das Gleichgewicht wiederzufinden. »Das habe ich euch noch gar nicht erzählt! Gestern habe ich einen neuen Stoffladen in Mitte entdeckt und es ist unglaublich, was die dort für Stoffe haben! Es ist ein winziger Laden und das Angebot dementsprechend übersichtlich, aber mit einer Qualität – am liebsten hätte ich mich zusammen mit meinen Lieblingsnähnadeln dort niedergelassen und angefangen, mein Kleid zu nähen.«

Rosanna hebt wie zum Anstoßen ihr Teeglas empor. »Das heißt, du hast für den Ball endlich den richtigen Stoff gefunden?«

Ich nicke feierlich. »Ja, das habe ich.«

»Na, Halleluja! Das wird aber auch Zeit. Nach deiner Textilverzweiflung der letzten Wochen dachten wir bereits, wir müssten dir ein Kleid zaubern.« Auch Viktoria prostet mir zu.

»Oder vielleicht hätte es dir ja geholfen, dich unter die Robinie zu stellen, und das Bäumchen um Gold und Silber anzuflehen«, kichert Rosanna.

»Dürfen wir denn deinen Wunderstoff sehen?« Viktoria setzt sich auf, doch ich winke träge ab.

»Ihr seid nicht mit dem nötigen Ernst bei der Sache. Der Stoff ist etwas ganz Besonderes! Für einen ganz besonderen Ball.«

Rosanna sieht mich nachdenklich an und ich höre ihre Gedanken überdeutlich.

»Fang jetzt bloß nicht mit meinen Stiefschwestern an«, ermahne ich sie.

»Genau, lass dir nicht von diesen Biestern den Abend verderben. Den heutigen nicht und den Ballabend schon gar nicht!« Viktoria wackelt mit dem Zeigefinger wie eine Gouvernante vor einem Teller mit Süßigkeiten.

»Es wird bestimmt ein schönes Wochenende.« Rosannas Lächeln überdeckt das Rumoren in meinem Bauch, welches mich immer zwickt, wenn ich an meine Stiefschwestern und meine Mutter denke, die zusammen mit meinen geliebten Großeltern auf einem Weingut an der Mosel leben.

Für eine Weile hängen wir still unseren Gedanken nach und beobachten den wolkenlosen Himmel über uns, dessen Farbe von Lilablau zu samtigem Dunkelblau fließt. Die ersten Sterne beginnen zu funkeln und wie immer beim Anblick dieser fernen Wunder fühle ich mich ruhig und aufgehoben, da wo ich bin.

»Eine Sternschnuppe!« Mit beiden Händen zeige ich zu einem entlegenen Lichtpunkt am Nachthimmel, als würde ich ihn auffangen. Mein Herz schlägt schneller und meine Haut prickelt.

»Du darfst dir etwas wünschen«, flüstert Rosanna.

Und ich wünsche mir etwas. Etwas ganz Besonderes, Einzigartiges. Etwas so Schönes und Altes wie die funkelnden Sterne über mir.

2

A wie Ankunft

Abendkleid

Darf es ein wenig mehr sein?
Brokat, Spitze oder Seide – oder alles auf einmal?
Bei einem Abendkleid darf alles da sein, wo es
hingehört, angefangen beim atemberaubenden
Herzdekolleté bis hin zum koketten Schlitz an der
Seite, für Beine ohne Enden.

***

Ganz ruhig, ich habe keinen Grund, nervös zu sein. Es ist ja nicht so, dass ich zitternd in meinem Mini vor einem Gefängnis sitze, in das ich gleich eingesperrt werde.

Nein, es handelt sich nur um ein Haus. Und ich liebe dieses Haus, den Kontrast zwischen seinen himbeerroten Holzbalken und der sandfarbenen Fassade. Vor den Fenstern hängen Großpapas handgeschmiedete Blumengefäße, aus denen sich Großmamas bunte Zauberglöckchen ergießen. Wie jeden Sommer tanzen Zitronenfalter auf den Blüten in der Morgensonne.

Leider wohnt meine Mutter mit ihren beiden Töchtern darin, meinen Schwestern also. Stiefschwestern, um genau zu sein.

Ein Fluchtinstinkt zwingt meine Vernunft in die Knie und meine Füße streiten sich darum, welcher zuerst auf das Gaspedal treten darf. Sie wollen hier schnellstmöglich wieder verschwinden. Auch meine Hände mischen mit. Hektisch stecke ich den Autoschlüssel zurück in die Zündung.

Ich bin so was von feige.

»Kann ich Ihnen helfen?« Ein fremdes Männergesicht mit schokobraunen Wuschelhaaren taucht im geöffneten Fenster der Fahrertür auf.

Vor Schreck drehe ich am Schlüssel, was der Motor mit Geheul beantwortet. Mein rechter Fuß malträtiert nervös das Gaspedal und erhöht den Lärm nicht unbeträchtlich.

Mein Auto springt nach vorn und der Mann zur Seite.

Für einen Moment überlege ich, unerkannt zu türmen. Ich könnte lügen, ich hätte mich verfahren. Doch noch ehe ich mit diesem Gedanken fertig bin, wird ein Fenster in der zweiten Etage der alten Gutsvilla aufgerissen.

»Lucinda Lynette! Wer auch sonst!« Die Stimme meiner Mutter nimmt es locker mit dem Röhren des Minis auf. Ihr Drillton passt so gar nicht zu ihrer aparten Erscheinung.

Okay, *unerkannt* zu türmen, erledigt sich gerade, jetzt bleibt mir nur noch, zu türmen.

Ich würge den Motor ab. Bleiben wäre vernünftiger. Und bin ich nicht die Vernunft in Person? Ich schnalle mich stets an, bevor ich mein Auto starte, und ich trage einen Helm, wenn ich Fahrrad fahre. Zumindest mit meinem Rennrad, mein altes Damenrad für zwischendurch zählt nicht so richtig. Schließlich passt meine meist hochgesteckte Lockenflut nicht unter den Helm. Aber wenn es eine Helmpflicht gäbe, würde ich mich natürlich daran halten.

Der Fremde öffnet die Fahrertür und wartet, dass ich aussteige. Nun gut, ich bin erwachsen, ich bin selbstständig und ich weiß, was ich kann.

Hilfe, ich will nicht! Denn ich weiß genauso gut, was ich nicht kann. Ich kann mich nicht mit meiner Mutter und meinen Stiefschwestern innerhalb eines Bundeslandes aufhalten.

»Komm endlich!«, fordert meine Mutter. »Es gibt genug für dich zu erledigen!«

Ungelenk wie eine Marionette kraxele ich aus dem Auto und versuche es bei dem Fremden mit einem Lächeln. Meine Gesichtsfarbe toppt mit Sicherheit das Chilirot des Minis.

»Sie sind also Lucinda.« Sein Grübchenlächeln heizt meinem Teint noch mehr ein.

Das sind nur die Nerven, beruhige ich mich selbst. Und diese moosgrünen Augen! »Cinda«, murmele ich.

»Und Herr Priens«, fährt die Stimme meiner Mutter auf uns herab, »wenn Sie sich bitte in das Arbeitszimmer meines Schwiegervaters begeben würden? Sie haben dort einen Termin. Jetzt!«

Rumms. Das Fenster knallt zu und ein paar rote Zauberglöckchenblüten aus dem Blumenkasten davor rieseln herab.

Der Gerügte schiebt den Ärmel seines weißen Hemdes ein wenig nach oben, blickt auf die Armbanduhr und verzieht den Mund. »Ich fürchte, Ihre Mutter hat recht.« Er reicht mir die Hand und sieht zu mir herunter. Normalerweise bin ich die Große, aber bei ihm könnte ich sogar meine höchsten High Heels tragen, ohne wie eine Giraffe zu wirken, die mit dem Zoowärter kuschelt. »Sie bleiben hoffentlich, nachdem ich schon so wagemutig Ihren Fluchtversuch vereitelt habe.« Seine Augen unter den dunklen Wimpern glitzern und verhindern, dass sich mein hüpfendes Herz beruhigt.

»Wenn ich schon mal hier bin ...«, stammele ich.

Zögernd lässt er meine Hand los. »Wir sehen uns später?«

»Sicher.« Oh toll, sicher, mehr fällt mir nicht ein? Innerlich klatsche ich mir mit der Hand gegen die Stirn. »Ich meine, natürlich gern.« Klasse, ich werde immer eloquenter.

Sein Lächeln verstärkt sich und zaubert ihm ein weiteres Grübchen ins Gesicht. Er nickt mir zum Abschied zu und läuft ein paar Schritte rückwärts, dabei streicht er sich eine Schokohaarsträhne aus der Stirn, wendet sich um und verschwindet durch den Haupteingang ins Haus.

Wer ist er nur?

Ein neuer Angestellter? Ein neuer Sommelier? Der Sohn des Bürgermeisters? Ein Prinz?

Der rüde Ton meiner Mutter scheint ihn nicht zu stören oder er hat sich schon daran gewöhnt. Obwohl – ich habe mich in siebenundzwanzig Jahren noch nicht daran gewöhnt. Aber möglicherweise bin ich ja nur zu empfindlich und ein klitzekleines bisschen voreingenommen.

Vielleicht wird es ja gar nicht sooo schlimm. Immerhin feiern wir die siebzigsten Geburtstage meiner Großeltern. Zu dem großen Galaessen und dem anschließenden Ball am Sonntag werden viele Gäste auf dem Weingut von Grafenberg erwartet. Darunter Politiker und Weingourmets, deren Geldbeutel mindestens den Umfang des Weihnachtsmannsackes haben, und nicht zu vergessen die A-, B- und C-Promis. Die zu umgarnen – ob sie wollen oder nicht – zählt zu den Hobbys meiner Mutter und meiner Stiefschwestern. Das sollte die drei genug von mir ablenken.

Schwungvoll öffne ich den Kofferraum, um mein Gepäck auszuladen.

Da kommt es bereits schlimmer.

In ungebührendem Abstand zu mir bremst ein Auto und die aufgewirbelten Kieselsteine spritzen gegen meine nackten Beine.

Aus der fahrenden Flunder, in die laut Fahrzeugschein sicher nur ein Fahrer, ein halber Beifahrer und eine XXS-Luxushandtasche passen, entfalten sich meine beiden Stiefschwestern.

Wie immer, wenn wir uns eine Weile nicht gesehen haben, kann ich kaum glauben, dass die beiden Schwestern sind. Zumindest äußerlich lässt nichts auf ihren gemeinsamen Genpool schließen. Mozartkugel versus Zuckerstange – mit angeklebten Macadamianüssen.

»Da bist du ja endlich!« Asta, die älteste von uns, zuppelt an dem Riesenausschnitt ihres Oberteiles, das kaum bis zu ihrem solariumbraunen Bauchnabel reicht. Dann streicht sie sich ihre blondgefärbten Spaghettihaare glatt. »Die Schneiderin hat totalen Mist gebaut. Sieh zu, dass du mein Kleid bis heute Abend wieder in Ordnung bringst.« Sie stapft auf dreizehn Zentimeter hohen Designerabsätzen in Richtung Haus. Wie kann sie solch schönen Schuhen nur so viel Gewalt antun!

»Ich freue mich auch, dich zu sehen«, rufe ich ihr nach. »Und natürlich kümmere ich mich gern um deine Robe.«

Ricarda zieht aus ihrer Umhängetasche in der Größe eines Kinderzeltes einen Strohhut und setzt ihn sich auf den erdbraunen Schopf. Das ist wahrscheinlich die beste Lösung, denn ihr neuer Bob betont exakt die Konturen ihres vollmondrunden Gesichtes.

Sie nickt mir huldvoll zu. »An meinem Kleid sind bei der Anprobe ein paar Nähte aufgeplatzt. Wehe, das passiert mir wieder!« Ein zweites Nicken, dann watschelt Ricarda an mir vorbei zum Haus. Der Hosenstoff rund um ihren Kugelpo dehnt sich dabei bis zum Äußersten.

»Dann solltest du anstatt Kakaobohnen lieber grüne Bohnen mampfen«, murmele ich für Ricarda unhörbar.

Warum tue ich mir das an? Nach all den Jahren attackieren sie mich noch genauso wie früher.

Ich trete von einem Bein auf das andere und starre in den geöffneten Kofferraum. Klappe zuschmeißen und nach Hause fahren oder Koffer rausholen und bleiben?

Für einen Moment schließe ich die Augen. Der Wind raschelt neben mir durch die Blätter des Kastanienbaumes, der die Gutsvilla überragt. Die Sonne wärmt meinen Nacken und ich rieche den erdigen Duft der Weinberge um mich herum. Unzählige Male habe ich als Kind mit meinem Großpapa die langen Gänge zwischen den Spalieren durchstreift. Noch heute kann er die Geschichte jedes einzelnen Rebstockes erzählen.

An diesem Wochenende geht es um den Ehrentag meiner Großeltern – eigentlich Stiefgroßeltern, aber das spielt keine Rolle. Die beiden wurden am selben Tag geboren und sind nicht nur in dieser Hinsicht ein außergewöhnliches Paar.

Ich werde es mir nicht nehmen lassen, mit ihnen zu feiern. Mein Großpapa und meine Großmama sind meine wahre Familie, die anderen sind mir egal, sind mir egal, sind mir egal.

Ach, wem erzähle ich das. Sie sind mir nicht egal.

Aber, ich könnte so tun als ob.

3

S wie Staub

Skort

Rock oder doch lieber Shorts?
Die Frau, die sich nicht entscheiden mag, greife
beherzt zu den herrlich bequemen Skorts und trägt
prompt beides in einem. Oben herum das kecke
Röcklein, versteckt darunter die bequemen Shorts.

***

Ich stelle die beiden Rollkoffer vor meinem Zimmer im Flur ab. Hier könnte man ohne Teller vom Boden essen, wenn man dabei nicht krümeln würde, genau wie im Rest des Hauses. Dafür sorgt meine Mutter als Dirigentin von einem halben Dutzend Haussklaven, ich meine natürlich Hausangestellten.

Langsam betrete ich meine alte Stube unter dem Dach. Mein Bett gegenüber der Tür, Großpapas Lesesessel unter dem Dachflächenfenster, mein Nähtisch neben dem Kleiderschrank – es sieht alles unverändert aus. Nur die Staubschichten erinnern daran, wie lange ich schon nicht mehr hier gewesen bin. Vor neun Jahren habe ich meine Möbel mit Laken abgedeckt; das war drei Tage nach meinem Abitur und der Tag, an dem ich quer durch das Land nach Berlin geflohen bin, um Modedesign zu studieren.

Ich entferne ein angegrautes Laken vom Nähtisch und der Staub, den ich dabei aufwirbele, vernebelt mir die Sicht. Ich muss niesen, einmal, zweimal, dreimal.

Auf Zehenspitzen stemme ich die ausgestreckten Arme gegen den Querriegel des Dachflächenfensters und nach zwei erfolglosen Versuchen gelingt es mir, das Riesending hochzudrücken.

Sonnenlicht flutet herein und bahnt sich den Weg durch die tanzenden Staubflocken, dabei erreicht es auch die versteckteste Ecke meines Minizimmers.

Ich liebe das alte Weingut und ich fühlte mich in meinem kleinen Reich unter dem Dach immer geborgen – wenn mich meine Verwandtinnen ersten und zweiten Grades nicht gerade aufstöberten. Was gnädigerweise selten passierte, denn zwischen ihnen und mir befinden sich mehrere Treppen mit je zwölf Stufen.

Dennoch gehöre ich nicht hierher. Ich habe noch nie hierhergehört. Kurz nach der Hochzeit meiner Mutter mit meinem Stiefvater Frank wurden Asta und Ricarda eingeschult, zwei Jahre später auch ich, allerdings in einem Internat, etwa zwei Stunden von Grafenburg entfernt. Während meiner Grundschulzeit fuhr ich an den Wochenenden mit dem Zug nach Hause, doch im Laufe der Jahre wurden die Besuche weniger, bis ich irgendwann nur noch in den Ferien und zu den Geburtstagen meiner Großeltern heimkehrte.

Dafür besuchten die beiden mich regelmäßig und manchmal blieb einer von ihnen sogar für ein paar Tage bei mir. Diese Tage hüte ich in meiner

Erinnerungsschatzkiste. Und noch heute füge ich ihr wertvolle Tage hinzu.

»Hier sieht es ja aus!« Ich wirbele herum und stehe Asta gegenüber, die pikiert die Nase rümpft. Wie immer hat sie sich nicht mit Anklopfen aufgehalten und wie immer sehe ich darüber hinweg, zumindest äußerlich. Innerlich lodern ein paar Flämmchen in mir auf. »Du solltest wirklich schneller aufräumen. Mein Kleid kannst du schlecht in diesem Dreckzimmer fertig nähen.«

Mit einem pinken Kleidersack auf dem Arm dreht sie sich um sich selbst und hinterlässt dabei eine Spur in dem Staub auf den Holzdielen. Sie hat ihre High Heels gegen Cowboyboots getauscht. Schwitzt sie sich darin nicht ihre Füße käsig?

»Dann hilf mir doch«, schlage ich ihr vor.

»Sei nicht albern.« Asta zwirbelt eine ihrer Wasserstoffsträhnen und lugt in meinen Kleiderschrank. Doch auch darin stapeln sich Wollmäuse. Da Asta partout keinen Platz für ihr Kleid findet, verlässt sie mein Zimmer wieder. Einzig der Geruch ihres Zuckerparfums bleibt im Raum kleben. »Ich komme in einer Stunde zurück, sieh zu, dass du dann fertig bist«, ruft sie mir aus dem Flur noch zu.

Na, das wollen wir doch mal sehen. Ich werde ihr Kleid kreuz und quer zunähen. Die Zeiten, in denen sie mich hin und her gescheucht hat, sind vorbei. Jetzt bin ich erwachsen, jawohl, ich bin eine erwachsene, selbstbewusste Geschäftsfrau.

»Und denk dran«, Asta steckt noch einmal ihre teure Nase in mein Zimmer. »Die Großeltern legen viel Wert auf unser Familienessen heute Abend. Großvaters Herz hüpft in letzter Zeit öfter mal außer Takt. Du solltest besser nichts machen, was ihn aufregt.«

»Großpapa ist krank?« Mein starker Bärengroßpapa? Doch Asta feixt nur und verschwindet – und die erwachsene, selbstbewusste Geschäftsfrau verschwindet mit ihr.

Mein Magen gefriert zu einem Eisklumpen. Ich muss mich zwingen, Asta hinterherzulaufen.

Im Flur stoße ich mit unserer Hausdame zusammen – nur gut, dass sie so weich gepolstert ist.

»Cindalein«, begrüßt sie mich und drückt mich an sich, schiebt mich wieder weg, runzelt die Stirn und umarmt mich erneut.

Ich verschwinde regelrecht in ihrer walkürenhaften Umarmung.

»Ich will dir rasch helfen, dein Zimmer zu richten. Eigentlich wollte ich längst hier sein, aber ich musste einiges anstellen, um der jungen Frau von Grafenberg zu entwischen. Grade bin ich im Keller, um die Weinflaschen abzustauben. Als ob ich je ein Körnchen Staub an die guten Flaschen lassen würde!« Sie malt bei dem Wort *bin* Anführungsstriche in die Luft und schüttelt den Kopf, sodass ihre silbernen Löckchen hin und her schwingen. »Und danach bekommst du einen schönen Braten von mir, mit ordentlich Specksoße. Du bist zu dünn!«

Ja, ja, wie immer. »Das ist nett, Hilla, danke. Aber ich muss erst mal zu Großpapa.«

»Die alten Herrschaften von Grafenberg sind nicht im Haus, Schätzelchen.« Hilla streicht sich die schwanenweiße Spitzenschürze glatt und geht an mir vorbei in meine Stube.

Ich laufe ihr hinterher. »Er hat doch eine Besprechung in seinem Arbeitszimmer?«

»Da findet ein Treffen mit dem Gutsverwalter statt, aber ohne den alten Herrn von Grafenberg. Er und die alte Frau von Grafenberg sind in die Stadt gefahren, sie haben einen Termin in der Klinik.«

Es stimmt also, was Asta gesagt hat. Für einen Moment lehne ich mich an die Zimmerwand, da meine Knie nicht mehr den Rest meines Körpers tragen wollen. Mein Magen schrumpft auf Linsengröße und mein Herz verhundertfacht sein Gewicht.

»Ach Schätzelchen.« Hilla streicht mir über die Wange, ihre rauen Hände riechen vertraut nach Weinbeeren. »So schlimm ist es schon nicht. Heute Abend zu eurem großen Familienessen seht ihr euch dann.«

Ich nicke steif und richte mich auf. Wie ich Großpapa kenne, wissen die Angestellten nichts von seinen Gesundheitsproblemen. Also atme ich tief durch und ziehe die Mundwinkel nach oben.

»Danke für deine Hilfe«, flüstere ich und beginne mit ihr, mein Zimmer wieder bewohnbar zu machen.

Ich hänge gerade das letzte Teil meiner Garderobe in den blitzsauberen Kleiderschrank, als Asta und Ricarda mein Zimmer stürmen. Beide werfen sie ihren Kleidersack auf mein Bett.

»Was ist das?« Asta drängt sich neben mich und ich ziehe gerade noch rechtzeitig meinen Fuß zur Seite, bevor sie ihn mit ihren Stöckelschuhen durchbohren kann. Wechselt sie eigentlich stündlich ihre Schuhe? Vielleicht nach einer Schuhuhr?

Asta reißt einen Kleiderbügel von der Stange und betrachtet mein silbernes Kleid durch ihre wasserblauen Kontaktlinsen. Das echte Braun darunter lässt ihre Augen immer ein wenig fleckig wirken.

»Mein Kleid für den Geburtstagsball übermorgen.«

»Wo hast du das her?«

»Aus meiner Boutique natürlich.« Woher auch sonst. Schließlich lebe ich davon, Kleider zu entwerfen, und ich bin stolz darauf, sie selbst zu nähen.

Vor zwei Jahren habe ich mein eigenes Geschäft in Berlin eröffnet, mit meinen eigenen Kleiderkollektionen. Ich spüre, was in den Kleiderschränken der Frauen fehlt, damit sie sich gut angezogen, weiblich und schön fühlen. Diese Begabung beschert mir einen treuen Kundinnenstamm.

Es erfüllt mich mit tiefer Befriedigung, wie die Frauen strahlen, wenn sie bei mir *ihr* Kleid finden. Und es ist für jede etwas dabei, egal ob Apfelpo, Wespentaille oder Schwimmerschultern.

»In das Kleid passt doch keine richtige Frau rein«, urteilt Asta und lässt es samt Bügel fallen. »Ups. Na macht nichts, bügeln gehört bekanntlich zu deinen Stärken.« Und da ein Schlag für Asta nicht ausreicht, stöckelt sie mit ihren Pfennigabsätzen noch einmal ordentlich darüber.

Mit verschränkten Armen lehnt sie sich dann an die Kommode neben dem Bett.

Wut schießt mit Schallgeschwindigkeit durch meinen Körper und entzündet ein Feuer. Ich meine fast, den Brandgeruch riechen zu können.

Wie kann sie es nur wagen, mein Kleid so zu behandeln? Falsch – wie kann sie es nur wagen, *mich* so zu behandeln?

Normalerweise weiche ich jeglichem Streit aus, denn Streit verursacht mir körperliche Schmerzen, von meinen Haarwurzeln bis zu meinen lackierten Fußnägeln. Doch dieses Mal verbrennt die Hitze in mir den Schmerz.

Nach drei großen Schritten stehe ich vor Asta und richte mich vor ihr zu meiner vollen Größe auf. Trotz des Duells meiner nackten Füße gegen ihre High Heels sehe ich ihr direkt in die Augen.

»Ach, Ricarda«, wendet sich Asta an ihre Schwester, die derweil mit einem Schokokeks mein Bett vollkrümelt. »Findest du es nicht niedlich, wie sehr sich Großvater und Großmutter auf unser Familienessen freuen? Wir alle mal wieder zusammen, an einem Tisch, friedlich miteinander vereint. Wer weiß schon, ob es nicht das letzte Mal sein wird?«

Astas Blick schmerzt mich, als würde sie Messer nach mir werfen – und sie trifft. Das Feuer in mir erstickt augenblicklich.

Wieso hält meine Wut nicht so lange an, wie ich brauche, um einen Streit für mich zu entscheiden? Ich hasse es, dass ich Streit so hasse.

Vielleicht zeigt sich hierbei das Erbe meines namenlosen Vaters. Immerhin verließ er meine Mutter kommentarlos, wenige Minuten nachdem sie ihm von ihrem Verdacht erzählte, sie könnte schwanger sein. So kann man Streitereien auch aus dem Weg gehen.

Ich gehe von Asta weg und hebe mein Ballkleid vom Boden auf, langsam glätte ich die Atlasseide, die sich wie geschmolzenes Silber über meinen Arm ergießt.

Zart streiche ich über die Kristallranken, mit denen ich das enge, schulterfreie Oberteil bestickt habe, und ziehe es über einen Samtbügel. Die kleine Schleppe lege ich über einen zweiten Bügel und hänge beide zurück in den Schrank. In dreifacher Zeitlupe schließe ich die Türen. Erst dann habe ich mich beruhigt und die Tränen der Wut über mich selbst weggeblinzelt.

Ich drehe mich zu meinen Stiefschwestern um. Ricarda pickt sich die Kekskrümel von ihren Händen und Asta lehnt weiterhin an der Kommode, ihr Grinsen reicht von hier bis nach Eastwick. »Was kann ich für euch tun?« Und ich tue es nicht für euch, sondern für meinen kranken Großpapa. Aber das werde ich euch nicht auf die Nase heften. Meine Herzfrequenz gleicht noch immer der eines Kolibris.

Asta schnappt sich ihren pinken Kleidersack vom Bett, dabei rutscht Ricardas hinunter. Ohne sich darum zu scheren, drückt sie mir ihren in die Arme. »Die dumme Schneidertrine hat mein Kleid völlig vermurkst. Es ist viel zu lang und der Ausschnitt ist winzig. Ich will, dass mein Dekolleté zur Geltung kommt.« Asta ruckelt an ihrem XXL-Busen. »Schließlich wird an unserem Essen das wichtigste Mitglied meiner zukünftigen Familie teilnehmen.« Bei dem Wort *Glied* zwinkert sie ihrer Schwester zu. Wieder ziert ein Teufelsgrinsen ihr überschminktes Gesicht, ehe es sich zu einer Grimasse verzieht. »Mist, wäre ich bloß noch schnell nach Paris geflogen, aber nein, ich war leider unpässlich.«

»Dann hättest du deine Brustvergrößerung lieber nach den Geburtstagen machen sollen.« Ricarda legt ihren Kleidersack zurück auf das Bett und streicht sich über ihre Brust. »Mein Busen sitzt perfekt.«

»Du mit deinen runden Dingern«, schießt Asta zurück. »Die taugen höchstens zum Milchgeben. Meine Mädels und ich, wir beschäftigen uns mit anderen Dingen.« Asta schleckt sich mit ihrer spitzen Zunge über die Lippen. Ich muss mich schütteln und Ricarda verdreht die Augen.

»Also gut«, räuspere ich mich. »Kürzen und Ausschnitt vergrößern, das wird eine Weile dauern.«

»Und vergiss nicht mein Kleid, die Nähte sind echt Schrott«, mümmelt Ricarda, die sich doch tatsächlich aus ihrer Hosentasche einen Schokoriegel gezerrt hat.

»Warum hast du dich nicht für eine Nummer größer entschieden? Dann hätten die Nähte sicher gehalten.«

»Ich trage genau die Größe, die mir passt. Wenn ihr Schneiderinnen immer alles so eng nähen müsst, ist das euer Pech.« Und schon landet der nächste Happs in ihrem Mäulchen.

»Tja, meine Liebe, die stärksten Nähte halten nicht aus, was Schokolade schafft«, murmele ich.

»Wie bitte?« Ricarda hört für einen Moment auf zu kauen, während Asta gehässig lacht.

Wobei sie bei dem Thema nichts zu lachen hat, schließlich lebt sie in einer Art Dauerdiät, die sie lediglich für Orgien mit Gummibärchengästen unterbricht, so zwei-, dreimal in der Woche. Das war schon während unserer Teenagerzeit ein offenes Geheimnis und daran hat sich bis heute nichts geändert, wie mir Hilla lachend erzählt hat.

»Da seid ihr ja!« Meine Mutter rauscht in das Zimmer mit drei weiteren Kleidersäcken in den Armen. Ihr französischer blonder Zopf windet sich an ihrem Hals entlang über die Schulter bis zum ersten Knopf ihrer Kostümjacke. Wer braucht schon Schmuck, wenn er solch eine Haarpracht sein Eigen nennt?

Ein zartes Honigaroma verbreitet sich im Raum. Die Luft fühlt sich plötzlich so aufgeladen an, wie in den Minuten vor dem ersten Blitzschlag eines Sommergewitters. Feine Gänsehaut überzieht meine Arme und die Härchen in meinem Nacken richten sich auf. Ich kann Gewitter überhaupt, absolut und gar nicht leiden!

»Soeben sind unsere Ballkleider aus Paris eingetroffen«, donnert sie auch schon los. »Da François leider nicht persönlich Maß nehmen konnte, wird Lucinda Lynette die notwendigen Anpassungen vornehmen.«

Meine Mutter fordert mich mit einem Kopfnicken auf, ihr die Kleidersäcke abzunehmen. Sie öffnet meinen Kleiderschrank, nimmt nacheinander die Hälfte der Kleiderbügel mit meinen Sachen von der Stange und schmeißt sie über den Nähtisch. Die restlichen Bügel schiebt sie zusammen, nimmt mir ihre Kleidersäcke wieder ab und hängt sie hinein. Dann sieht sie mich heute zum ersten Mal direkt an.

Wie ein Spiegelbild stehen wir uns gegenüber – nur glänzt ihre Seite makellos und meine wirkt verschmiert.

»Wie du aussiehst! Deine Haare sind völlig eingestaubt! Und selbst dein Gesicht ist fleckig. Ich hoffe nur, in deinem Schneiderladen in Berlin wühlst du nicht ebenso in der Kaminasche. Ich muss mich wirklich für dich schämen. Wag es nicht, so verdreckt unsere

Kleider in Ordnung zu bringen. Geh und wasch dich! Wir kommen gegen fünf zurück, das sollte wohl genügen, die Kleider meiner Mädchen zu richten. Dann probieren Asta Aimée und Ricarda Romainé die Ballkleider an und wir besprechen die Änderungen.«

Jeder Satz meiner Mutter knallt wie ein Peitschenhieb auf mich herab und ich stehe einfach nur da, erdulde die Schmerzen und warte auf das Ende ihrer Tirade. Anschließend nehme ich dies alles und stopfe es in die hinterste Ecke meines Gedächtnisses. Schnell schiebe ich meine Erinnerungsschatzkiste davor.

Nur leider wird es immer enger in meiner Kopfrumpelkammer.

»Und ihr«, wendet sie sich schließlich an meine Stiefschwestern, »kommt mit mir.«

Ricarda hangelt sich vom Bett, Kekskrümel bleiben dort zurück, wo ihr Po eine Kuhle in meine Decke gedrückt hat. Sie folgt mit Asta meiner Mutter bei Fuß. Erhobenen Hauptes verlassen sie mein Zimmer und ich beginne langsam wieder zu atmen.

4

C wie Café au som-
meil

Caprihose

Ohhh ... ein türkisblaues Meer unter einem blitz-blauen Himmel, betupft mit watteweißen Wölkchen – bitte, wo lässt sich die freche Caprihose stilvoller tragen, als auf Capri, der Schönen, höchstselbst.

***

Das Bad grenzt an mein Zimmer. Früher musste ich eine Etage nach unten, wenn ich auf die Toilette oder mich waschen wollte. Doch meine Großeltern haben mir ein eigenes Bad einbauen lassen.

Eigentlich sollte ich wie meine Geschwister und meine Mutter in der dritten Etage wohnen, das hätte aber einen größeren Umbau bedeutet und ich wollte meinen Großeltern die Zankerei mit meiner Mutter ersparen. Ich war ja kaum anwesend auf dem Gut. So versicherte ich meiner Großmama glaubhaft, wie wohl ich mich in meiner kleinen Stube unter dem Dach fühlte. Außerdem verbrachte ich die meiste Zeit ohnehin in den Zimmern meiner Großeltern.

Frustriert stütze ich mich auf dem Waschbecken ab und starre mein Spiegelbild an. Normalerweise strahlen meine Haare karamellblond, doch jetzt gerade sehen sie gräulich aus.

Ich löse die Spange am Hinterkopf und die herabfallenden Locken wirbeln erneut Staub auf. Selbst meine Augen, die Großmama gern mit Kornblumen vergleicht, wirken gräulich.

Ich muss wieder niesen und beschließe, für eine Weile unter der Dusche abzutauchen.

Ich habe keinen Grund, Astas und Ricardas Kleider für heute Abend zu ändern!

Dieser ungeheuerliche Gedanke setzt sich während des Duschens in meinem Kopf fest.

Und nun, mit frisch gewaschenen Haaren und in einem sauberen Sommerkleid, fällt mir auch kein Gegenargument ein.

Na ja, fast keins. Meine Stiefschwestern und meine Mutter würden mir die Hölle heiß machen, allein davon schleicht schon Übelkeit in mir herum.

Unschlüssig stehe ich vor den beiden Kleidersäcken, die ich an die Hakenleiste neben der Zimmertür gehängt habe.

Was sie sich wohl ausgesucht haben?

Bestimmt exquisite Stoffe, denn das können sie wirklich gut. Seidenduchesse? Kaschmir? Moiré?

Meine Finger nesteln an dem Reißverschluss von Astas Kleidersack herum. Nur ein winziges Blickchen?

Ich pfeife anerkennend. Pantherschwarzer Brokat quillt hervor – und um der Schneiderin zu ihrem Recht zu verhelfen, das Kleid wurde erstklassig genäht.

Wenn ich den Ausschnitt diagonal vergrößern würde, könnte ich ... Halt! Stopp!

Allerdings würde meine Weigerung nur für Unruhe beim Abendessen sorgen. Großpapa würde versuchen zu schlichten und sich grämen. Das will ich nicht. Außerdem empfinde ich nähen nicht als Arbeit, also warum sollte ich die Kleider nicht anpassen? Keine Übelkeit, kein Streit und dazu Wahnsinnsstoffe. Eigentlich mache ich das doch nur für mich!

Das Surren der Nähmaschine verstummt und ich durchtrenne den letzten Faden. Fertig.

Zufrieden wende ich Astas Kleid hin und her. Wie sie es wollte, habe ich den Brokatstoff gekürzt. Aus dem kleinen Schwarzen wurde ein winziges Schwarzes. Der Ausschnitt ist vorschriftsgemäß vergrößert und durch die Brüsseler Spitze, die ich an die Ränder genäht habe, fließt der Stoff und müsste Astas Riesendekolleté immer an genau der richtigen Stelle abdecken. Schließlich soll niemand seinen Appetit verlieren. Auch wenn Asta anscheinend für jemanden der Appetitanreger sein will.

Was hatte sie doch gleich gesagt? Ihre zukünftige Familie würde heute Abend mit uns essen? Wen sie wohl damit meint?

Bei dem Gedanken an das Abendessen in ein paar Stunden knurrt mein Magen schon jetzt fordernd.

Ich durchforste meinen Essensrucksack mit der Survival-Nahrung nach einem nachmittäglichen Menü.

Eine Handvoll Gummibärchen, zwei Riegel Pfefferminzschokolade und ein dunkler Schaumkuss schaffen es schließlich auf meinen Lieblingsteller mit den bunt aufgemalten Cupcakes. Und fürs Gewissen lege ich noch einen Apfel dazu.

Über den Lesesessel hinweg klettere ich durch das offene Dachflächenfenster hinaus und rutsche ein wenig auf dem Dach hinunter bis zu einem kleinen Vorsprung. Von hier oben überblicke ich den Vorplatz des Hauses mit der gewundenen Auffahrt.

Die Sonne scheint mir warm auf die Nase und ein Sommerlüftchen streicht mir durch die Haare. Die Weinberge des Gutes Grafenberg erstrecken sich bis zum Horizont, wo in der Ferne die Grafenburg thront. Die Großeltern meines Großpapas ließen die alte Burg einst in ein Museum umbauen, nachdem sie sich hier in dem komfortableren Gutshaus niedergelassen hatten.

Stück für Stück schleckere ich meine Süßigkeiten, wohl wissend, dass ich hineingehen müsste, denn es ist bereits kurz nach fünf.

Ich zucke mit den Schultern, meine Stiefschwestern werden schon nach mir kreischen, wenn sie nach ihren Kleidern verlangen.

Vor meiner Abreise haben mich meine Freundinnen zu Hause ermahnt. Allen voran Viktoria, die toughe Unternehmensberaterin: »Sobald sie unverschämt zu dir werden, stell dich aufrecht vor sie, blicke ihnen in die Augen und sage *Nein*. Egal was sie von dir wollen. Kein *Nein, danke* und schon gar kein *Nein, vielleicht!*«

Worauf Rosanna, unsere Romantikerin, widersprach: »Sie haben sich ganz sicher geändert, sie sind jetzt reif und erwachsen. Vielleicht werden sie sich sogar bei dir entschuldigen. Du schaffst das.«

Augenrollen von Viktoria.

Zu guter Letzt zwinkerte mir Felina zweimal zu und hinterließ nach ihrer Umarmung ein wenig Orchideenstaub auf meiner Bluse. Dabei umschwirrte uns ein Aurorafalter. »Hör auf deinen Herzenswunsch.«

Statt meines Herzenswunsches höre ich vom Eingang unter mir Stimmen. Neugierig beuge ich mich nach vorn. Seite an Seite läuft der Fremde von heute Morgen mit Merle, Großpapas Sekretärin, zu ihrem weißen Corsa. Er öffnet ihr die Fahrertür und sie steigt ein.

Wer ist er nur? Wenn er ein Kunde wäre, würde Merle ihn begleiten und nicht andersherum.

Während er sich zu Merle hinunterbeugt, streicht er sich die Haare nach hinten. Eine sinnlose Geste, denn sie fallen ihm gleich wieder zurück in die Stirn.

Wie es sich wohl anfühlt, ihm die Haare zu zausen?

Die beiden lachen, ich kann nur leider nicht verstehen worüber.

Ich habe Merle noch nie so herzhaft lachen hören, sie ist immer so furchtbar ernst – wie eine Gouvernante aus früheren Zeiten. Unter ihrem strengen Blick heftet sogar Großpapa gelegentlich seine herumflatternden Dokumente ab.

Ich rutsche noch ein wenig näher an den Rand des Dachvorsprungs. Und das war es. Mein geliebter bunter Cupcaketeller mit dem halben Schaumkuss darauf segelt durch die Luft und landet klirrend, in mehrere Teile zersprungen, auf dem Kies.

Merle steigt wieder aus dem Auto und sieht mit offenem Mund zu mir hoch.

Ihr Begleiter sieht ebenfalls hoch, grinst jedoch bei meinem Anblick, als würde ich allein zu seinem Vergnügen Teller vom Dach schmeißen.

»Brauchen Sie Hilfe, Fräulein Cinda? Ich rufe die Feuerwehr. Halten Sie sich gut fest.« Merle wühlt in ihrer Handtasche, doch der Fremde legt ihr beruhigend die Hand auf den Arm.

»Ich denke, sie kommt allein klar«, sagt er lauter als nötig und wendet sich dann an mich. »Sie finden den Rückweg sicherlich allein, Fräulein Cinda?«

Nein, nein, nein! Ich träume bestimmt nur. Ich bin doch sonst nicht so ungeschickt! Zumindest nicht so doll.

»Cinda!«, kreischt nun auch noch Asta aus dem Fenster über mir.

Hätte ich mich heute Morgen bloß schlafend gestellt, als mich der Wecker aus dem Schlaf riss.

Tippelschritt für Tippelschritt klettere ich zurück in Richtung Dachflächenfenster, fest entschlossen, in dieser Tragikomödie nicht noch eine Zugabe zum Besten zu geben. Irgendwie juckt es mich am Rücken, genau dort, wo ich Merles Blick und den ihres Begleiters vermute.

Verschwitzt lasse ich mich schließlich in den Sessel unter dem Fenster plumpsen. Den Flecken auf meinem lichtgelben Kleid nach zu urteilen, ist das Dach alles andere als sauber. Dazu haben sich ein paar Strähnen aus meinem Pferdeschwanz gelöst und hängen mir ins Gesicht. Mit klebrigen Schaumkussfingern klemme ich sie zurück in die Spange.

Vor mir stehen aufgereiht meine Mutter, Ricarda und Asta. Ich bin mir sicher, meine Mutter würde ihre Stirn runzeln, wenn sie sich nicht wegen ihrer nicht vorhandenen Falten zusammenreißen würde.

Asta mustert mich mit ihrem Grinsen à la Diabolik und Ricarda knetet nervös die Finger. Vermutlich fehlt ihr das übliche Schokoladenspielzeug in den Händen.

»Lucinda Lynette!«, tönt meine Mutter, »manchmal frage ich mich wirklich, ob du meine Tochter bist.«

Wenn es nach mir ginge … So schnell, wie der Gedanke in meinem Kopf aufflackert, so schnell erwürge ich ihn. Ich bin nicht ihretwegen hier, ermahne ich mich und entspanne meine Hände, die ich zu Fäusten balle.

»Ich gehe mir die Hände waschen. Dort neben der Tür hängen eure Kleider.« Rasch stehe ich auf und laufe an ihnen vorbei ins Bad.

Einatmen, ausatmen, einatmen, ausatmen.

Ich weiß, ich habe die Kleider tadellos umgearbeitet, dennoch richte ich mein Schutzschild gegen ihr Gemoser neu aus.

»Deine Nähte waren auch schon mal gerader«, brummelt Asta dann auch sogleich, als ich zurückkomme, und hält sich ihr Minikleidchen an den Körper. »Für heute Abend muss es wohl genügen.«

Ricarda streicht über die dreieckigen Seidenstücke, mit denen ich ihren Rock gerettet habe. Das Kleid entspricht nun eher ihrer natürlichen Kleidergröße. »Und ich passe doch in eine Zweiundvierzig«, murmelt sie.

Meine Mutter breitet indessen die drei Ballkleider für die große Geburtstagsfeier übermorgen auf dem Bett aus.

Nur – leider kann man nicht direkt von Kleidern sprechen.

Ich sehe lediglich einzelne Stoffbahnen, die stellenweise lose mit einem Faden zusammenheften. Hier liegen zweifelsohne wunderbare Stoffe, aber eben nur Stoffe und keine Kleider.

»Das schaffe ich nicht bis zum Ball.«

»Sei nicht albern«, schnappt meine Mutter. »Du sollst nichts weiter tun, als drei Kleider ein wenig anzupassen. Heute Abend kannst du noch genug erledigen und dann steht dir morgen der ganze Tag zur Verfügung und übermorgen auch.«

»Ich bin aber hier, um Zeit mit meinen Großeltern zu verbringen.« Tränen steigen mir in die Augen. Oh bitte nicht, bitte nicht vor meiner Mutter.

»Du siehst sie nachher beim Abendessen. Außerdem weihen sie morgen im Burgmuseum einen umgestalteten Trakt ein und an ihrem Geburtstag kümmern sie sich um ihre Gäste.« Die Stimme meiner Mutter klirrt so eisig, dass die Tränen in meinen Augen gefrieren.

Doch das schmerzt mich nicht am meisten, ich habe gelernt, mit ihrem Eisatem umzugehen. Vielmehr sticht mich die Tatsache, dass meine Großeltern sich keine Zeit für mich nehmen. Irgendetwas stimmt hier nicht. Ob Großpapa kränker ist, als ich denke? Vor Sorge balle ich die Hände wieder zu Fäusten.

»Mutter, was …«

Sie fällt mir in den Satz. »Hör auf zu heulen und passe die Kleider an.«

Es bringt nichts, sie würde mir ohnehin nicht die Wahrheit über Großpapa sagen.

In ein paar Stunden sehe ich ihn wieder, dann werde ich alles erfahren. Bis dahin halte ich auch noch durch. Ergeben greife ich deshalb nach meinem Maßband. »Ich benötige nur deine Maße, Mutter. Astas und Ricardas habe ich noch von ihren Kleidern von vorhin.«

Meine Stimme scheint einer Fünfjährigen zu gehören, die gerade in die dunkle Nacht ausgesperrt wird.

»Meine Maße sind seit deiner Geburt unverändert, du kennst sie«, spuckt sie mir entgegen. Sie winkt ihre Stieftöchter zu sich und rauscht mit ihnen aus dem Zimmer.

Eine Sturmflut aus Müdigkeit fegt über mich hinweg und ich rolle mich auf dem Bett ein.

Meine Mutter wird mir meine Geburt nie verzeihen. Sie war erst siebzehn und stand in Paris am Anfang einer beispiellosen Modelkarriere. Mit mir in ihrem dicken Bauch wurde sie fallengelassen. Sowohl von den Luxusdesignern als auch von ihrem Modelfreund, der nichts mehr mit ihr und diesem Balg in ihr zu tun haben wollte.

Ihre eigenen Eltern hatten ihr schon vorher die Tür gewiesen. Nämlich als sie Ambitionen zeigte, als Model zu arbeiten, anstatt wie geplant auf die Haushaltsschule zu gehen und anschließend den ihr versprochenen Burschen aus dem Dorf zu heiraten.

Ich glaube, da wo meine Mutter herkommt, ticken noch Analoguhren. Einer meiner Theorien zufolge wurzeln unsere aufwendigen Namen in diesem Dorf. Denn dort gibt es nur Sandras und Annas und Ritas und Danielas und das kam für meine Frankreich liebende Mutter nicht infrage, selbst wenn es nur der Name für mich war. Sogar Astas und Ricardas Namen wurden von meiner Mutter neu definiert – obwohl sie nicht einmal ihre leiblichen Töchter sind!

Am liebsten würde ich mich in den Schlaf sinken lassen. Doch wenn ich nicht gleich mit den Kleidern anfange, schaffe ich es nicht mehr. Außerdem will ich das Abendessen nicht versäumen.

Was ich jetzt brauche, kann mir nur ein Kaffee geben, ein großer Kaffee, ein doppelter großer Kaffee.

In der Gutsküche wirbeln die Köche für das abendliche Menü, während Hilla das makellose Silberbesteck poliert.

»Ich brüh dir frischen Kaffee, Schätzelchen.« Hilla nimmt mir den Becher aus der Hand, in den ich mir aus der Thermoskanne einschenken wollte, und drückt mir stattdessen ein Schmalzbrot in die Hand. »Der Kaffee ist noch von heut Morgen. Ich hab für dich eine besondere Bohne von einer kleinen Rösterei in Süditalien. Ich bring ihn dir hoch. Eine kleine Pause von dem Bienenstock hier kommt mir grad recht.«

Dankbar nehme ich Hillas Angebot an und ein wenig froher gestimmt verlasse ich die Küche, um weiterzunähen.

»Hier, dein Kaffeezeug.« Asta steht mit einem Tablett in meiner Zimmertür.

Ich knie gerade auf dem Boden, um ein Schnittmuster zu zeichnen.

»Lass Hilla ihre Arbeit machen und belästige sie nicht mit deiner Koffeinsucht.« Sie knallt das Tablett mit der dampfenden Tasse auf die Kommode und stolziert aus dem Zimmer.

Was war das denn? Noch nie ist Asta zu mir gekommen, ohne etwas von mir zu wollen, und noch nie hat sie mir etwas gebracht!

Aber egal. Vielleicht wollte sie nur wegen der Kleider spionieren. Sie könnte mich ja dabei erwischen, wie ich faul im Bett liege und mein Tagewerk verschlafe.

Ich muss über mich selbst grinsen.

Asta, Ricarda und meine Mutter sorgen schon dafür, dass mir nicht langweilig wird, dieses Spiel betreiben sie mit dem größten Eifer.

Aber ich bin ja auch eine dankbare Zielscheibe!

Nun verkrümelt sich mein Grinsen. Ich halte einfach zu gern die zweite Wange hin. Vielleicht habe ich ja eine Art Aschenputtelgen in mir?

Ich kann gar nicht anders auf die äußeren Umstände reagieren. Immer das liebe Mädchen, das sorgfältig die Linsen aus der Asche aufliest. Nur, dass meine Linsen die Stoffe sind und meine Asche die Nähmaschine.

Oder ich bin einfach nur feige.

Der verführerische Kaffeeduft bannt erfreulicherweise meine Gedanken. Gemütlich setze ich mich im Schneidersitz auf das Bett und halte die Tasse eine Weile einfach nur in den Händen, um das Aroma in all seiner Vielfalt zu genießen. Schluck für Schluck trinke ich dann die herbe Flüssigkeit.

Nach der Hälfte des Kaffees legt die Tasse an Gewicht zu. Und nach weiteren zwei, drei Schlucken entgleitet sie meinen Händen.

5

H wie Hilfe

Halstuch

Das Halstuch, egal ob im Dreieck oder Viereck gewebt, egal ob mit Glitzer oder pur, es darf in keiner Tasche, keinem Rucksack, keinem Beutel fehlen. Denn, die nächste Kälte könnte an jeder Ecke lauern. Sind wir nicht alle gern stilvoll vorbereitet?

***

Irgendetwas muss ich tun. Nur was?

Ach ja, ich könnte die Augen öffnen. Nur leider hängen an meinen Wimpern Gewichte.

Wie ein altersschwaches Faultier rappele ich mich auf und erkenne mein Zimmer wieder.

Immerhin weiß ich jetzt, wo ich bin. Nur meinen Blick auf die Uhr muss ich mir einbilden, denn die Zeiger stehen auf elf Uhr – vormittags, so hell wie es draußen ist!

Und dann entschleiert sich meine Erinnerung. Die Kaffeetasse von gestern Abend liegt auf der Bettdecke in einem getrockneten braunen Fleck mit einem weißen Rand.

Ich schlafe normalerweise keine sechzehn Stunden, es sei denn, ich habe chemische Hilfe verabreicht bekommen.

Wieso lässt sich Asta das alles einfallen?

Blöde Frage, weil es ihr Spaß bereitet. Ich meine nur, das hier ist doch schon irgendwie Körperverletzung! Das passt nicht mehr mit heimlich abgeschnittenen Zöpfen oder Klebstoff in der Zahnpasta zusammen.

Ich packe meine Sachen und verschwinde!

Meine Großeltern werden mich verstehen.

Beim Aufstehen wird mir schwindelig und ich halte mich für einen Moment an der Kommode neben dem Bett fest. Dort liegt einer von Mutters Briefbögen mit meinem Namen darauf.

Lucinda Lynette, wenn Du Dich endlich aus Deinem Bett bequemt hast, geh an die Arbeit!
Asta Aimées Kleid muss ein besonderes Prunkstück werden, es ist ein wichtiger Abend für sie!
Wir befinden uns alle bei der Eröffnung auf der Grafenburg.
Du enttäuschst Deine Großeltern sehr, weil Du das Abendessen geschwänzt hast und nicht einmal zum Frühstück erschienen bist!
Heute findet um neunzehn Uhr ein Festessen für die geladenen Gäste statt, vielleicht beehrst Du uns dann mit Deiner Anwesenheit.

Die Schrift meiner Mutter zieht sich über die Seite. Große, spitze Buchstaben, die beim Lesen regelrecht piksen.

Bei dem Gedanken, meine Großeltern verpasst zu haben, krampft sich mein Magen zusammen und Übelkeit kocht in mir hoch wie Milch auf der heißen Herdplatte. Der Geschmack harmoniert wunderbar mit dem pelzigen Belag auf meiner Zunge.

Da ich aber in den letzten vierundzwanzig Stunden nichts Richtiges gegessen habe, schaffe ich es mit ein paar tiefen Atemzügen, meinen Magen zu beruhigen.

Ich rupfe meine Blusen und T-Shirts von den Kleiderbügeln und stopfe sie in den Koffer.

Was, wenn dieser Geburtstag der letzte meines Großpapas ist? Der Gedanke hämmert in meinem Kopf, erst mit einem kleinen Spielzeughammer, doch je leerer mein Schrank wird, desto größer wird das Gummiding. Als es schließlich einem Vorschlaghammer gleicht, schmeiße ich meinen Koffer in die Ecke und lasse mich auf den Boden plumpsen.

Ich werde durchhalten und ein letztes Mal Astas Attacke ignorieren. Wenn ich davonlaufe, erfahre ich nicht, wie schlimm es wirklich um Großpapa steht. Und wenn ich Asta zur Rede stelle, wird sie mich beißen, mehrfach und überall hin. Nein, einer Auseinandersetzung mit meiner Stiefschwester bin ich nicht gewachsen.

Glaube ich zumindest.

Vielleicht doch?

Los Cinda, reiß dich zusammen, ermahne ich mich selbst.

Ich sage es ja immer wieder, Streitereien rauben nur Zeit und Energie, sogar dann, wenn der Streitpartner nicht mal mit im Ring steht.

Nach einer kalten Dusche und einem warmen Frühstück – ohne Kaffee – nehme ich mich der Ballkleider an. Die Sonne scheint mir durch das geöffnete Dachflächenfenster ins Gesicht, mein Magen benimmt sich wieder nett und das Nähen beruhigt meine Nerven. Ich schaffe das, ich lasse mich nicht von diesen Möchtegerndespotinnen unterkriegen!

Zuerst kümmere ich mich um Astas Kleid, das scheint mir am aufwendigsten zu werden. Die magentafarbene Cuite-Seide glänzt so fein, dass jeder falsche Nadelstich wie ein Krater im Stoff aussehen würde.

In den nächsten Stunden messe, schneide und hefte ich mich quer durch den Stoff. Beerenrote Stoffreste und Fussel bedecken den Nähtisch, den Holzboden, selbst das Bett und mich. Meine Haare, die ich zu einem Knödel auf dem Hinterkopf zusammengewuselt habe, lösen sich Strähne für Strähne und umrahmen mein Gesicht.

Mein Bauch kribbelt, als ich schließlich das fertig geheftete Kleid über die Schneiderpuppe ziehe. Ich fühle mich immer glücklich, wenn eines meiner Werke zum ersten Mal seine Pracht entfaltet. Selbst dann, wenn es für Asta bestimmt ist. Das arme Kleidungsstück kann ja schließlich nichts für seine Trägerin.

Der seidige Stoff fällt, wie ich es mir vorgestellt habe, und auch die geplanten Nähte verlaufen an den richtigen Stellen – immer eng an Astas Divenkörper entlang. Wie sie darin tanzen will, ist mir ein Rätsel. Diese Frage stellt sich bei meinem schwingenden Traum aus Silber zum Glück nicht.

Während ich die Melodie des Donauwalzers summe, hole ich rasch mein Ballkleid aus dem Schrank, halte es an mich und tanze im Dreivierteltakt durch das Zimmer.

Ein Blick auf die Uhr beendet jedoch meine Tanzeinlage. Sorgfältig lege ich meine Robe zurück in den Kleidersack und hänge ihn in den Schrank. Wenn ich mich spute, schaffe ich es noch, bis zum Abendessen einen Teil der gehefteten Nähte von Astas Kleid festzunähen.

Zufrieden mit mir ziehe ich die Cuite-Seide von der Schneiderpuppe, breite den herrlichen Stoff auf dem Nähtisch aus und öffne den Weidenkorb mit meinen Garnen.

Leider will keines zu dem Magenta des Kleides passen. Dabei bin ich mir sicher, solch einen Farbton zu besitzen, immerhin ist die Farbe gerade total angesagt.

Merkwürdig. Auch das Silbergarn, mit dem ich mein eigenes Ballkleid genäht habe, befindet sich nicht in dem Korb.

Meine Schwestern werden doch nicht ...?

Haben sie aber! Denn ebenso das passende Lavendel und Bronze für Ricardas Kleid und für das meiner Mutter fehlen.

Wieso? Es sind doch ihre Kleider, sie wollen doch etwas von mir! Warum torpedieren sie mich mit allem, was in ihre manikürten Krallenhände fällt?

Jetzt stehe ich hier vor diesem fast vollendeten Kunstwerk, mein Nähadrenalin zirkuliert im Körper und ich will gerade nichts mehr, als diesen Stoff mit seinem passenden Garn vereinen!

Die können mir doch nicht einfach mein Elixier klauen! Wo soll ich denn jetzt mit meiner Nähenergie hin?

Ich könnte mit anderen Farben nähen. Vielleicht Schneematschgrau oder besser Krötengrün.

Oder lieber nicht, das verdienen die herrlichen Stoffe nicht. Mein Kobalttürkis und das Ananasgelb kullern auf den Boden, während ich hektisch die Garne durcheinanderwirbele. Außerdem würden mich die drei Damen in die Asche der verbrannten Kleider werfen.

Ich versetze dem Weidenkorb einen Stoß und stampfe mit dem Fuß auf. Sie bringen mich nicht dazu, aufzugeben! Ich werde den in mir flackernden Zorn abkühlen und in ein Kästchen stopfen, dieses mit einer Schleife versehen und es eines Tages im richtigen Moment wieder hervorholen. Und dann werde ich es öffnen.

Es ist ja nicht so, dass ich mich rächen möchte, nein, Rache ist kleinlich. Sagen wir, ich möchte ihnen lediglich etwas von der Bitterkeit zurückerstatten, die sie mir so großzügig zukommen lassen.

Die Kleider mit einer nicht hundertneunzigprozentig passenden Farbe zu nähen, kommt nicht infrage, schon der Gedanke verursacht mir Gänsehaut.

Die Uhr zeigt bereits halb sechs, da schaffe ich es nicht mehr in den Kurzwarenladen von Fräulein Auberle in Grafenburg. Mal davon abgesehen, dass ich meine Spezialgarne zwischen ihren Sockenwollen wahrscheinlich gar nicht finde. Also muss ich flink nach Trier fahren.

Hektisch wische ich mir die Fadenfusseln von der Bluse und den Shorts und renne nach draußen zu meinem Auto, dabei durchkämme ich meine Haare mit den Händen und flechte sie zu einem lockeren Zopf.

Dank eines Befehls meiner Mutter musste ich meinen Wagen gestern noch abseits des Gutshauses in der alten Scheune parken.

Gurgelnd springt der Mini an, um wenige Meter weiter, noch vor der Zufahrt zum Haus, stehen zu bleiben. Erneut drehe ich den Schlüssel in der Zündung. Es passiert nichts.

Entgegen meiner sonst eher ausgeglichenen Art trommele ich mit den Fäusten auf das Lenkrad ein.

Das! Verdiene! Ich! Nicht!

Die Wut fließt durch meine schmerzenden Hände nach draußen und ich kann wieder denken.

Mein Auto wird von mir gehegt und gepflegt, ich halte die Wartungstermine ein, wasche und poliere es mit einem Mikrofaserlappen und tanke regelmäßig den besten Sprit. Es kann also nichts Ernstes sein.

Erneut versuche ich, den Wagen zu starten, dabei zuckt die Nadel der Tankanzeige nicht einmal.

Hat mein Tank ein Loch?

Ich steige aus, entdecke aber keine Benzinspur. Das sollte dann schon mal gut sein.

Mit einem Ast stochere ich in den Tank und ziehe ihn so trocken wieder heraus, wie ich ihn hineingeschoben habe.

Ein paar Minuten lang stehe ich einfach nur so da und starre auf den Ast in meiner Hand.

»Kann ich Ihnen helfen?«

Vor Schreck zucke ich zusammen, der Fremde von gestern steht neben mir. Das Jackett seines Anzuges trägt er über einem Arm, mit der anderen Hand lockert er den Krawattenknoten.

Wir sehen uns an und lachen. Genau das Gleiche hat er bei unserem ersten Treffen gesagt.

»Ich schaffe das schon«, murmele ich und fummele an dem Tankdeckel herum. Ich weiß zwar noch nicht wie, aber egal.

»Ist Ihnen das Benzin ausgegangen?«

Er hält mich jetzt bestimmt für eine Frau, die nicht mal ohne automatische Einparkhilfe einparken kann. Allerdings würde ich mir nie wieder ein Auto ohne dieses nette Extra kaufen.

»Es ist mir nicht ausgegangen«, verteidige ich mich. Schließlich bin ich eine Frau, die ihr Auto im Griff hat und nicht umgekehrt.

»Aber es befindet sich auch irgendwie nicht mehr im Tank?« Sein Schmunzeln zaubert ihm zwei Grübchen in die Wangen, die mich für einen Moment vergessen lassen, warum ich hier neben meinem Auto stehe.

Langsam lasse ich die Realität wieder an mich heran. Wenn ich nicht allmählich in die Gänge beziehungsweise in mein fahrendes Auto komme, schließen die Läden und ich kann mein Garn vergessen. Und morgen ist auch noch Sonntag.

»Ja, der Tank ist leer«, gebe ich zu. »Dabei habe ich gestern getankt.« Das kann ich mir nicht verkneifen klarzustellen.

Er nickt und sieht mir direkt in die Augen.

Meine Güte, wie grün können Augen eigentlich sein? Auf einmal strahlt die Sonne heller und wärmt mich noch mehr. Raschelt nicht sogar der Wind melodischer durch die Blätter der Weinreben? Und wie gut dieser Mann riecht. Ich gehe einen Schritt auf ihn zu.

Reiß dich zusammen, Cinda, flüstert meine erwachsene Stimme. Du kennst ihn doch gar nicht.

Genieße einfach das Kribbeln, Cinda, antwortet meine Abenteuerstimme. Zieh ihn an dich heran und küsse ihn.

Ach du, schimpft meine erwachsene Stimme und bringt mich dazu, mich zu räuspern.

Auch er löst sich aus unserer Anziehung. »In der Garage finden wir sicher einen Kanister und einen alten Schlauch. Und dann spendiere ich Ihnen etwas von meinem Benzin.« Er fährt sich mit der Hand durch die Haare und verwuschelt sie damit noch mehr. Am liebsten würde ich meine Arme um ihn schlingen und ihm dabei helfen. Meine Güte, liegt das an der frischen Landluft?

»Diese Einladung kann ich natürlich nicht ausschlagen.« Ich schenke ihm mein Speziallächeln. Ich habe mal in meiner Boutique ein kleines Mädchen beobachtet, wie es dieses Lächeln vor dem Spiegel geübt hat. Dieses kokette Lächeln mit leicht geneigtem Kopf und so einem Blick von unten schräg nach oben. Nur ohne Zahnlücke.

Er räuspert sich und reicht mir die Hand. »Ich habe mich noch gar nicht vorgestellt. Ich heiße David Priens.«

»Ich bin Cinda Neis.« Und meine Hand passt perfekt in seine.

»Ich weiß, Ihr Großvater erzählt viel von Ihnen.«

Unfassbar, die Sonne scheint plötzlich noch intensiver.

6

E wie Essen

Etuikleid

Ein Kleiderschrank ohne ein klassisches Etuikleid? Nicht vorstellbar. Das wäre ja wie ein Eis ohne Waffel, Erdbeeren ohne Sahne und Tiffany ohne Holly. Denn, dieses Prachtstück von Kleid, macht aus uns allen eine Dame – wenn wir denn gerade eine sein müssen/wollen/können/dürfen …

***

Kurz nach acht Uhr stürme ich zurück in mein Zimmer. Ich höre keinen Mucks im Haus, wahrscheinlich sitzen schon alle beim Essen. Da ich es unhöflich finde, mitten in den Empfang hineinzuplatzen, beschließe ich, nach dem Dessert zum Kaffee hinzugehen. Die Zeit bis dahin kann ich noch gut für das Nähen gebrauchen.

Beim Nähen sitze ich in einem Kokon, in dem die Uhren langsamer ticken. Und so wundert es mich nicht, als ich zwischendurch mal aufblicke und sehe, dass die Zeit ohne mich weggerast ist.

Mein Magen knurrt und erinnert mich daran, dass ich zum Mittag lediglich eine Tafel Pfefferminzschokolade verspeist habe und das Abendessen schon wieder verpasse.

Plan A: Ich lasse die Gäste Gäste sein und schleiche mich in die Küche, um mich an den sicherlich üppig vorhandenen Resten zu laben. Danach würde ich in der Bibliothek auf meinen Großpapa warten, denn, wie spät es auch sein mag, vor dem Schlafengehen zieht er sich dorthin zurück, um einen seiner Rieslinge zu genießen. Dieser Plan hätte den Vorteil, dass ich mich nicht umziehen und meine Haare in Form bringen müsste.

Doch da ich anscheinend auf der Veranstaltung erwartet werde, muss ich wohl Plan B folgen.

Im Minutentakt entledige ich mich meiner Freizeitkleidung, springe unter die Dusche, kleide mich in ein cremeweißes Cocktailkleid im Stil der Fünfzigerjahre, schlinge die Haare zu einem Knoten und, als Höhepunkt, gleiten meine Füße in einen Traum von silbernen Riemchensandaletten. Ich musste sieben Abendkleider entwerfen, nähen und verkaufen, um diese Schuhe kaufen zu können. Und ich würde es wieder und wieder tun.

Die silbernen Riemchen schmiegen sich in Form von Blütenranken um meine Füße und vereinen sich in der Knöchelspange zu einer Bergkristallblüte. Durch den funkelnden Stilettoabsatz wachse ich um zwölf Zentimeter. Mein Körper streckt sich, meine eher flache Gestalt kurvt sich und ich laufe nicht mehr, ich schwebe.

Ich liebe diese Schuhe.

Mein Herz klopft im Takt mit meinen schnellen Schritten. Die Gesellschaft müsste sich bereits im Salon befinden. Mit einem dicken Vorfreudelächeln öffne ich die Doppeltür.

Doch im Salon finde ich lediglich die Stille, die mich bereits vorhin irritiert hat. Keine Gäste, leere Sessel.

Ich probiere es im Esszimmer, wohl wissend, dass ich niemanden antreffen werde. Vielleicht gibt es gerade nichts zu erzählen und alle schwelgen in einträchtigem Schweigen in ihren Erinnerungen. Keine Gäste, leere Stühle.

Die Bibliothek: leer. Die Räume meiner Großeltern: leer.

»Hilla!« In der Küche treffe ich auf die Hausdame, die an dem runden Eichentisch sitzt.

»Cinda, Schätzelchen, was machst du denn hier?« Sie sieht von den silbernen Kerzenhaltern auf, die sie gerade poliert. Ihr Spitzenhäubchen sitzt trotz der späten Stunde akkurat auf ihren Löckchen.

»Ich wollte zum Empfang. Ich weiß ja, ich bin spät dran, aber wo sind denn alle?«

»Das Essen findet auf der Grafenburg statt.« Hilla sieht mich mit Kulleraugen an. »Hat man dir das nicht gesagt?«

»Aber auf der Burg gibt es doch gar keinen Speisesaal mehr.« In meinen Augen sammeln sich mehrere Tränen.

»Genau darum geht es heut«, sagt Hilla und legt das Poliertuch zur Seite. »Der Speisesaal wurde wieder hergerichtet und wird nun mit einem Festessen eröffnet.«

Meine Augen laufen über. Wut und Hunger und ein bisschen restliche Kopfschmerzen von heute Morgen lassen mich losheulen.

Hilla steht auf und nimmt mich in den Arm. Ihr Duft aus Silberpolitur und frisch gewaschenem Leinen versetzt mich dabei zurück in meine Kindheit.

»Sie hat es wieder getan, nicht wahr?« Hilla streichelt mir die Wange und führt mich zu einem Küchenstuhl.

Ich nicke nur. Ja, meine Mutter tut es wieder, einmal mehr lässt sie mich auflaufen.

Ich stehe auf, um die Küche wieder zu verlassen.

»Wo willst du hin?«

»Zur Grafenburg«, schniefe ich.

»Nix da.« Hilla wedelt mit dem Zeigefinger vor meinem Gesicht herum. »Wie ich dich kenne, hast du außer Süßkram nicht viel im Magen. Außerdem ist der Empfang längst vorbei.«

»Dann warte ich eben in der Bibliothek auf Großpapa.«

»Ach Schätzelchen, er kommt heut nicht mehr her.« Hilla zieht mich zu dem Küchenstuhl zurück und platziert mich darauf. »Die Herrschaften übernachten in der Burg, das gehört zum Geburtstagsgeschenk des alten Herrn von Grafenberg an die alte Frau von Grafenberg. Es wurde extra ein Schlafzimmer erneuert.«

»Warum wollen sie mich nicht sehen, Hilla?«

Die alte Hausdame zuckt mit den Schultern und fährt sich über die Schürze, die genauso fleckenfrei aussieht wie die Küche. »Es gibt für alles einen Grund und für alles einen Zeitpunkt. Und für dich ist jetzt der Zeitpunkt zum Essen. Wir müssen endlich mal Fleisch an dich rankriegen.«

Hilla öffnet den Kühlschrank, in dem Nahrungsmittel für ein ganzes Jahr Platz haben, und zieht verschiedene Porzellanschüsseln daraus hervor. »Was hältst du von Winzerbraten mit Rosinenreis und Pudding mit São Tomé Kakao als Nachspeise?«

»Hört sich gut an«, flüstere ich und wische mir die Tränen von den Wangen.

Mit präzisen Bewegungen füllt Hilla mehrere kleine Töpfe und stellt sie auf die dazu passenden Herdplatten ihres XXL-Herdes. Parallel rührt sie irgendwie in allen Töpfen gleichzeitig, während sie dazu noch Tomaten schnippelt und Schnittlauch hackt. Und schon richtet sie mir das Essen auf einem weißen Porzellanteller mit Goldrand an. Jeder ihrer Handgriffe sitzt. Wenn ich in diesem Tempo in der Küche wirbeln würde, müsste ich mir ein monatliches Geschirr-Abo besorgen, mit einer Gratisbeigabe in Form einer Riesentube Kühlgel gegen Brandblasen. Meine Talente entfalten sich eindeutig beim Nähen am besten.

»Bitte, mein Schätzelchen«. Hilla stellt den Teller mit dem dampfenden Essen vor mich hin und sieht sich um, offenbar auf der Suche nach etwas, womit sie mir noch Gutes tun könnte.

Mit dem Silberbesteck meiner Großeltern zerteile ich den zarten Braten in der aromatischen Rotweinsoße. Jeder Bissen wird von meinem Gaumen bejubelt.

Schon bald beginne ich, mich wieder wohler zu fühlen. Hilla hat recht, es gibt für alles einen Grund und ich werde ihn herausfinden.

Entschlossen spieße ich die letzte Merlot-Rosine auf die Gabel und fahre damit über den leer gegessenen Teller, um ja auch jeden Soßentropfen zu verspeisen.

Während Hilla weiter die Kerzenleuchter poliert, bringt sie mich auf den neuesten Stand, was auf dem Weingut vor sich geht. Wer mit wem und wohin und

meistens auch wieso. Nur auf die Gesundheit von Großpapa kommt sie nicht zu sprechen und ich traue mich
nicht, danach zu fragen. Ich vermute, er behält es für
sich, und ich will ihn nicht verraten.

Gespannt warte ich darauf, dass sie David Priens er-
wähnt. Leider erzählt sie über ihn so gar nichts. Soll ich
fragen?

Lieber nicht.

Oder doch?

»Ich habe am Nachmittag David Priens kennengelernt.« Ich betrachte die Schokostückchen in meinem
Sahnepudding. Hochinteressant! Aus den Augenwinkeln sehe ich Hilla grinsen. Wie viele Schokostückchen
sich aber auch auf einem Löffel Pudding befinden können!

»Herr Priens ist der neue Gutsjurist. Letztes Jahr hat
der alte Gustav die Zügel weitergegeben, es wurde wirklich Zeit, wenn du mich fragst. Wenn ich mich recht
entsinne, war Gustav schon als Jurist hier, als der alte
Herr von Grafenberg noch zur Schule ging.«

»Und wie ist er so?« Ich kratze in meiner leeren Glas-
schüssel herum.

»Wer? Der alte Gustav?«

Ich sehe auf und Hilla lacht mich mit schief gelegtem
Kopf an. »Na, hast du den Grund der Schüssel endlich
gefunden?«

»*Ha, ha.*« Zu stolz, um weiter mein Interesse zu bekun-
den, lasse ich das Thema ruhen. Immerhin weiß ich
jetzt schon so einiges über den Fremden. Er heißt David
Priens, ist Anwalt, sieht großartig aus – sportlich und
schick – und er setzt Schwingungen in mir frei, die zu
meiner Lieblingsmelodie werden könnten. Außerdem

arbeitet er für meinen Großpapa, also muss er auch ein guter Kerl sein.

Ich trinke die letzten Schlucke meines Traubensaftes und strecke mich genüsslich. Dabei löse ich die Perlenspange aus den Haaren, die sich wie ein Seidentuch um meine Schultern legen.

Ich fühle mich angenehm schwer, aber auch wach und erholt. Ein Windhauch, der durch das offene Küchenfenster streicht, pustet mir eine Locke ins Gesicht. »Ich glaube, ich werde eine Runde durch den Park spazieren«, sage ich und räume das Geschirr ab.

»Tu das, Schätzelchen, und genieße die herrliche Nacht. Ich werd zu Bett gehen, der Tag morgen wird lang.«

»Gute Nacht, Hilla, und danke.«

»Gern geschehen.« Hilla schaltet das Licht in der Küche aus und folgt mir in die Eingangshalle. »Und Cinda?«

»Ja?«

»Du solltest wissen, es gibt noch ein paar andere Mädels, die sich nach Herrn Priens erkundigen. Mehr, als ihm lieb ist.«

7

N wie Nacht

Negligé

Oh, là, là!
Mitnichten ein zu vernachlässigendes
Kleidungsstück.
Schon gar nicht, wenn der Liebste sogleich
verführerisch auf Entdeckungsreise unseres hübsch
verpackten Darunters geht.

***

Mit Hillas merkwürdigem Kommentar im Kopf spaziere ich durch den Park. Meine Riemchensandaletten trage ich in den Händen und mit nackten Füßen schlendere ich über den noch warmen Rasen.

Der Mond schaut beleibt vom Himmel herunter. Wie passend, morgen wird er voll und rund über uns leuchten.

Warum Hillas Hinweis? Meine Stiefschwestern, insbesondere Asta, umschwirren jeden Mann, der das Weingut betritt. Das wissen alle. Unter den Bediensteten gibt es keine Frau, die vom Alter her passen würde. Aber was heißt das schon? Ob vielleicht meine Mutter

… Oh nein! Allerdings passt er hervorragend in ihre Männersammlung.

Die Ehe meiner Mutter und meines Stiefvaters gehört in die Kategorie Zweckgemeinschaft. Nachdem seine erste Ehefrau ihn mit den beiden Mädels sitzen ließ, genießt er seine ihm heilige Ruhe, die er in der Regel auf seinem Gestüt im Norden von Schleswig-Holstein pflegt.

Meine Mutter nahm sich selbstlos der zwei hilflosen Geschöpfe an und lebt nun in einer gesellschaftlich gesicherten Stellung, suhlt sich in Astas und Ricardas grenzenloser Anhimmelung und kann auf dem Weingut, nach meinen Großeltern, schalten und walten wie es ihr beliebt. Und, das muss ich gestehen, meine Mutter liebt das Weingut und treibt es zu immer neuen Spitzenweinen.

Allerdings treibt sie so manchen Angestellten auch in die Verzweiflung.

Neben dem Weingut engagiert sie sich in zwei Stiftungen, eine für benachteiligte Kinder – hört, hört! – und eine für kulturelle Vielfalt in der Region. Ihr schöner Schein strahlt mit der Sonne um die Wette und sie ist sehr kreativ darin, dieses wohltätige Strahlen einem jeden vor Augen zu halten. Zur Not reißt sie auch schon mal dafür dem einen oder anderen die Sonnenbrille von der Nase.

Bei Großmamas Rosenbeeten bleibe ich stehen. Hier vermischt sich der Duft des frisch gemähten Rasens mit den süßen Düften der Damaszenerrosen, die sich mit Tee- und Bourbonrosen abwechseln.

Als Kind versuchte ich, aus den Blüten Parfum zu gewinnen, um so zu duften wie meine Großmama. So hätte ich sie immer bei mir gehabt. Leider brachte ich nur brackiges Wasser mit zerknautschten Blütenblättern zustande.

Da fing ich an, rote Rosenblüten auf cremeweiße Stoffe zu sticken. Das gelang mir so gut, dass ich meinte, die Rosen und damit ein Stückchen von meiner Großmama erschnuppern zu können. Heute lieben meine Kundinnen meine Kleiderserie mit den filigranen Rosenmustern am meisten.

Vielleicht sollte ich es mit einer Rockkollektion im Rosenstil probieren. Elegant und knielang, kombiniert mit blütenweißen Blusen für die Damen und kurz und knackig für junge Mädels.

»Störe ich?«

Meine Rosenfantasien platzen. Neben mir steht David Priens. Und eine kleine andere Fantasie schwebt in mir empor. Gut sieht er aus, wie Michelangelos David, allerdings in Anzughose und weißem Hemd. Sollte ich jetzt nicht etwas sagen? Vielleicht, Sie und Ihre breiten Adonisschultern stören mich ganz und gar nicht?

»Sie sehen schick aus für einen Spaziergang durch den Park.« Er zeigt auf mein knielanges Cocktailkleid und meine silbernen Sandaletten, deren Riemchen ich mir um die Finger wickele.

Ob sein Bauch so muskulös ist, wie es den Anschein hat?

Los Cinda, konzentriere dich. Ich räuspere mich. »Sie ebenfalls. Ich meine, Sie sehen auch schick aus.« Okay Cinda, halt lieber die Klappe.

Er lächelt mich an und rechts und links neben seinem Mund vertiefen sich die Grübchen. Der Schokopudding von vorhin schmilzt in meinem Magen zu heißer Schokolade mit Sahne.

»Ich komme gerade von der Grafenburg. Nach dem Trubel dort wollte ich hier draußen ein wenig Ruhe genießen.«

»Dann werde ich Sie mal Ihrer Ruhe überlassen.« Peinlich berührt wende ich mich ab. Warum spricht er mich denn an, wenn er Ruhe sucht, der Park ist ja nun wirklich groß genug für zwei einsame Spaziergänger.

»Nein, bitte nicht! So war das nicht gemeint.« Er geht einen Schritt auf mich zu und streckt mir die Hand entgegen. »Ich würde gern mit Ihnen ein Stück laufen.«

David Priens neigt den Kopf zu mir, seine Augen schimmern dunkelgrün und er sieht mich so lieb an, dass ich nicht widerstehe.

Langsam lege ich die Hand in seine und die Wärme seiner Haut breitet sich mit Lichtgeschwindigkeit in meinem Körper aus. Überall.

Fest umschließt er meine Hand und wir schlendern an den Rosenbeeten entlang zum südlichen Teil des Parks. Wie richtig sich seine Nähe anfühlt!

»Warum waren Sie nicht bei der Eröffnungsfeier dabei?«, fragt er leise und sieht zu mir herunter. Seine Stimme klingt tief und kehlig.

So richtig weiß ich nicht, was ich ihm antworten soll. »Ich war zu spät dran.« Zumindest sage ich nicht ganz die Unwahrheit.

»Das Einzige, was Sie wirklich verpasst haben, war das gute Essen.«

»Und meine Großeltern«, rutscht es mir heraus.

»An die war kein Herankommen. Ihre Großeltern wurden den ganzen Abend von Ihrer Mutter, dem

Bürgermeister und der Kulturministerin in Beschlag genommen.«

»Wer weiß, was sie wieder ausheckt«, murmele ich.

»Das Verhältnis zu Ihrer Mutter ist nicht das beste, wie es scheint.«

Ich zucke mit den Schultern. Existiert überhaupt ein Verhältnis? Unsere Gemeinsamkeiten beschränken sich auf unser Aussehen und unsere Blutgruppe, die aber immerhin selten vorkommt.

Vor uns im Mondlicht glänzt der Pavillon, den Großpapa manchmal für Weinverkostungen nutzt. Dahinter erheben sich die ersten Weinberge. Die Rebstöcke werfen scharfe Schatten in dem fahlen Licht.

David Priens und ich steigen die drei Holzstufen hinauf und bleiben in der Mitte stehen. Wir sehen uns an und dabei hält er noch immer meine Hand, die er mit dem Daumen streichelt. Seine sonnengebräunte Haut schimmert dunkel. Um uns herum raschelt eine Brise durch die Rebstöcke und weht süßen Traubenduft zu uns herüber.

David streicht mir eine Haarsträhne aus dem Gesicht, während er mir in die Augen schaut. Mein Herzschlag verdoppelt sich und feine Gänsehaut überzieht meinen Körper, obwohl ich mich gerade fühle, als stünde ich im Sonnenschein.

Die Welt um uns herum zieht sich zurück und es gibt nur noch ihn und mich.

Langsam, um jede Sekunde auszukosten, stelle ich mich auf die Zehenspitzen und neige meinen Mund seinem entgegen. Bis ich seine Lippen erreiche und wir uns küssen.

Ich löse mich auf in unserem Kuss, meine Sinne verflechten sich mit seinen. Wir bewegen uns wie eins, atmen im gemeinsamen Rhythmus. Jede Berührung seiner Haut an meiner lässt mich mehr schweben.

In unserem Kuss vereint taumeln wir aus dem Pavillon hinunter auf den warmen Rasen. Knopf für Knopf öffne ich sein Hemd und ziehe es ihm aus, dann trete ich einen Schritt zurück. Ich lasse ihn nicht aus den Augen, während mein Kleid an mir herabgleitet.

Was dann folgt ... ich weiß nicht, wie ich es beschreiben soll ... Magie.

Ineinander verschlungen liegen wir im Gras. Unsere Herzen klopfen im gleichen Takt und unser Atem beruhigt sich.

»So etwas habe ich noch nie gemacht«, flüstere ich an seinem Hals. »Zumindest nicht, ohne vorher wenigstens zweimal zusammen essen und einmal im Kino gewesen zu sein.«

Ich spüre sein Lachen an meiner Brust. »Ich auch nicht.«

David umfasst mich fester und dreht mich mit einem Ruck herum, sodass er warm und stark auf mir liegt. »Ich schulde dir wohl zwei Essen und einen Kinobesuch.« Das Mondlicht glitzert in seinen Augen und sein Lächeln lässt sämtliche meiner Hormone kochen.

»Mach vier Essen und zwei Kinobesuche daraus.« Meine Beine umschlingen seine Taille und ich ziehe seinen Kopf zu mir heran und küsse ihn. Wieder und wieder wuschele ich ihm durch die schokobraunen Haare. Und es fühlt sich genauso gut an, wie ich es mir vorgestellt habe.

Der Mond hat sich längst einen neuen Ausblick am Himmel gesucht, als David und ich zum Haus zurückschlendern. Im Dunkeln, unter viel Gelächter und noch mehr Küssen, sammeln wir unsere verstreute Kleidung ein.

Ein oranger Schimmer am Himmel kündigt bereits den neuen Tag an. Den Geburtstag meiner Großeltern.

»Wir sollten wenigstens noch ein, zwei Stunden schlafen«, flüstere ich in Davids Umarmung hinein.

Neben uns bauscht sich die Spitzengardine der geöffneten Terrassentür, die in die Bibliothek führt. Doch keiner von uns beiden bewegt sich, gemeinsam halten wir diese Nacht fest. Kohlmeisen beginnen ihr morgendliches Zwitscherritual und lösen die Amseln ab, die uns bereits begrüßt haben. Umschlungen sehen wir zu, wie sich die Sonne höher und höher über die östlichen Weinberge schiebt.

Ein dumpfes Geräusch über uns lässt mein Herz flattern.

»Was war das?« Erst schaue ich zu David hoch, der mich anlächelt, dann blicke ich am Haus empor. Die Fenster über uns sind geschlossen und liegen dunkel im beginnenden Tag.

»Ich höre nur dein Herz.« David küsst mich auf die Stirn und auf die Wange und auf den Mund und noch einmal auf den Mund. »Ich tanze auf dem Ball heute Abend nur mit dir.«

Das Wort Ball katapultiert mich augenblicklich in die Wirklichkeit, denn Ball gleich Kleid und Kleid gleich Kleider – und diese warten unfertig auf mich in meinem Zimmer.

»Ich muss gehen«, flüstere ich in seinen Kuss. »Vor mir liegen noch viele Nadelstiche.« Mit einer Drehung löse ich mich aus seiner Umarmung und schwebe die Treppen hinauf in mein Zimmer.

8

P wie Par Excellence

Pyjama

Egal ob Etuikleid, Negligé oder Abendkleid – es geht doch nichts über den guten alten, superbequemen, kuscheligen, weichen, anschmiegsamen Pyjama. Abends nach getaner Arbeit, nachts nach leidenschaftlichen Liebesspielen, frühmorgens nach durchtanzten Nächten.

***

Die Kleider nähen sich fast von selbst, die Nadeln tanzen nur so durch die Cuite-Seide und den Kristallsatin.

Millionen Glücksbotenstoffe zischen durch meinen Körper und versüßen mir jeden Augenblick. Mein Herz hopst vor Wonne und meine Lippenmuskeln trainieren für die nächste Lächel-Olympiade.

Ich bin verliebt, so richtig und ganz und gar verliebt.

Und das Allerbeste, ich glaube, auch mein Prinz liebt mich. Ich kichere bei dem Gedanken, aus David Priens meinen Prinzen zu zaubern. Nie habe ich daran geglaubt, solch einen Rausch empfinden zu können. Dieses Feuerwerk hielt ich stets für die Erfindung von

Autorinnen, doch wie es scheint, wissen die ziemlich genau, wovon sie schreiben.

Ob meine Großeltern deswegen so glücklich miteinander leben? Mein Großpapa würde selbst dem Bundespräsidenten Respekt einflößen und Scarlett O'Hara kann sich von meiner Großmama noch eine Scheibe Stolz abschneiden. Doch wenn die beiden einander treffen, sehen sie sich für einen Moment in die Augen und schlingen ihre Hände ineinander.

Vor mir liegen rosige Zeiten mit pinken Schleifen verziert.

»Lucinda!«

Ich fahre vom Stuhl hoch und greife mit den Händen nach meinem Herzen, das gerade zu verrutschen droht. Dabei bleibe ich an dem lavendelfarbenen Satinstoff in der Nähmaschine hängen, was dieser mit einem hässlichen Ratsch quittiert.

So ein Mist!

»Mensch, klopf doch mal an, bevor du in mein Zimmer stürmst!« Ich fuchtele wie eine italienische Mama mit den Armen vor Asta herum.

Als Antwort zieht sie lediglich ihre zu einem Strich gezupften Augenbrauen einen Millimeter in die Höhe.

»Was willst du? Ich habe zu tun.« Ich setze mich wieder vor die Nähmaschine und streiche über die Wunde in dem Kristallsatin. Tja, Ricardas Ballkleid wird wohl ein wenig kürzer ausfallen als geplant.

»Alle rackern sich für die Feier ab und du träumst faul herum!«, geifert Asta. Sie stemmt die Fäuste in die Seiten und sieht auf mich herab. »Wo ist mein Kleid?«

In meiner Vorstellung erhebe ich mich vom Stuhl, gehe zu der Schneiderpuppe neben der Tür, reiße Astas

Ballkleid herunter und knülle es ordentlich zu einer Kugel. Dann werfe ich es ihr gekonnt wie eine Profibasketballerin an den wasserstoffblonden Kopf, der als Basketballkorb dient.

Denke ich zu laut? Asta funkelt mich an. »Wage es nicht«, zischt sie mir zu.

Ich seufze und erhebe mich. Vorsichtig ziehe ich das Ballkleid von der Puppe und reiche es Asta.

Sie grapscht danach und knautscht es an der Taille zusammen. Ich will danach greifen, um den armen Stoff zu retten, doch dann schüttelt Asta schon selbst wieder das Kleid aus. Sie presst ihre Augen zu schmalen Schlitzen und beäugt die Stelle, die sie gerade malträtiert hat.

»Hier sind Flecken drauf!«, herrscht sie mich an und weist auf die frischen Fingerabdrücke auf der magentafarbenen Cuite-Seide.

Dieses Frauenzimmer hat doch tatsächlich ihre zehn Finger in Schokopudding getaucht, ehe sie zu mir heraufgekommen ist.

Ich kann nicht anders, ich halte den Atem an und nehme mir fest vor, das für den Rest meines Lebens durchzuhalten. So würde ich Asta nicht anschreien, zusammenbrüllen, niedermachen, zertrampeln und über sie hinwegsteigen.

Asta reagiert schneller. Sie boxt mich mit mehr Kraft als nötig in die Seite und die Luft, die ich so tapfer in mir halte, entweicht mit einem Wusch.

»Nicht genug, dass ich extra hier heraufkommen muss, jetzt war mein Weg auch noch umsonst! Du glaubst wohl, ich habe Langeweile! Gleich kommen die

Stylisten und ich bin noch nicht mal massiert! Sieh zu, dass du die Flecken rausmachst!«

»Die stammen doch von deinen Schokofingern!«, schreie ich zurück und reiße ihre Hände mit dem halben Dutzend Diamantringen hoch.

Hoppla, da öffnet sich wohl eines meiner Wutkästchen – und es tut nicht mal weh. Im Gegenteil, ich bekomme Lust, genüsslich die Schleife eines weiteren Kästchens abzuwickeln.

Asta zieht die Hände zurück und baut sich vor mir auf. »Na und? Was willst du dagegen tun, Aschenputtel?«

Sie lässt das Kleid fallen, dreht sich um und stöckelt aus dem Zimmer. Am Türrahmen hält sie sich mit einer Hand fest und sieht über ihre Schulter zu mir zurück, Po und Busen rausgedrückt, den unteren Rücken zu einem überdimensionierten Hohlkreuz verrenkt. In welcher Modelshow hat sie diese Pose denn aufgeschnappt?

»Mutter will dich sehen, mit ihrem Ballkleid, versteht sich.«

»Dann bringe es ihr doch. Es hängt neben dir am Haken.« Das fühlt sich gut an.

Pass auf, liebe Cinda, lispelt ein Stimmchen in meinem Ohr gegen mein Hochgefühl an. Zur Sicherheit verschränke ich die Arme vor der Brust. Das soll ja angeblich abweisend wirken.

Astas Augen verengen sich zu Schlitzen mit Trockenheitsfältchen.

In mir erwacht wieder meine Abneigung gegen ihre Streitereien. Mein Widerwille reckt und streckt sich bereits, er gähnt.

Bitte schlaf wieder ein!

»Falls du es noch nicht weißt«, Astas Stimme schrumpelt meinen Mut auf Rosinengröße, »Großvaters Termin in der Klinik wird weitere nach sich ziehen.« Sie schmeißt die Tür hinter sich zu. Mutters Ballkleid rauscht zu Boden.

Gefrustet bis unter die Nasenspitze sinke ich zwischen die bunten Stoffhaufen.

Wohin verkrümeln sich gerade meine Glückshormone?

Der Preis für das Glück scheint mir auf einmal zu hoch. Ich will nie mehr in die Nähe dieses Gutshofs kommen, denn er ist eben nicht nur ein Haus. So sehr ich diese Villa und die Weinberge liebe, die sich wie Wellen darum ausbreiten, ich bin hier fertig. Wenn ich meine Großeltern sehen will, wird es andere Orte geben, und David würde ich in meinem Herzen mit nach Hause nehmen.

Und wenn Großpapa zu krank ist? Der Gedanke passt nicht in mein Gedankenpuzzle.

Und wenn David genau dieser Eine ist? Noch ein falsches Teil.

»Mist, Mist, Mist, Mist ...« Ein Klopfen an der Tür unterbricht meine Flucherei.

»Ich bin nicht da!«

Die Tür öffnet sich einen Spalt und David sieht zu mir herein. Er runzelt die Stirn. »Darf ich reinkommen?«

»Sicher.« Ich räuspere mich. »Entschuldige, ich bin gerade etwas durch den Wind.«

»Du hast sicherlich deine Gründe.« David setzt sich zu mir auf den Boden und zum ersten Mal sehe ich ihn nicht im Anzug, sondern in Jeans und weißem T-Shirt.

Dieser Mann würde selbst in einer ausgeleierten Jogginghose bei der Fashion Week überzeugen.

Behutsam legt er einen Arm um mich. Er duftet nach Ostsee, nach deren frische Weite, nach Leichtigkeit und Sommerregen. Sofort strömt Wärme durch mich und ich lehne mich an ihn an. Ich will nicht von ihm weggehen, ich will bei ihm bleiben.

Tränen steigen mir in die Augen und ich blinzele sie weg, ehe er sie sehen kann.

»Warum liegen die Kleider auf dem Boden?« David zeigt auf Astas Werk.

»Ein Missgeschick«, murmele ich und kuschele mich noch fester an seine Brust. Ich mag gerade nicht an meine Stiefschwester denken.

»So wie du aussiehst, ist es nicht dein Missgeschick, habe ich recht?« Das Grün in Davids Augen verdunkelt sich, als er mich ansieht.

Ich schließe für einen Moment die Augen. »Ich kriege das schon hin.«

»Ich glaube, du hast hier schon zu viel hingekriegt.« David steht auf und zieht mich mit nach oben. »Wenn du möchtest, bringe ich dich sofort zu mir. Dort schikaniert dich niemand. Und heute Abend führe ich dich ausgeruht und strahlend auf den Geburtstagsball deiner Großeltern.«

Er lächelt mich an und wickelt sich eine meiner Haarsträhnen um die Finger.

»Danke.« Ich lege die Arme um seinen Nacken und küsse ihn, erst nur zart, doch dann kehrt das Feuer zurück. Ich presse mich fest an ihn. David hebt mich hoch und ich umschlinge seine Hüften mit den Beinen, unsere Zungen tanzen Saltarello miteinander, dabei sprudelt mit jeder Sekunde mehr Zuversicht in mich hinein.

Nach und nach wird unser Kuss zärtlicher, schließlich lösen wir unsere Lippen voneinander.

»Danke, aber nein danke«, flüstere ich und lehne meine Stirn an seine. »Ich bleibe hier und bringe das zu Ende. Wir sehen uns nachher auf dem Ball. Ich werde vielleicht nicht ausgeruht sein, aber ich werde strahlen. Für meine Großeltern und für dich.«

David setzt mich auf dem Boden ab und streicht mir eine zerzauste Locke hinter das Ohr. Seine Wangen sind gerötet und seine Augen glänzen. Ganz fest hält er mich in den Armen und ich bemerke kaum, dass ich den Boden berühre.

Das Ballkleid meiner Mutter liegt mir schwer über den Armen und der bronzefarbene Seidendamast raschelt bei jeder Bewegung. Noch bevor ich am Eingang zu den Zimmern meiner Mutter klopfen kann, reißt sie die Tür auf.

»Na endlich!«, sprüht sie mich an.

Ich erspare es mir meinerseits, sie zu begrüßen, und betrete langsam den Wohnsalon meiner Mutter.

Gegenüber der Tür flutet das Sonnenlicht durch bodentiefe Fenster, ein Windhauch bauscht die feinen Organza-Vorhänge davor. Perfekt arrangiert stehen antike Möbel im Raum und laden dazu ein, von vergangenen Zeiten zu träumen, als Frauen noch Damen waren und Herren ihnen den Hof machten.

Ich glaube allerdings nicht, dass dies der Grund für meine Mutter war, diese Möbel zu wählen. Vielmehr waren es wahrscheinlich die Preisschilder an den einzelnen Stücken, die ihr das Herz erwärmten. Bekommen solche teuren Gegenstände überhaupt Preisschilder?

»Nun steh nicht einfach so rum, gib mir mein Kleid.« In ihrem schwarzen Hosenanzug mit der doppelreihigen Perlenkette und den hochgesteckten Haaren wirkt sie wie eine Topmanagerin. Mit diesem Auftreten könnte sie das Präsidium des Deutschen Fußball-Bundes dazu bewegen, Fußball abzuschaffen.

Meine Mutter entschwindet mit dem Ballkleid in ihr Schlafzimmer und schließt die Türen hinter sich.

Als Kind erhaschte ich ab und zu mal einen Blick in diese cremeweiße Wunderwelt, dennoch habe ich bis heute keinen Fuß in das Zimmer gesetzt.

Unschlüssig stehe ich in ihrem Wohnsalon. Eine Hummel brummt zum Fenster herein – die traut sich ja was. Ich wage es nicht, mich hinzusetzen. Wer weiß schon, was für Abdrücke mein Jeansrock auf diesen feinen Polstern hinterlässt.

Die Gemächer meiner Mutter lassen jeden NASA-Reinraum wie das Zimmer eines schlampigen Teenagers aussehen. Nichts liegt herum, hierher traut sich nicht einmal ein Staubkorn. Und wenn eines so mutig wäre, würde es beim angeekelten Blick meiner Mutter sofort Harakiri begehen.

Als ich mich zum Gehen wende, erscheint meine Mutter wieder.

Die karamellblonden Haare fließen weich wie Vanilleeis um ihre Schultern, ihre Kurven gibt es im echten Leben nur in überteuerten Hochglanzmagazinen zu sehen und ihre Bewegungen lassen jede Katze vor Neid ihr Fell raufen. Und in diesem Ballkleid, in dem sie vor mir schwebt, sieht sie zum Niederknien aus. Durch die bronzene Farbe der Seide schimmert ihre Haut wie Perlmutt und ihre Augenfarbe gleicht dem Himmelblau, das sich in einem klaren Bergsee spiegelt. Dazu umschmeichelt ein Hauch frisch gepflückter Honigorchideen meine Nase.

Meine Mutter sonnt sich in meiner Sprachlosigkeit. »Nicht schlecht für eine kleine Dorfschneiderin.« Was sich wie eine Beleidigung anhört, könnte so etwas wie ein Kompliment gewesen sein. »Du kannst gehen.«

Ich beeile mich, ihrer gnädigen Aufforderung nachzukommen, ehe sie sich ebenfalls entschließt, ihre Hände in Schokolade zu baden und damit ihr Kleid zu befingern.

Obwohl – das kann nicht passieren, Schokolade hat noch nie den Weg in den Mund meiner Mutter gefunden. Ich glaube, selbst die Milch, mit der sie gestillt wurde, war zuckerfrei.

»Ach, und Lucinda Lynette«, ruft sie mich zurück, »ich hoffe, Asta Aimées Kleid verdient ebenso meine Anerkennung.« Sie fährt mit der Hand an der bestickten Bordüre entlang, die sich von der einen Schulter über den Ausschnitt bis hinunter zur Taille an der anderen Seite rankt.

»Sicher«, murmele ich. Wenn sich Astas Fettfinger, die ich vorhin versucht habe, aus dem Gewebe zu waschen, nicht als Schatten um ihre Taille legen.

»Lucinda Lynette.« Meine Mutter wartet, bis ich sie ansehe. »Dieses Kleid muss ein Ballkleid par excellence werden. Denn Asta Aimée trägt es heute Abend bei der Bekanntgabe ihrer Verlobung.«

Ich reiße meine Augen auf und sehe für einen Augenblick David vor mir.

Nein! Das kann nicht sein!

Schnell schiebe ich sein Bild ganz weit nach hinten, noch hinter die Erinnerung an letzte Nacht.

»Ich glaube, du kennst ihren zukünftigen Verlobten bereits, Herrn Priens, David Priens?«

Wumm, dieser Abwurf meiner Mutter sitzt und alle Bilder in meinem Kopf kegeln durcheinander. Dabei lächelt sie mich so charmant an, als würde sie mir gerade einen heiß ersehnten Geburtstagswunsch erfüllen.

»Wie, David Priens? Das kann doch gar nicht sein!«

»Wieso nicht? Ach, du meinst die Gerüchte, dass er alles besteigt, was nur einigermaßen attraktiv daherkommt? Nun gut, diese unschöne Angewohnheit legt er ab, sobald er Asta Aimée heiratet. Soll er sich vorher ruhig ein wenig seine nicht hässlichen Hörnchen abstoßen, nicht wahr, meine Liebe?«

Der süße Ton in der Stimme meiner Mutter verursacht mir Übelkeit, mein Magen krampft sich zusammen. Schwindelig greife ich mir an den Kopf. Ich muss hier raus, ich muss an die frische Luft. Oder ich bleibe hier und ruiniere Mutters Perserteppiche mit dem Inhalt meines Magens.

Erfreulicherweise überwiegt der Drang zu fliehen und ich stolpere aus dem Zimmer.

»Und Lucinda Lynette«, höre ich meine Mutter mir hinterherzwitschern, »wenn du Herrn Priens das nächste Mal triffst, sei so gut und lass deine Kleidung an.«

9

U wie Unglücklich

Umstandskleid

Bauch umständehalber abzugeben.
Doch das hat Zeit, denn so ein Bäuchlein, hübsch
verpackt in einem wohlig weiten Umstandskleid,
lässt sich leicht tragen, vor allem, wenn sich darin
ein kleines Wunder an uns schmiegt.

***

Weg, weg, weg! Ich will einfach nur weg!

Durch den Sprühnebel meiner Tränen haste ich zum Mini. Zweimal fällt mir der Autoschlüssel herunter, bis ich ihn endlich ins Zündschloss gefummelt bekomme und losrase.

Im ersten Moment verschwende ich keinen Gedanken daran, wohin ich fahre. Erst nach und nach schaltet sich mein inneres Navigationsgerät ein und ich schlängele mich die Kurvenstraße hinauf zur Grafenburg.

Es ist an der Zeit, mich endlich mit meinen Großeltern zu treffen. Mein Fuß drückt stärker als angemessen auf das Gaspedal und ich kralle mich mit aller Kraft am Lenkrad fest, um nicht aus den Kurven zu fliegen.

Gleich kann ich mich an meinen Bärengroßpapa und an Großmama drücken. Nur leider bremsen mich immer wieder entgegenkommende Autos aus, die mich zwingen, von meiner Ideallinie abzuweichen.

Auto an Auto reiht sich auf dem Parkplatz neben dem Burgtor. Der strahlende Sonntag lockt Touristen aus allen Ecken Europas hierher auf die Burg mit ihrem sagenhaften Ausblick hinunter ins Moseltal.

Ich finde neben dem Burggraben gerade noch eine Minilücke für meinen Mini und hoffe, dass ich mein Auto nachher nicht aus dem Wasser angeln muss.

Der zerknitterte Pförtner, der mindestens halb so alt ist wie die Grafenburg, winkt mich mit einem breiten Grinsen durch. »Fräulein Cinda, nett, dasch se hier obe auch mal nach de Rechte sehn.«

»Hallo Leopold, was machen die Enkelkinder?«

»Urenkel, meine Liebe, Urenkel mache die.« Leopold zwinkert mir mit einem Auge zu, während sein goldener Schneidezahn in der Sonne aufblitzt.

Im Burghof bleibe ich für einen Moment stehen. Mit der Hand beschatte ich die Augen und sehe hinauf zu den hölzernen Terrassengängen, die in der ersten Etage um den inneren Hof führen.

Ich weiß nicht, welche Räume Großpapa für Großmama herrichten ließ. Könnte es im Westtrakt sein? Den Gemächern dort liegt das Städtchen Grafenburg zu Füßen.

Um mich herum wuseln Besucher auf Deutsch, Englisch, Französisch und Bayrisch in alle vier Himmelsrichtungen. Am liebsten würde ich sie wegscheuchen. Ständig steht mir ein Tourist im Weg. Am schlimmsten sind die Pärchen, von denen bereits zwei ausgerechnet mich erwählten, um ihr Glück fotografieren zu lassen.

Da watschelt mir auch noch Ricarda entgegen.

»Was tust du denn hier?« Ricardas aufgerissene Augen ähneln zwei braunen Billardkugeln.

»Das geht dich nichts an.« Es fällt mir leichter, mich gegen Ricarda zur Wehr zu setzen, aber nur dann, wenn ihre teuflische große Schwester mindestens drei Kilometer entfernt über ihren Intrigen brütet.

»Und ob mich das was angeht!« Ricarda baut ihren kugeligen Schneefrauenkörper vor mir auf. In ihrem lindgrünen Kostüm sieht sie aus wie ein übergewichtiger Grashüpfer.

Ich habe keine Lust, mit ihr zu streiten, ich habe überhaupt keine Lust, mit irgendjemandem zu streiten. Warum versteht das hier niemand?!

Ich würde jetzt gern wie ein Hund knurren können. »Keine Angst«, presse ich stattdessen durch zusammengebissene Zähne hervor. »Dein Bonbonkleid ist so gut wie fertig.«

»So gut wie fertig reicht nicht.« Ricardas Worte sind nicht nett, doch ihre Stimme schneidet nicht mehr ganz so scharf. »Hast du geheult?«

Was will sie denn jetzt von mir? Das ist eine Falle! »Natürlich habe ich nicht geheult!« Ich umrunde meine Stiefschwester, doch sie hält mich am Arm zurück.

»Sie sind nicht da.«

Ich schüttele Ricardas Hand ab und drehe mich zu ihr um. Deutlich spüre ich, wie sich meine Augen zu Schlitzen zusammenziehen und sich meine Stirn in Zornesfalten legt. »Du lügst!«

Die Leute in unserer Nähe blicken sich nach uns um, doch mir ist das absolut und total gleichgültig. Ich verpasse nicht schon wieder meine Großeltern, das lasse ich nicht zu!

»Mach nicht so einen Aufstand«, zischt mich Ricarda an. Ihr Gesicht färbt sich korallenrot. Es gibt kaum etwas, was Ricarda in der Öffentlichkeit nicht peinlich berührt. Sie zieht ihren Kopf zwischen die Schultern und mich ein Stück zur Seite, in den Schatten der Burgmauer.

»Fabia und Heinrich sind vor zwanzig Minuten weggefahren.«

»Wohin?«

»In irgendeine Klinik.«

Eine Tränenflutwelle rollt aus meinen Augen. Oh nein, an seinem Geburtstag in die Klinik? Bitte nicht.

»Welche Klinik?«, schluchze ich Ricarda an.

»Keine Ahnung.« Sie zuckt mit den Schultern und sieht die Gaffer um uns herum mit einem entschuldigenden Grinsen an. »Beruhige dich, zum Ball sind sie zurück.«

»Du hast doch keine Ahnung!«

Ricarda sieht mir für einen Moment in die Augen. »Es ist nicht so schlimm, wie du denkst.«

»Ach! Was denke ich denn?« Meine Stimme kippt, denn eines meiner Wutkästchen springt auf und sein Inhalt vergiftet meine Worte.

Ich sehe auf Ricarda hinunter und kann mir einen genervten Seufzer nicht verkneifen. Sie streicht sich ständig über ihren glatten Bob, sodass er schon ganz speckig glänzt. Immer wieder wendet sie ihren Blick von mir ab.

»Dieses Mal kannst du mir vertrauen.« Sie trippelt von einem Fuß auf den anderen. »Es ... es wird schon, ich muss los.« Ricarda geht zwei Schritte rückwärts und winkt mir zu, ehe sie sich umdreht und prompt mit einem Kinderwagen zusammenstößt.

»Das glaubst du doch selbst nicht!«, rufe ich ihr hinterher. Als ich ihr das letzte Mal vertraut habe, hatte sie mich über Nacht im Weinkeller eingesperrt, bis mich der Kellermeister am Morgen zusammengerollt zwischen den Weinfässern fand. Die Kälte in meinen Gliedern ließ mich noch Tage nach dem Vorfall zittern.

Jetzt zittere ich wieder. Wie schon bei der Hinfahrt kralle ich mich am Lenkrad fest. Die Rotbuchen am Straßenrand rauschen an mir vorbei, die Sonne blendet mich und lässt den Asphalt vor mir flimmern. Mein Kopf fühlt sich an, als würde ich die erste Migräne meines Lebens erleiden – und das gleich in doppelter Ausführung.

Bilder der letzten beiden Tage blitzen im Nanosekundenbereich vor meinem inneren Auge auf und verdecken mir die Sicht auf die Kurven. Großpapa im Krankenhaus, Großmama an seinem Krankenbett, David im Mondlicht, mein silbernes Ballkleid, meine Puppen-Mutter, Asta, Ricarda, Großpapa auf Großmama gestützt ...

Ich lasse das Auto an einer kleinen Ausbuchtung am Straßenrand ausrollen und kugele mich im Fahrersitz ein.

War ich vor wenigen Stunden wirklich noch so glücklich, dass ich mein Herz verschenkt habe? Wie kann sich ein solches Glück auf einmal in ein derartiges Unglück verwandeln?

Oh Großpapa, bitte, bitte bleib bei mir.

Für einen Moment taucht Davids Gesicht in meiner Erinnerung auf, seine grünen Augen mit den Lachfältchen, seine Lippen, deren Küssen ich nicht widerstehen kann. Mit ein wenig Mühe zerquetsche ich die Erinnerung.

Da ich in der Sonne parke, sammelt sich bald die Hitze im Auto. Meine Arme kleben feucht an den Beinen und im Gesicht pappen sich meine Haare an die Mischung aus Schweiß und Tränen. Meine Gedanken rasen weniger wild durch meinen Kopf, wenn ich mich auf das schmerzhafte Pochen hinter der Stirn konzentriere.

Es dauert eine Weile, bis ich mich wieder so weit zusammengesetzt habe, dass ich weiterfahren kann. Keine Glücksbotenstoffe rauschen mehr durch meinen Körper und mein Herz klopft nur noch in Moll.

Ich weiß jetzt, was ich mache. Zuerst nähe ich Ricardas Kleid fertig, dann stelle ich Astas Prunkstück wieder her und danach verwandele ich mich von Cinda in Lucinda.

Ich werde mir mein Ballkleid überziehen und in meine Riemchensandaletten gleiten, meine Haare werden meine Krone sein.

Auf dem Geburtstagsball werden nur meine Großeltern und ich anwesend sein. Alles andere blende ich aus.

Und gnade denjenigen, die sich mir in den Weg stellen wollen!

10

T wie Tatenlos

Tutu

Darf es ein wenig auffälliger sein?
Verspielter?
Mädchenhafter?
Dann hinein in ein quietschrosa Tutu aus
mindestens sieben Lagen Tüll, ab auf die Fußspitzen
und der Tanz durch Dein Leben möge beginnen.

***

Hilla hilft mir, die Ballkleider meiner Stiefschwestern in ihre Zimmer zu schaffen, ohne dass ich ihnen noch einmal begegnen muss.

Nun bin ich an der Reihe. Die Zeiger der Uhr sprinten umeinander, mir bleibt nur noch eine knappe Dreiviertelstunde, um mich in eine Ballprinzessin zu verwandeln.

Asta, Ricarda und meine Mutter werden grau gegen mich aussehen in ihren ach so teuren bunten Roben. Mein silbernes Meisterwerk und ich, zusammen mit meinen geliebten Riemchensandaletten, werden der Blickfang dieses Abends sein. David wird sich ... Nein, weg, du Gedanke. Nur meine Großeltern und ich.

Unter der Dusche schrubbe ich jeden Zentimeter meines Körpers, bis meine Haut rosig strahlt. Passend zu dem feierlichen Anlass gönne ich mir eine Extraportion meiner Lieblingscreme, die mich in den Duft von Birnenblüten hüllt.

Nachdem die Creme eingezogen ist, kleide ich mich in glanzseidene Unterwäsche und in einen Kimono-Morgenrock.

Zu Hillas unzähligen Bekannten gehört Astas Stylistin, die sich nur zu gern meiner Haare annimmt. Lachend erzählt sie mir von Astas Haarverlängerung, die sie ihr an die Spaghettihaare geklebt hat und die sich in der Hitze des Balls nach und nach lösen werden.

»Isch abe gewarnt sie«, kichert Sylvie, während ich gebannt auf ihre mindestens fünf Zentimeter langen Wimpern mit den aufgeklebten Strasssteinchen starre. »Isch abe gesagt, an ihre feine Aare ält so was nischt.« Sie beugt sich zu mir hinunter. »Besonders nischt mit wasserloslische Kläber.«

Sylvies Hände berühren kaum meinen Kopf. Ich lackiere mir währenddessen gründlich die Nägel in einem Kirschrot, das auch gleich meine Lippen in einen Kussmund verwandeln wird. In einen kirschroten Kussmund, der heute Nacht ungeküsst bleiben wird. Ich drücke mit dem Nagellackpinsel so stark auf, dass sich die Fingerspitze des linken Zeigefingers rot verfärbt. Na toll, wenn ich jetzt mit Nagellackentferner hantiere, kann ich gleich alle Nägel noch einmal anpinseln. Und das alles wegen David.

Sylvie nimmt mir den misshandelten Pinsel weg und sieht mich seufzend an. »Entspan disch. Deine Unrue giebt mir Schtromschläge. Du schließt deine Auge und lässt miesch mache.«

Ich muss ihr zustimmen. Meine Füße wippen, meine Finger zappeln, ein Nerv unter meinem rechten Auge zuckt und einer an meiner Oberlippe. Immer wieder knabbere ich an dieser Stelle herum.

»Wenn du weiter deine Liepe gaust, ast du sie gleisch augeesst. Isch abe gesagt, entspan disch!«

Alles klar. Entspannen, das kann nicht so schwer sein. Ich versuche es mit Meditation. Einatmen, bis sieben zählen, ausatmen, bis sieben zählen, einatmen … Ich glaube, ich werde schon ruhiger.

»Würdest du bei die Atmen biete nischt so wackeln! Wie soll isch disch denn da schminken?«

Meditation dann also auch nicht. Ich angele mit dem Fuß nach meinem Rucksack und finde, wonach ich suche. Stück für Stück verspeise ich eine Tafel Pfefferminzschokolade.

Schon besser.

Sylvies Kunst sollte eingerahmt und im Louvre ausgestellt werden. Meine sonst eher chaotischen Locken fließen geordnet den Rücken herab. Durch irgendeine Zauberwimperntusche hat sie meine Augen um zwei Nummern vergrößert und mir Wimpern gemalt, auf die jeder Hersteller von künstlichen Wimpern neidisch wäre. Und mein Mund! Ich kann gar nicht glauben, dass diese geschwungenen kirschroten Lippen zu mir gehören. Vorsichtig taste ich danach. Alles echt.

Ich schiele nach der Armbanduhr, die auf dem Bett liegt. Noch dreizehn Minuten, ich liege genau in der Zeit.

Aus dem Schrank hole ich den Kleidersack mit meinem Ballkleid heraus und hänge ihn feierlich von außen an die Schranktür. Mein Herz klopft noch ein wenig schneller.

Jetzt noch meine geliebten Riemchensandaletten.

Ich ziehe die Schuhschachtel aus dem Kleiderschrank und – ein Hieb trifft mich. Die Schachtel fühlt sich viel zu leicht an! Ich öffne sie trotzdem, vielleicht bin ich stärker geworden oder die Schuhe leichter … Leer!

Die Schuhschachtel gähnt mir leer entgegen!

Na klar, ich habe die Schuhe letzte Nacht im Park in meinen Händen getragen, als ich spazieren gegangen bin. Und dann …

Schon sause ich aus dem Zimmer, über die hintere Treppe und hinunter in den Garten. Die Schuhe müssten noch am Pavillon liegen, dort hatte ich sie skandalöserweise vergessen. Und das alles nur wegen dieses Unholds!

Ich umrunde den Pavillon einmal und ein zweites Mal, dann gehe ich hinein und anschließend noch ein drittes Mal um ihn herum. Grashalm für Grashalm suche ich den Rasen ab, selbst an Stellen, an denen ich gestern Abend gar nicht war. Vielleicht hat der Wind meine Schuhe davongepustet?

Vor den Noisetterosen meiner Großmama setze ich mich ins Gras und allmählich kriecht die Wahrheit in mein Bewusstsein.

Sie sind weg! Meine geliebten silbernen Riemchensandaletten mit der Bergkristallblüte sind weg. Meine Traumschuhe. Wie konnte ich sie nur so schändlich im Stich lassen!

Die Glocken der Grafenburger Kirche beginnen zu läuten. Mist, ich würde schon wieder zu spät kommen. Ich sprinte los und wähle den Weg durch die Bibliothek, über die hintere Treppe hinauf zur Galerie. Von hier oben habe ich die Haupttreppe im Blick und ich muss dreimal hinsehen, bevor mir klar wird, wen ich da sehe.

David und Asta?

Asta stolziert am Arm von David die Treppe hinunter! Sie hält seinen Arm fest umschlungen, offenbar rein zufällig an ihren Busen gedrückt.

Für einen Moment sehe ich nur die leuchtende magentafarbene Cuite-Seide ihres Kleides, alles andere verschwimmt in einer kaltgrauen Wolke.

Ich blinzele mehrfach und das ganze Bild kehrt Farbe für Farbe zurück. Die mit roten Rosen geschmückte Eingangshalle, die grünen Efeuranken, die sich um das Treppengeländer winden, Davids schwarzer Smoking.

Asta flüstert David etwas ins Ohr und kommt ihm so noch näher. Sie sehen mich nicht einmal, dabei stehe ich direkt über ihnen. Ich könnte vor Wut in Astas frei gelegtes Dekolleté spucken, das durch den schulterfreien Schnitt des Kleides regelrecht nach Aufmerksamkeit brüllt.

Und dieser Kerl wollte nur mit mir tanzen!

Habe ich mich so getäuscht? Am Ende hat meine Mutter recht – und alle wissen es.

Obwohl … sein Gesicht sieht ein wenig angestrengt aus. Kein Grübchen schenkt er Asta, ich glaube, er lächelt nicht einmal, eher sieht es aus, als hätte er Zahnschmerzen, so wie er seinen Kiefer anspannt.

Vermutlich bilde ich mir das ein. Sicherlich kann er es nicht erwarten, mit ihr allein zu sein und den Schlitz an ihrem Kleid endgültig aufzureißen. Viel fehlt ja nicht mehr.

Ich rümpfe die Nase und wende mich von diesem fünftklassigen Theaterstück ab.

Nur meine Großeltern und ich, murmele ich mein Mantra, nur meine Großeltern und ich.

Im Höchsttempo renne ich zurück in mein Zimmer. Dort habe ich mich noch immer nicht entschieden, ob ich die weißen Turnschuhe zu meinem Ballkleid tragen werde oder die türkisen Flip-Flops. Mal sehen, zu welchen Alternativschuhen meine Füße tendieren, wenn ich erst einmal das Kleid anhabe.

Mit Schwung entledige ich mich meines Morgenrockes und werfe ihn aufs Bett. Die Seidenunterwäsche schmiegt sich warm an meine Haut.

Voller Vorfreude öffne ich den Reißverschluss des Kleidersackes. Und erstarre.

Vor meinen Augen tanzen schwarze Punkte, das Blut rauscht mir in den Ohren, ich würge trocken.

Ich weiß nicht, wie lange ich einfach nur so dastehe. Irgendwann spüre ich die Gänsehaut, die meinen Körper überzieht. Meine Zähne klappern und ich zittere.

Langsam schließe ich den Kleidersack über den silbernen Fetzen, die einmal mein Kleid waren, und hänge ihn zurück in den Schrank. Aus dem Regal daneben greife ich mir meinen Lieblingswinterpullover mit den aufgestickten Schneeflocken, den ich merkwürdigerweise eingepackt hatte. Darin eingekuschelt rolle ich mich im Bett zusammen. Genau wie damals im Weinkeller.

Lass nicht zu, dass sie dich aus ihrem Leben herausschneiden, flüstert eine unangenehme Stimme in mir. Ich schließe die Augen noch fester und hoffe, in den Schlaf flüchten zu können, denn dort muss ich mich nicht mehr zur Wehr setzen.

Dies ist nicht der Weinkeller, die Tür kann von dir geöffnet werden.

Ach, sei still, schreie ich innerlich zurück. Ich werde mich nicht in Jeans, T-Shirt und Turnschuhen auf einem Ball zum Gespött der Leute machen.

Das ist doch nur eine Ausrede! Die Leute kennen deine Stiefschwestern und deine Mutter, gibt mir die hartnäckige Stimme zu bedenken. Bist du eine Prinzessin oder eine Erbse?

Fast muss ich schmunzeln, denn der Spruch stammt von Großmama. Natürlich bin ich eine Prinzessin, nur gerade eine sehr müde Prinzessin. Ich möchte nur für einen klitzekleinen Augenblick ruhen und einen Tick Mut zusammenkratzen.

11

T wie Taten

Trachtendirndl

Keine Lust, etwas aus dem Schrank zusammenzukombinieren? Dann ist das Trachtendirndl die Lösung.
Egal ob zur Hochzeit, zum Einkaufen oder zum Klavierspielen, so fesch wie wir im Dirndl daherkommen, schafft es kein anderes Kleiderl.

***

Ich spüre, wie ich aufwache, aber ich will noch weiterschlummern. Genau weiß ich zwar nicht mehr, was ich geträumt habe, doch es muss etwas Nettes gewesen sein, denn ich fühle mich ausgeruht. Ich rieche sogar den Rosenduft meiner Großmama.

»Cinda, Schatz.« Zwei vertraute Hände schlingen sich um meine. Wie real sich dieser Traum anfühlt.

»Schlafmützchen, ich weiß, du bist wach.«

Vorsichtig öffne ich ein Auge und sehe meine Großmama im Lesesessel sitzen, der nun neben dem Bett steht.

Sie lacht mich an, die wenigen Falten in ihrem Gesicht verraten nichts über ihr wahres Alter. Sie hat aufgehört, ihre Haare zu färben, und trägt eine freche weiße Pixie-Frisur.

»Großmama!«

»Na also. Und nun noch das zweite Auge, dann kann ich dich endlich gebührend begrüßen.«

Mit einem Ruck fahre ich aus dem Bett hoch und drücke sie an mich. Traum oder nicht Traum, egal, Hauptsache, ich kann sie drücken.

»Ich freue mich so sehr, dass du herkommen konntest.« Großmama Fabia wiegt mich sanft hin und her und schiebt mich dann ein Stück von sich. Mit ihren mokkabraunen Augen schaut sie mich von oben bis unten an, dabei zieht sie ihre Augenbrauen in die Höhe. »Aber du siehst schrecklich aus. Wieso hast du nicht gesagt, dass du kommst, dann hätte ich dich in Empfang genommen und dir ein richtiges Zimmer vorbereiten lassen.«

»Ich habe euch einen Brief geschrieben. Telefonisch konnte ich nämlich niemanden erreichen.«

Großmama nickt. »Soso. Anscheinend landete dein Brief beim falschen Empfänger, genau wie deine Telefonanrufe.« Ihre Stimme vibriert. »Wann bist du angekommen?«

»Vor zwei Tagen.«

Sie zieht scharf die Luft ein. »Na, wenn das mal nicht alles hervorragend zusammenpasst! Seit zwei Tagen scheuchen ungewöhnliche Termine Heinrich und mich durch die Gegend, alle arrangiert von deiner Frau Mutter!« Sie erhebt sich und läuft im Zimmer auf und ab, dabei rötet sich ihr Gesicht.

Mit zwei Schritten bin ich bei ihr und schlinge die Arme um sie, sie fühlt sich klein und weich und warm an, wie früher. »Ärgere dich nicht. Heute feiern wir deinen Geburtstag.«

»Das wird ein Nachspiel haben! Und dieses Mal ein gründliches!«

Großmamas Gesichtsfarbe, die jetzt ins Dunkelviolette changiert, gefällt mir ganz und gar nicht. Ich spüre ihren Herzschlag in meiner Umarmung, der eindeutig zu schnell galoppiert für eine siebzigjährige Dame.

»Lass es gut sein, Großmamsi«, wiegle ich ab und schiebe sie zum Bett, damit sie sich hinsetzt. »Dafür bin ich jetzt deine Geburtstagsüberraschung.«

»Wenn ich mich nicht zufällig für eine kleine Ballpause zu Hilla in die Küche gestohlen hätte, hätte ich wahrscheinlich nie von deiner Ankunft erfahren, zumindest nicht, solange du noch hier bist!«

»Hat sie es dir erzählt?«

»Die gute Hilla belud gerade ein Tablett mit Essen, darauf hat sie auch eine Tafel Pfefferminzschokolade gelegt.« Meine Großmama zeigt auf das Tablett auf der Kommode.

Essen, Nahrung! Nun bin ich doppelt dankbar. Ich beiße in das Käse-Schinken-Baguette mit Hillas selbst eingelegten Gewürzgurken und kaue hastig vor mich hin. Kirschrote Lippenstiftspuren zeichnen sich auf dem hellen Brot ab, aber was solls.

»Heinrich war vorhin kurz hier ... Kind, schling doch nicht so.« Großmama reißt die Augen auf und klopft mir auf den Rücken. Ein Stück Baguette kratzt meine Speiseröhre entlang und ich würge es schließlich runter.

Plötzlich satt, lege ich das Brot auf den Teller zurück und setze mich neben Großmama Fabia. »Wie geht es ihm?« Meine Stimme quietscht.

»Wie geht es wem?« Großmama schüttelt den Kopf, dabei flattern ihre kurzen weißen Haare leicht.

»Großpapa«, wispere ich.

»Es geht ihm gut. Ein bisschen müde vielleicht von den letzten Tagen.«

»Wird er wieder gesund?« Nachdem ich für einen Moment die Luft angehalten habe, atme ich nun zu schnell.

»Cinda, was ist hier los?«

Was hier los ist? Mein guter alter Großpapa ist total krank und keiner spricht mit mir.

»Ich weiß, dass ihr in den letzten Tagen oft in der Klinik wart und dass Großpapa schwer krank ist. Jede Aufregung könnte ... könnte ...«, schluchze ich in das königsblaue Chiffonkleid meiner Großmama.

»Cinda, Liebchen, Heinrich ist gesund. Zumindest so gesund, wie es ein Siebzigjähriger sein kann.« Sie beugt sich ein wenig vor, nimmt die Teetasse von Hillas Tablett und hält sie für einen Augenblick in den Händen. Der goldene Darjeeling darin beginnt zu dampfen und Großmama reicht mir die Tasse. »Hier, trink das und dann erzähle mir bitte der Reihe nach, wie du auf diese Geschichte kommst.«

»Asta und Mutter ...«

»Danke, reicht«, zerschneidet sie meinen Satz. »Es stimmt, Heinrich und ich haben eine Klinik besucht, aber nur als Ehrengäste zur Eröffnung der Bücherei, deren Bücher wir gestiftet haben. Asta und deine Mutter wissen das!«

Wir sehen uns an, Großmamas Mund steht offen, genau wie meiner. Meine Stiefschwestern und meine Mutter sind schon oft zu weit gegangen, doch dieses Mal verlassen sie unser Universum.

»Warum das alles?«, frage ich tonlos.

»Dafür gibt es keine Entschuldigung.« Meine Großmama fuchtelt mit dem Zeigefinger vor mir hin und her. »Wir zwei gehen jetzt zurück zum Ball und werden strahlen. Und als Bonbon stelle ich dir einen großartigen jungen Mann vor. Es wird Zeit, dass du unter das Häubchen kommst, meine Liebe. Herr Priens wird dir gefallen.«

Mein Magen krallt sich um das halbe Baguette darin. »Ich bleibe hier. Ich weiß ja nun, dass es Großpapa gut geht. Lass uns morgen euren Geburtstag nachfeiern, nur wir drei.«

»Oh nein, meine liebe Lucinda. Genau das wollen deine Stiefschwestern und deine Mutter und genau deswegen wirst du auf den Ball gehen. Und glaube mir, wir werden nicht nur tanzen.« Ganz die Gutsherrin, zieht mich Großmama an den Händen vom Bett hoch.

Ich nicke ergeben und greife nach meiner schwarzen Jeans und einer weißen Georgette-Bluse, mehr gibt meine Garderobe nicht mehr her. Mein Ballkleid ist hinüber und mein helles Cocktailkleid seit der vergangenen Nacht von neongrünen Grasflecken verziert. Welch eine Ironie, zu Hause in Berlin gibt es einen Laden voll mit meinen Kleidern.

»Das willst du doch nicht für den Ball anziehen?« Großmama faltet die Hände zusammen, als würde sie eine Fürbitte zum Himmel schicken.

Wortlos hole ich mein zerfetztes Ballkleid aus dem Schrank und zeige es ihr.

Die Räume meiner Großeltern sind schon immer ein geschütztes Reich für mich gewesen. Hierher verirrte sich meine Mutter nur selten und wenn, dann standen mir meine Großmama und mein Großpapa zur Seite.

Großmama rauscht mit mir durch die Zimmer bis zu ihrem Ankleideraum. Sie öffnet die hinterste Tür des Kleiderschrankes und nimmt ein langes, sahneweißes Kleid aus einer durchsichtigen Schutzhülle heraus. Sie hält mir das Kleid aus Spitze hin, die so fein wie Schneeflocken schimmert.

»Mein Hochzeitskleid.« Die Lachfältchen um ihre Augen strahlen wie zwei Sonnen. »Eigentlich wollte ich es dir zu deiner Hochzeit schenken, aber heute brauchst du es wirklich.«

Ich schnappe nach Luft und streiche über den schmetterlingszarten Stoff. Jede Naht an diesem Kunstwerk wurde mit einer Sorgfalt genäht, die nur erreicht wird, wenn man die Nadeln durch den Stoff gleiten lässt. Ich erahne die Hingabe desjenigen, der hier Stich für Stich seine Liebe zu den schönen Dingen hinterlassen hat. Der Schnitt dieses Kleides krönt jede Frau, die es trägt, zu einer Königin.

Mit angehaltenem Atem halte ich es mir an und trete vor den bodentiefen Spiegel in der Mitte des Raumes.

Das Hochzeitskleid meiner Großmama fließt an meinen Konturen entlang. Ich betrachte sie hinter mir im Spiegel und sie bemerkt meine Irritation. »Ich war nicht immer so eine kleine Kugel«, erklärt sie augenzwinkernd. »Los, probiere es an.«

»Ich glaube nicht, dass es mir richtig passt.« Meine Enttäuschung versinkt in einem tiefen Seufzer.

Das Kleid passt zwar zu meiner schmalen Figur, allerdings reicht es nicht in der Länge. Meine Großmama ist zehn Zentimeter kleiner als ich und somit hängt der Saum des Kleides nur auf meiner Wadenhöhe, obwohl es als langes Kleid geschneidert wurde. Wenn ich es so trage, zerstöre ich dieses Kunstwerk. Dann lieber Jeans und Bluse.

»Papperlapapp. Zieh es an und es wird passen, ich sehe das.« Schwungvoll dreht sie sich um und schreitet aus dem Zimmer.

Wie sie möchte! Ich lasse mich ohnehin gern von außergewöhnlichen Stoffen verführen.

Mein Herz klopft wie nach einem Sprint, als ich mir meinen Pullover über den Kopf ziehe und mich in dieses Traumkleid hülle. Voller Ehrfurcht streiche ich die feine Spitze an meiner Taille glatt. Die Nähte sitzen genau da, wo sie hingehören. Auf wundervolle Weise reicht der Saum vorn genau bis zu meinen Fußspitzen und läuft um mich herum hinten zu einer kleinen Schleppe zusammen.

Minutenlang starre ich das Kleid an mir an, ich kann mich gar nicht sattsehen. Das Oberteil liegt eng an, um sich an der Hüfte in eine verschwenderische Stoffkaskade zu ergießen. Die Taille und die rechte Schulter zieren Perlenstickereien in Form von Callablüten. Der sahnige Ton harmoniert vollkommen mit meiner leicht gebräunten Haut und den blonden Haaren.

»Und?« Großmama schaut zur Tür herein und lächelt mich an. Ihre Augen glänzen und sie klatscht in die Hände. »Perfekt.«

Ich nicke nur, dann schließe ich Großmama fest in die Arme und drehe mich mit ihr im Kreis. »Danke.«

»Gern geschehen, meine Liebe.« Fabia rückt mich ein Stück von sich weg. »Jetzt müssen wir nur noch dein verwischtes Make-up in Ordnung bringen und deine zerknautschten Haare richten.« Sie bittet mich, mit dem Rücken zum Spiegel auf der Bank vor ihrer Frisierkommode Platz zu nehmen. Einer weißen Porzellanschale entnimmt sie ein Wattebällchen und tränkt es mit einer Flüssigkeit aus einer Kristallflasche, damit wischt sie mir über das Gesicht. Anschließend kämmt sie mein Haar mit einem altmodischen Perlmuttkamm und nach zwei, drei Handbewegungen spüre ich, wie sie mir die Haare am Hinterkopf zusammensteckt.

Sie stellt sich vor mich und sieht mich mit zusammengekniffenen Augen an. »Sehr schön«, murmelt sie und zupft hier und da an einer meiner Haarsträhnen. »So gehen junge Damen zu einem Ball.«

Ich drehe mich zum Spiegel um und blinzele, und gleich ein zweites Mal und noch ein drittes Mal. Mein Gesicht strahlt rosig und erholt wie nach einem Wellnessurlaub. Trotz des fehlenden Make-ups umrahmen dichte schwarze Wimpern meine blauen Augen und meine Lippen glänzen rubinrot. Die blonden Locken, die noch vor fünf Minuten um mein Gesicht wirbelten, winden sich nun als Diadem um meinen Kopf.

»Wie …«, flüstere ich. Doch eigentlich will ich die Antwort gar nicht wissen. Und so wie Großmama grinst, werde ich sowieso keine erhalten.

»Jetzt aber schnell.« Fabia schüttelt die Falten ihres Ballkleides auf und streicht sich zufrieden ihr weißes Haar glatt. Es würde mich nicht wundern, wenn sie gleich zu schnurren anfängt. »Es ist bald Mitternacht und dann führst du Heinrich zum Mitternachtswalzer auf das Tanzparkett. Du wirst sie alle hinwegfegen.« Meiner Großmama scheint dieser Gedanke zu gefallen, denn sie reibt sich vergnügt die Hände.

»Ich komme gleich nach, ich hole nur kurz ein Paar Schuhe aus meinem Zimmer.« Dabei hebe ich das Kleid ein wenig an und wackele mit den nackten Zehen.

»Dann los, Kindchen. Heinrich sitzt zusammen mit ein paar Herren in der Bibliothek. Schnatterpause.« Fabia geht hinüber in das Arbeitszimmer und greift nach einem übervollen Ordner. »Und ich werde die Zeit nutzen, um ein, zwei Fäden zu ziehen.«

12

E wie Endlich

Elfenschleier

Der Tag der Tage ist endlich da.
Raschelnd fließt das Traumhochzeitskleid am
Körper entlang, umgibt die Schleppe uns wie ein
Meer aus Seide.
Und als Krönung tragen wir auf unserem Haupt
einen hauchzarten Elfenschleier, der uns hinein
begleitet in unser neues Leben zu zweit.

*****

Der kürzeste Weg zu meiner Dachstube führt an Astas Zimmern vorbei. Der rechte Flügel der Doppeltür steht offen und ich höre Ricardas Stimme.

Lauschen gehört sich nicht, ich weiß, aber bezüglich meiner Schwestern sinkt meine Hemmschwelle gerade in den Negativbereich.

Nur ganz sacht atmend drücke ich mich an die geschlossene Seite der Tür. Asta brabbelt, sie scheint im Bad zu sein. Ricardas Antwort verstehe ich klar.

»Du gehst zu weit! Und nun lass uns endlich zum Ball zurückgehen, wir sind schon fast eine halbe Stunde weg.«

Brabbel, brabbel.

»Aber anscheinend hat er einfach so gar kein Interesse an dir.«

Brabbel. »... werde ich sein Interesse halt wecken!« Ich kann regelrecht hören, wie Asta aus dem Bad geschossen kommt. »Ich, meine beiden guten Stücke und dieser leckere kleine Tropfen hier.«

Bei Astas beiden guten Stücken verdrehe ich die Augen. Wahrscheinlich hat sie ihre Brüste auf Hochglanz poliert und bis unter das Kinn geschnürt. Ein jeder, der an meiner Stiefschwester vorbeigeht, plumpst unweigerlich in ihr Dekolleté.

»Und was machst du, wenn der Trank nachlässt?« Ricarda spricht undeutlich, irgendetwas ist in ihrem Mund. Vermutlich Schokolade. Muss sie sich das Zeug eigentlich immer reinstopfen? Ich kann sie kaum verstehen.

»Dann verabreiche ich ihm halt die nächste Dosis. Ich krieg Rabatt bei der alten Gundel – und was die zusammenbraut, hat noch jeden Kerl scharf gemacht.« Asta lacht gehässig.

Ich zittere und muss mich zusammenreißen, um nicht in das Zimmer zu stürmen und das, was auch immer es ist, über ihrem Kopf auszuschütten.

»Du wirst sehen, in ein paar Tagen hab ich seinen Balg in meinem Bauch. Und wenn ich dann erst mal seinen Ring am Finger habe, läuft der Rest von allein. Hat ja bei unserer leiblichen Mutter und Vater schließlich auch geklappt.«

Wieso nur ist Asta so scharf auf David? Er sieht gut aus, keine Frage, und er ist charmant und liebevoll. Bei der Erinnerung an David und daran, wie er mich mit seinen kräftigen Händen streichelt und dabei küsst, seufze ich, schnell lege ich mir die Hand auf den Mund.

Mist, ich habe Ricardas Erwiderung verpasst.

»Nur gut, dass wir Cindachen so perfekt in die Suppe gespuckt haben«, freut sich Asta. »Warum musste die gerade jetzt hier auftauchen! Ausgerechnet, wo meine besten Eizellen reif zum Pflücken sind!«

»Es sind schließlich auch ihre Großeltern – irgendwie, die Geburtstag haben«, wagt sich Ricarda, klarzustellen.

»Die soll bei ihren Kleidchen bleiben und gefälligst mein Revier sauber lassen! Dieses Flittchen, vögelt einfach David.«

Woher weiß sie das denn? Mir wird glutheiß, sie wird doch nicht ... Oh bitte, bitte nicht. Mir war noch so, als hätte ich an jenem Morgen vor der Bibliothek etwas gehört. Ich schüttele mich leicht, jetzt darf ich mir nicht die Zeit für Schamgefühle nehmen.

»Nach dem, was du erzählt hast, war es ihm nicht ganz unangenehm.«

»Ach Kindchen, er ist nur ein schwanzgesteuerter Kerl. Wenn ich ihn erst in meinem Bett habe, wird er diese Flachbrust schnell vergessen. Und nun los, Mutter hat gesagt, ich soll mit dem Alten den Mitternachtswalzer tanzen.«

Mit einem Blitzlichtgewitter wird mir klar, wohin meine Riemchensandaletten verschwunden sind. Asta muss sie an sich genommen haben. Die Luft um mich herum beginnt zu glühen und ich habe das Gefühl, wie Alice im Wunderland zu wachsen. Gleich würde die Tür zu Astas Zimmer zersplittern.

Mit welchem Recht behandelt sie andere Menschen so abfällig! Nicht genug, dass sie mir meine Schuhe stiehlt, mein Ballkleid zerfetzt, mich anlügt und mir Seelenschmerzen zufügt. Nein, sie will auch noch David mit Drogen gefällig machen und mit einem Baby an sich binden.

Ich reiße sämtliche Schleifen von meinen Wutkästchen und sie springen auf, eines nach dem anderen. Mit zu Fäusten geballten Händen betrete ich das Zimmer.

Es ist leer.

»Du brauchst aber auch für alles ein Kindermädchen«, grummelt Asta im Bad.

Meine Chance! In diesem alten Haus, in diesem idyllischen Tal umgeben von weinbewachsenen Hängen existiert so gut wie kein Mobilfunkempfang, auch nicht in Astas Zimmer, wie sie immer wieder greint. Und die Wahrscheinlichkeit, dass ein Bediensteter in den nächsten achtundvierzig Stunden unaufgefordert in die Nähe dieser Zimmer kommt, liegt unter null.

Mit einbrecherischem Geschick fingere ich den Schlüssel, der von innen in der geöffneten Flügeltür steckt, aus dem Schloss und schnappe mir das kabellose Haustelefon vom Sofa. Mein Kleid raschelt sacht, während ich aus dem Zimmer eile. Durch das Zittern meiner Hände gelingt es mir nicht gleich, den Schlüssel in das Türschloss zu stecken. Ich halte mit der einen Hand die andere fest und fummele ihn schließlich hinein. Dann stelle ich mich in die Tür, den Knauf fest in der rechten Hand und warte.

»Lass halt den blöden Schokofleck, wird schon keiner hinschaun.« Asta stelzt aus dem Bad. Als sie mich sieht, reißt sie die Augen auf, sodass ich schon um ihre

Kontaktlinsen fürchte. Sie steht auf der Stelle still und Ricarda prallt ihr in den Rücken. Asta stolpert auf ihren High Heels einen Schritt nach vorn und Ricarda lugt um ihre Schwester herum. Ihr Mund formt sich zu einem korallenroten O.

»Du!«, ich zeige auf Asta. »Du wirst David nicht reinlegen. Und du wirst auch nie wieder Hand an meine Sachen legen. Ab sofort brauchst du nicht einmal mehr darüber nachzudenken, wie du mir schaden könntest. Denn ich werde nicht länger deine Zielscheibe sein!«

»Und du!«, dieses Mal richte ich den Zeigefinger auf Ricarda. »Du solltest besser aufhören, dich in Astas Dunstkreis aufzuhalten. Es gibt bessere Gesellschaft für dich. Ach ja, und probiere es mal mit einem Apfel statt Schokolade.«

Asta taut auf und stöckelt auf mich zu, ihre Hände sind zu Fäusten geballt. »Was bildest du dir ein!«

Uiuiui, jetzt aber schnell. Ich neige den Kopf wie zum Gruß und ziehe die Tür zu. Dann schließe ich zweimal ab.

Die Ketten, die Asta um mich gelegt hat, zerbröseln und ich atme tief durch. Sie wird mich dafür um den Hof jagen, doch ich werde nicht mehr vor ihr davonlaufen, ich werde mich umdrehen und sie an mir abprallen lassen.

Flugs raffe ich mein Kleid zusammen und sause los in mein Zimmer, um mir endlich ein Paar Schuhe zu holen. Schließlich möchte ich heute noch auf einem Ball tanzen. Ich lache laut und meine Füße berühren beim Laufen kaum den Boden.

»Großpapa!« Ich werfe mich in seine Arme, in denen ich verschwinde wie ein Kolibri im Mammutbaum, und wir drücken uns. Zwar bekomme ich bei unserem Ritual kaum Luft, aber das macht nichts. Es gefällt mir, auf diese Art atemlos zu sein.

»Mein bestes Geburtstagsgeschenk«, brummt er mir ins Ohr und gibt mir einen Schmatz auf die Stirn.

Fabia räuspert sich und streicht mir über die Haare. »Es sind nur noch drei Minuten bis Mitternacht, meine Lieben, wir sollten zurück auf den Ball.«

»Ach, der Ball«, poltert Heinrich lachend, »alle, die wir mögen, sind doch hier.«

»Es gibt aber noch ein paar andere, die diesen Abend mit uns verbringen möchten«, hält Großmama dagegen und öffnet die Tür der Bibliothek, um uns hindurchzuwinken. »Moment, Cinda.« Sie zieht David zu sich heran, der schräg hinter ihr steht. »Ich wollte dir noch Herrn Priens vorstellen, unseren neuen Gutsjuristen.«

»Du kannst die beiden später verkuppeln«, mischt sich Großpapa ein und küsst Fabia auf die Wange. »Jetzt gehört meine schöne Enkeltochter erst einmal mir.«

Seit ich die Bibliothek betreten habe, sieht mich David an. Sein Blick schenkt mir so viel Wärme, dass ich nie wieder frieren werde. Trotzdem schaffe ich es kaum, zu ihm aufzusehen. Ich weiß nicht mehr, was ich glauben soll. Gehört er zum Verein der Schürzenjäger, wie meine Mutter behauptet, oder nicht? So wie Asta vorhin über ihn gesprochen hat, gibt es zwischen den beiden keine Beziehung, eher im Gegenteil. Und auf der Treppe vorhin mit Asta wirkte er, als würde er eher nach einem Mauseloch suchen, als erwartungsvoll eine sexy Frau auf einen Ball zu führen.

Sind Davids Gefühle mir gegenüber doch echt? Immerhin hält meine Großmama große Stücke auf ihn, sonst würde sie ihn gar nicht in meine Nähe lassen.

In meinem Kopf braust ein Wirbelwind meine Gedanken hin und her, obwohl ich nicht seefest bin.

Wie heißt es so schön bei Seekrankheit? Man soll sich auf den Horizont konzentrieren, und das mache ich jetzt auch, indem ich mich fest an Großpapa schmiege, der mich zum Ballsaal führt. Immer wieder sieht er zu mir und tätschelt meine Hand.

»Du siehst wundervoll aus«, flüstert er mir zu. Seine schwarzbraunen Augen unter den buschigen weißen Augenbrauen strahlen. »Ich bin stolz auf dich.«

Durch die weit geöffneten deckenhohen Glastüren flutet das Licht in die schummerige Eingangshalle. Streichmusik weht uns entgegen und der Duft der Wachskerzen, die zu Hunderten im Saal flackern, umfängt uns beim Eintreten.

Die Gäste warten bereits in einem Halbkreis, meine Mutter in der Mitte, neben meinem Stiefvater Frank, der sich extra für diesen Tag von seinem Gestüt hierherbemüht hat. Großmama Fabia gesellt sich zu ihnen und stellt sich zwischen die beiden.

Das Porzellanpuppengesicht meiner Mutter verzerrt sich, als sie mich am Arm meines Großpapas in den Ballsaal ziehen sieht. Falten durchfurchen ihr Gesicht und scharlachrote Flecken verunstalten ihren Elfenbeinteint. Selbst ihre Haare sträuben sich.

Sie geht einen Schritt auf mich zu und für einen Augenblick befürchte ich, dass sie sich auf mich stürzt.

Doch Großmama hält sie am Arm zurück, dabei strahlt sie mich an und nickt mir zu. Meine Mutter darf wählen, entweder tritt sie einen Skandal los oder sie schluckt die Kröte, die ich ihr gerade serviere.

In der Mitte der Tanzfläche verbeugt sich Großpapa vor mir und ich antworte ihm mit einem Knicks. Die ersten Takte des Kaiser-Walzers ertönen und wir beginnen über das glänzende Parkett zu schweben. Vereinzelt tippen sich die anderen Gäste an und weisen auf mich. Ihre erstaunten Blicke wandern zwischen meinen Turnschuhen, die unter meinem Kleid hervorblitzen, und meinem Gesicht hin und her. Ich lächele Großpapa an und sehe dann nur noch ihn, seine liebevollen Augen und sein volles weißes Haar. Sein Geruch nach Wein und Erde umhüllt mich. Meine Hand verschwindet fast in seiner – wie die Hand eines Kindes in der seines Vaters.

Die Musik trägt uns durch den Ballsaal und ich genieße die Wärme, die innen und außen an mir entlanggleitet. Leichter Schwindel erfasst mich, als ich die Augen für ein paar Drehungen schließe, doch es fühlt sich gut an, wie auf einem Karussell, das sich noch schneller und schneller drehen soll.

13

L wie Liebe

Lieblingsteil

*Tausend Mal getragen, tausend Mal
hineingekuschelt, tausend Mal geliebt.
Dieses eine Teil, welches wir immer anziehen, wenn
uns kalt ist, wenn uns warm ist, wenn wir schön sein
wollen, wenn wir einfach wir sind.*

***

Die letzten Töne verklingen und Großmama Fabia und meine Mutter treten zu mir und Großpapa. Heinrich legt Fabia seine Hand auf die Schulter und drückt sie kurz. Neben meinem Bärengroßpapa wirkt Großmama winzig, sie passt sogar in seinen Schatten. Das haben wir mal ausprobiert.

Großmama räuspert sich in ein Mikrofon und strahlt in die Runde. »Meine lieben Gäste, nein, ihr müsst keine Angst haben, es folgt keine neue Rede. Ich denke, diesen Teil haben wir ausführlich beim Essen vor dem Ball genossen.«

Die Leute um uns herum lachen und treten näher.

»Als ich mir eben eine kleine Pause vom Tanzen gegönnt habe, habe ich erstaunliche Dinge erfahren.

Diese Geschichte hat mich sehr bewegt und deshalb habe ich beschlossen, dass jemand heute seinen gerechten Lohn erhalten wird.«

Großmama dreht sich um sich selbst. »Wo sind Asta und Ricarda?«

Es raschelt einmal durch den Saal, als alle Anwesenden um sich schauen.

»Na gut, ich hätte sie zwar gern hier gehabt, aber meine Schwiegertochter Daniela wird ihnen sicherlich Bericht erstatten.«

Meine Mutter lächelt ihr perfektes Spiegellächeln, sie hat sich wieder unter Kontrolle. Die Furchen in ihrem Gesicht sind verschwunden und der rötliche Ton ihrer Haut könnte von der Wärme im Ballsaal stammen. Doch ich verwette meine letzte Tafel Pfefferminzschokolade, dass sie keine Ahnung hat, worauf meine Großmama hinauswill. Genauso wenig wie ich.

»Liebe Daniela, dein Engagement für unsere Kinderstiftung ist uns allen wohlbekannt. So wird es unsere Gäste freuen zu hören, dass wir in zwei Wochen ein Wohltätigkeitsfest auf der Grafenburg ausrichten werden, zu dem alle herzlich eingeladen sind.«

Die Gesichtszüge meiner Mutter entspannen sich, das Lächeln, das jetzt ihren Mund umspielt, erreicht sogar ihre Augen. Aufrecht wie eine Göttinnenstatue steht sie da und sieht auf das Volk herab.

Ich verstehe einfach nicht, wieso Großmama Mutter jetzt wieder so ins Licht rücken muss. Ich glaube, wenn ich meine Augenbrauen noch höher ziehe, bilden sie eine Linie mit meinem Haaransatz.

Großmama zwinkert mir zu. »Eines unserer Herzensprojekte befindet sich in der Republik Moldau.

Dort im Rajon Cahul, im südlichsten Zipfel des Landes, helfen wir, eine Schule mit integriertem Kindergarten aufzubauen.«

Unter den Gästen ist zustimmendes Gemurmel zu hören. Ich bin mir sicher, dass bei der Spendensammlung auf der Burg der eine oder andere Scheck mit mehreren Nullen hinter der Zahl in den Spendenkorb flattern wird.

Meine Mutter nimmt Fabia das Mikrofon aus der Hand. »Wir freuen uns schon jetzt, euch als unsere Gäste begrüßen zu dürfen.« Ihre rauchige Stimme verursacht bei einem Großteil der männlichen Gäste glasige Augen.

Großmama streckt die Hand aus und meine Mutter gibt zögernd das Mikrofon zurück. »Ich finde es immer wieder reizend, wie sehr du dich engagierst. Deshalb bist du bestimmt meiner Meinung, dass allein ein schnödes Wohltätigkeitsfest dieses Mal nicht reicht.«

Meine Mutter nickt wie die Queen von ihrem Balkon.

»Es wird einen Höhepunkt geben.« Großmama legt eine Kunstpause ein und schmunzelt die Gäste an. »Und zwar werden sich meine fleißige Schwiegertochter Daniela und meine beiden reizenden Enkeltöchter Asta und Ricarda für eine Versteigerung zur Verfügung stellen. Ihr dürft dann eine der Damen für vierundzwanzig Stunden mit nach Hause nehmen und es euch mal so richtig gut gehen lassen. Denn sie werden alles für euch tun.« Beim letzten Satz wendet sich Großmama an meine Mutter. Und die Maske meiner Mutter fällt. Ich erhasche einen Blick auf die einsame Frau darunter. Ihre Lippen pressen sich zu einer Linie zusammen, jegliche Wärme weicht aus ihren Augen, die wie Hagelkörner wirken.

Das ganze Schauspiel dauert vielleicht nicht mehr als zwanzig Sekunden, doch es fühlt sich wie Balsam an für meinen gestauchten Stolz.

Der Lärmpegel im Saal nimmt das Ausmaß eines Rockkonzertes an, während die Neuigkeit diskutiert wird. Auf vielen Gesichtern erkenne ich Schadenfreude, wenn ich mich nicht irre. Die Leute werden sich darum reißen, sich von meiner arroganten Mutter bedienen zu lassen. Und erst von Asta! Ich schüttele mich kurz, denn ich kann mir das alles so gar nicht vorstellen. Meine Stiefschwester mit einem Putzlappen in der Hand oder vielleicht sogar mit einer Toilettenbürste? Ob sie überhaupt weiß, dass solche Dinge existieren?

Ich wirbele zu Großmama herum und küsse sie auf die Wangen. »Du bist die Größte«, flüstere ich ihr zu.

»Warte es ab, mein Schatz. Ich bin noch nicht fertig.«

Erneut räuspert sie sich und bittet um Aufmerksamkeit. »Da es uns wichtig ist, dass die Gelder und die Sachspenden auch richtig ankommen, hat sich unser geschätzter Herr Pfarrer bereit erklärt, den Konvoi mit seinem VW-Bus zu begleiten.«

Applaus unterbricht Großmamas kleine Ansprache und alle drehen sich zu Pfarrer Egbert um. Der kugelrunde kleine Mann mit dem kugelrunden Mönchs-Haarkranz verbeugt sich und macht Anstalten, selbst eine Rede zum Besten zu geben. Doch Großmama winkt in weiser Voraussicht ab, denn Pfarrer Egbert redet in einer Endlosschleife und das so monoton, dass jedes Mathebuch mehr Esprit versprüht.

»Damit auch eine Vertretung unserer Kinderorganisation vor Ort ist, werden meine Schwiegertochter Daniela und Asta und Ricarda unseren Herrn Pfarrer begleiten.« Applaus tobt durch den Saal.

Meine Großmama kam, zielte und siegte.

Fast finde ich es schade, dass ich meine Stiefschwestern eingesperrt habe, aber nur fast. Sie werden noch früh genug über ihre Reisepläne informiert werden.

Meine Mutter wird von Neugierigen umringt. Trotz ihres sorgfältigen Make-ups zeichnen sich wieder orangerote Flecken auf ihren Wangen ab. Sehe ich da nicht auch Schweißtröpfchen auf der gepuderten Stirn?

Wie lange dauert wohl so eine Reise in einem klapprigen VW-Bus in die Republik Moldau? Und dazu mit einem dauerredenden Pfarrer, dem Gott alle Zeit der Welt in die Wiege gelegt hat? Vielleicht sollte ich noch bis zum Wohltätigkeitsfest bleiben und mitbieten. Ich glaube, mein Grinsen wickelt sich einmal um meinen ganzen Kopf.

Das Streichorchester beginnt zu spielen und eröffnet eine neue Tanzrunde mit dem Aschenbrödelwalzer.

Als ich gerade Großpapa zum Tanzen auffordern will, taucht David auf und bittet Großpapa, mit mir tanzen zu dürfen.

»Aber gern, mein Junge. Es wird ohnehin Zeit, mit meiner Fabia über das Parkett zu wirbeln.« Großpapa tupft sich mit einem karierten Stofftaschentuch die Stirn, dann drückt er mir einen Schmatzer auf die Nase und klopft David aufmunternd auf die Schulter.

Ich erwarte, dass David mir seine Hand zum Tanz reicht, doch er kniet vor mir nieder und nimmt erst dann seine Hände hinter dem Rücken hervor.

»Darf ich?« David hält mir etwas glitzernd Silbernes hin. Meine geliebten Riemchensandaletten!

»Du meine Güte!« Mit einer geschmeidigen Bewegung schlüpfe ich erst in den linken und dann in den rechten Schuh. Die silbernen Schuhe ergänzen das sahneweiße Spitzenkleid, als wären sie füreinander bestimmt. Ich fühle mich gerade wie eine Prinzessin. Mein Herz klopft stark gegen den feinen Spitzenstoff und meine Haut prickelt am ganzen Körper.

»Unglaublich«, flüstere ich und schmiege mich in Davids Arme. Sacht beginnen wir, uns im Walzerrausch zu drehen.

Viel später in dieser Nacht sitzen David und ich auf dem kleinen Dachvorsprung vor meinem Fenster und beobachten den Sonnenaufgang. Das zauberhafte Kleid habe ich vorsorglich gegen eine einfache Bluse und eine Jeans getauscht, dennoch schwingt die Magie der vergangenen Nacht in mir nach.

David sitzt entspannt neben mir, sein Hemd ohne die Fliege am Kragen aufgeknöpft und die Ärmel hochgekrempelt, dabei hält er fest meine Hand.

Zwei Turteltauben unter uns auf der Dachrinne schmiegen sich ebenso aneinander und gurren miteinander.

»Du hast doch etwas auf dem Herzen.« Er schmunzelt vor sich hin und ich muss mich überwinden, ihm zu antworten. Im Grunde will ich das blöde Thema nicht ansprechen, aber es bohrt und pikt in mir wie auf einem Zahnarztstuhl.

»Ich habe Gerüchte gehört.« Ich räuspere mich, denn meine Stimme kratzt. »Ich meine, es wird gemunkelt, dass du, dass du ...«

David grinst mich an. Er wird es mir nicht leichter machen. Wie peinlich, mein Gesicht nimmt bestimmt schon den gleichen orangen Ton an wie die aufgehende Sonne da hinten.

»Dass ich gerne nasche?«, fragt er schließlich.

»Irgendwie so ...«

Er hebt mein Kinn mit dem Zeigefinger an und wir sehen uns in die Augen. »Ich nasche gern Rieslingtrauben und ich nasche gern dunkle Schokolade, allerdings ohne Pfefferminz. Aber in dich verliebe ich mich gerade. Und somit möchte ich auch nur an dir naschen und an keiner sonst. Es gibt keine Gerüchte, es gibt nur ein paar neidische und geldgierige Stiefschwestern und eine intrigante Mutter.«

Ich sehe ihn an und kräusele die Stirn.

»Meine Eltern besitzen ein beträchtliches Vermögen. Allerdings konnte ich deiner Stiefschwester bisher nicht deutlich genug klarmachen, dass ich auf eigenen Beinen stehe und mit dem Geld meiner Eltern nichts zu tun habe. Ich bin nicht die Beute, für die sie mich hält.«

»Tja, wenn Asta Geld wittert, lässt sie sich schwer von der Fährte abbringen.«

Wir schweigen für eine Weile und lauschen den Distelfinken unten im Kastanienbaum, die ihr Morgenlied trällern.

»Und meine Schuhe? Wo hast du meine Schuhe gefunden?« Ich schmiege den Kopf an seinen Hals und spüre dabei seinen Puls an meiner Wange.

»Das glaubst du mir nicht.« Sein Lachen schüttelt uns beide. »Deine Mutter hatte mir befohlen, Asta zum Ball abzuholen, damit sie nicht ohne Begleitung dort auftaucht. Als ich zu ihr kam, versuchte sie gerade, ihre Riesenfüße in deine silbernen Schuhe zu zwängen. Sie schnaufte und fluchte wie ein betrunkener Matrose. Ihr Fußrücken war schon wund.«

»Ihh, meine schönen Schuhe«, quieke ich dazwischen.

»Keine Sorge, ich habe sie gesäubert, ehe ich sie dir überreichte.«

Meine Güte, wie perfekt kann ein Mann nur sein?

»Als sie mich hereinkommen sah«, erzählt David weiter, »schaltete sie ihren Ätzmodus innerhalb eines Wimpernschlages auf Verführung um. Und weißt du, was das Bizarrste an der Sache war?« Er legt eine Pause ein und grinst über das ganze Gesicht.

»Nun sag schon.« Ich knabbere vor Spannung auf der Unterlippe.

»Sie trug nur Unterwäsche! Durchsichtige Spitzenunterwäsche mit Strapsen. Sie sah aus wie eine Werbefigur aus einem nächtlichen Drei-Uhr-Spot für gewisse Telefonhotlines.«

David lacht weiterhin, nur mir ist ein wenig kläglich zumute. Bei aller Unliebe meiner Stiefschwester gegenüber – ihre Kurven lassen sich nicht wegdiskutieren. Mich würde keiner für einen Erotikwerbespot in Erwägung ziehen.

»Ich verließ dann ihr Zimmer mit dem Hinweis, dass ich nicht möchte, dass die Bediensteten über sie tratschen und sie für unanständig halten. Ich würde wieder hereinkommen, wenn sie angezogen wäre. Mann, war ich froh, als ich da raus war. Astas Anblick jagte mir Schauer über den Rücken, aber nicht vor Wonne, das kannst du mir glauben.«

Ich atme tief ein und schiebe meine Bedenken beiseite. Schließlich hat mir dieser wundervolle Mann gerade seine Liebe gestanden und ich habe die beste Nacht meines Lebens mit ihm verbracht und nicht meine Stiefschwester.

»Und die Schuhe?«, hake ich nach.

»Irgendwann war die Lady dann fertig und ich durfte eintreten. Beim Hinausgehen kickte sie deine Schuhe in eine Zimmerecke. Ich bot ihr an, den Grund ihrer schlechten Laune zu entfernen, und sie ließ mich huldvoll gewähren.«

»So kam dann eines zum anderen.«

»Genau, so kam zusammen, was zusammengehört. Wie bei Aschenputtel. Und du bist meine Lucindarella.«

Ich drehe mich zu David um und lege die Arme um ihn. Mit den Lippen streiche ich erst über seine Wange und dann über seinen Mund. »Und du bist mein Prinz.«

Wir küssen uns zärtlich und leidenschaftlich und ungestüm und innig – und wir werden uns noch bis in alle Ewigkeit so weiterküssen.

14

Viktoria

»Heinrich, der Wagen bricht. Nein, Herr, der Wagen nicht, es ist ein Band von meinem Herzen, das da lag in großen Schmerzen, als ihr in dem Brunnen saßt, als ihr ein Fretsche wast.

Noch einmal und noch einmal krachte es auf dem Weg, und der Königssohn meinte immer, der Wagen bräche, und es waren doch nur die Bande, die vom Herzen des treuen Heinrich absprangen, weil sein Herr erlöst und glücklich war.«

Leise schließe ich das ledergebundene Märchenbuch und sehe hinüber zu Cinda, in deren Armen Rosannas Neffe Felix schlummert. »Ich vermute, der kleine Mann tauchte in seine Träume ab, ehe der Frosch mit der Königstochter speisen konnte?«

»Schön war das Märchen trotzdem wieder.« Rosanna krabbelt unter der Fleecedecke hervor, in der sie bis eben eingekuschelt in einer Hängematte lag. Sie geht zu Cinda und nimmt erst deren Decke an sich und dann Felix.

»Ich bringe das Kerlchen zu Bett«, murmelt Rosanna.

»Und ich hole uns einen Gute-Nacht-Snack.« Cinda erhebt sich und streckt sich in alle Richtungen. »Magst du noch etwas zu trinken, Viktoria?«

Ich schüttele den Kopf und greife nach dem Wollcape neben mir. Darin eingemummelt lehne ich mich im Liegestuhl zurück. Ein Eichhörnchen flitzt auf den Bäumen vor der Dachterrasse von Ast zu Ast. Einen Moment hält es inne und starrt mich mit erhobenen Pfoten an. Dann rast es weiter, immer auf dem Sprung zum nächsten Baum. So langsam nehmen die Blätter eine goldene Tönung an und die Luft beginnt herbstig frisch zu schmecken.

Müde schließe ich die strapazierten Augenlider. Ich selbst springe seit Wochen, eigentlich seit Monaten, genauso getrieben durch mein Leben.

Aber das ist gut so! Schließlich will ich nicht in irgendeinem Strauch hängenbleiben, sondern den höchsten Baum bezwingen.

»Ist sie eingeschlafen?«, wispert Cinda zu Rosanna, als die beiden zurück auf die Dachterrasse kommen.

»Wundern würde es mich nicht. So lange am Stück wie heute, habe ich sie seit Wochen nicht mehr gesehen.«

»Ich kann euch hören.« Meine Stimme klingt brummeliger, als ich beabsichtige. Es tut mir wirklich leid, dass sich meine Freundinnen vernachlässigt fühlen, aber ich habe die Chance auf ein Riesenprojekt und diese Chance werde ich mir nicht entgehen lassen. Dazu habe ich bereits zu viel Zeit investiert – und Herz. Was in der Unternehmensberatung den Weg nicht unsteiniger macht.

Cinda reicht mir einen Teller voll mit Lasagne. »Rosanna und ich denken, dreimal in der Woche Mittagessen ist zu wenig, also schenken wir dir heute eine

zweite Portion, nennen wir es einen späten Nachschlag.«

Der würzige Duft der heißen Lasagne lässt mich wieder etwas munterer werden und ich setze mich aufrecht hin. »Und ihr?«

Rosanna schwenkt einen Teller mit einem Stück
Cheesecake und Cinda winkt ab.

»Wir werden gemästet und du lebst von Luft und
Liebe.«

»Tja, nur kein Neid«, grinst Cinda mich an, »wer hat,
der hat.« Ihre Wangen röten sich und ihr Blick bekommt den Glanz aller Frischverliebten, in dem sich alles rosa spiegelt. Seit dem Geburtstagsball ihrer Großeltern im Sommer, als sie und David sich verliebten,
schwebt Cinda durch das Leben und oft haben Rosanna
und ich das Gefühl, als würde sie uns mit emporheben.

Wie es wohl ist, sich ganz und gar auf jemanden ein-
zulassen? Vielleicht ähnlich wie bei meinen Projekten?

Eher nicht. Cinda ist voller Energie und Pläne, ich bin
nach Tagen – nun gut, auch Nächten – im Büro müde
und unkonzentriert.

Ich schiele zu Rosanna hinüber, die so sehnsüchtig
auf Cinda blickt, wie ich nachdenklich.

Rosanna würde bestimmt die nächste von uns sein,
die der Liebe begegnet. Und irgendwann auch ich?

Schluss! Ich winde mich aus der Hängematte und angele nach meinen Schuhen darunter.

»Wo willst du hin?« Rosannas Augen werden kugelrund und die Gabel mit einem Stück Cheesecake bleibt
auf halbem Weg zu ihrem Mund stehen.

»Ich habe noch zu tun.«

»Was denn?« Cinda sieht mich aus zusammengekniffenen Augen an.

»Ich muss ein paar Zahlen glatt rechnen.«

Cinda rümpft die Nase. »Und das muss unbedingt am Samstagabend sein?«

»Ach, komm schon, Viktoria«, schmeichelt Rosanna mit ihrer sanften Balladenstimme. »Es ist ewig her, dass wir so entspannt zusammengesessen haben.«

»Außerdem tummeln sich die Zahlen morgen weiterhin in deinen Unterlagen.« Cinda schenkt mir aus einer Karaffe Zitronenwasser nach und hält mir das Glas entgegen.

Sie hat nicht ganz unrecht. Die Zähne fletschenden Zahlen werden nicht nur morgen da sein, sondern auch übermorgen und die Woche darauf und darauf. Denn sie verfolgen mich seit Monaten. Alles in mir lechzt danach, sie für eine Weile abzuschütteln.

Es ist an der Zeit, etwas zu tun, was ich lange nicht mehr getan habe. Ich gebe mir selbst nach und kuschele mich zurück in die Hängematte.

Schweigend mümmele ich die Lasagne, während sich Cinda und Rosanna über deren Rosenseminar in der Provence unterhalten, wo sie ihren Sommerurlaub verbracht hat.

Nach dem letzten Bissen stelle ich den Teller auf dem Boden ab und mein Blick schweift hinauf in den mittlerweile dunklen Nachthimmel, wo die Sterne leuchten. Und, da geschieht es mir, wie Cinda vor ein paar Wochen. »Seht! Eine Sternschnuppe.« Ich zeige hinauf, wo das Spektakel seinen Lichtbogen zieht.

»Dann darfst du dir jetzt etwas wünschen.« Cindas Lächeln erreicht mich durch ihre Worte.

Und ich wünsche mir etwas. Etwas ganz Bedeutendes, Außergewöhnliches. Etwas so Wundervolles und Klassisches wie die leuchtenden Sterne über mir.

15

F wie Fauxpas

Flitterwochen

*Keine Reise wird je wieder so viel Aufmerksamkeit erheischen wie die Reise der Flitterwochen.
In der romantischsten Suite, des zauberhaftesten Hotels, zelebrieren wir die Liebe bis ins kleinste Detail, quasi auf einem Bed Of Roses mit dem realen Mann aus unseren Träumen.*

***

Ganz ruhig, ich habe keinen Grund, nervös zu sein. Es ist ja nicht so, dass ich in das Maul eines Löwen greifen müsste.

Nein, es handelt sich nur um einen Container. Und einen gut gepflegten noch dazu – keine Schrammen, keine Beulen, polierter Edelstahl.

Leider lässt sich dieser große Bruder einer 5-Sterne-Biomülltonne nicht öffnen. Das blöde Ding ist verplombt und zugekettet, wie es sich für einen Datenschutzcontainer gehört. Lediglich oben befindet sich ein schmaler Schlitz. Und diesen habe ich genutzt, um meine wertvollen Unterlagen für das morgige Meeting zu versenken, zusammen mit einem Haufen Altpapier, der als Tarnung dienen sollte. Tja, Zweck erfüllt.

Wenn ich nur einen Hauch mehr an Privatsphäre hier in der Firma hätte – ich meine natürlich berufliche Privatsphäre. Dann müsste ich nicht immer alles abdecken und irgendwo anders darunter schieben. Wir arbeiten hier mit äußerst sensiblen Informationen und jeder meiner Teamkollegen würde dem anderen beim Wetthüpfen auf der Karriereleiter kräftig auf die Finger hopsen, mit einem freundlichen *Gern geschehen* auf den Lippen.

Aber nein, wir leben eine offene Firmenkultur, ohne störende Wände und abschottende Türen. Wir teilen alles – Büroräume, Schreibtische, Computer und hin und wieder auch zwei Mitarbeiter eine Mitarbeiterin. Dienstreisen können ja so anregend sein.

Wieder ziehe ich an dem Stahldeckel, doch genauso gut könnte ich versuchen, im Sommer an einer hundertjährigen Eiche Blätter herunter zu rütteln.

Ich fummele meine Finger in den Schlitz und bleibe wie die letzten Dutzend Mal mit den Knöcheln hängen. Mit dem Daumen kann ich ein wenig auf und ab wackeln, doch das hilft mir nicht weiter. Und dabei sind meine Hände wahrlich nicht dick.

»Mist«, rutscht es mir heraus und ich trete gegen den Container, der mir bis zum Bauchnabel reicht.

Na hervorragend! Jetzt ziert auch noch ein dunkler Kratzer meine cremefarbenen Ballerinas.

So komme ich nicht weiter.

Ich könnte einen Teil der Skizzen noch einmal neu anfertigen.

Nein, das reicht nicht, schließlich habe ich die Zahlen ebenso versenkt. Eigentlich steckt die ganze Präsentation mit Stumpf und Stiel im Schlund dieses Metallungeheuers.

Dies ist eine meiner Grundeigenschaften, was ich mache, mache ich richtig. Keine halben Sachen, keine Kompromisse. Schon als Kind lieferte ich in der Schule nur vollständig ausgefüllte Seiten ab. Von wegen löse Aufgabe eins bis drei auf Seite siebzehn, Absatz zwei. Und was ist mit Absatz eins und den Absätzen drei bis vier? Die gehören schließlich auch dazu.

Und schon von jeher bringe ich Wichtiges per Hand auf Papier. Zudem hat es den Vorteil, dass ich nichts diesen Datenschnüfflern in unserer Firma ins Netz tippe.

Und ganz ehrlich, meine Projekte und Präsentationen mit Füller und Aquarellstiften auf Leinenpapier auszuarbeiten, gibt mir das Gefühl, etwas zu schaffen. Was sonst habe ich als Unternehmensberaterin am Ende des Tages zu zeigen? Keine Hefeteige, die ich am nächsten Tag zu Streuselschnecken formen könnte oder keine vollen Kassen, aus denen ich Bündel von Geld zähle und auch keine Hefte mit krakeliger Erstklässlerschrift, in die ich Smileys malen könnte.

Es ist doch echt zum Haare raufen. Allerdings nur im übertragenen Sinn. Ehe ich meine Frisur zerstöre, muss schon ein wenig mehr passieren, als Unterlagen zu verlieren.

Wichtige Unterlagen!

Sehr wichtige Unterlagen!

Vorsichtig taste ich nach dem Haarknoten in meinem Nacken. Alles bestens, kein Haar tanzt aus der Reihe.

Der freche Kellner von heute Mittag hat mich doch tatsächlich gefragt, ob er mir nach Feierabend einen Erdbeer-Smoothie servieren dürfe, denn dieser würde so hervorragend zu meinen erdbeerblonden Haaren passen. Dazu schoss er ein Lächeln à la Bollywood und einen italienischen Blick in meine Richtung ab. Aber nicht mit mir, der Gute soll mal lieber bei seinen Spaghetti bleiben. Meine große Liebe ist mein Job. Nun gut, vielleicht nicht die große Liebe, eher meine, meine … mein Projekt, genau mein Lebensprojekt. Ach egal, ich muss jetzt endlich diesen Container aufbekommen!

Noch einmal schiebe ich die Hände in den Schlitz. Doch weder sind sie schmaler geworden, noch hat sich der Schlitz ausgedehnt. Und es ist bereits Viertel vor acht. Wenn ich hier nicht langsam meine Unterlagen rauskriege, werde ich morgen mitsamt meiner nichtvorhandenen Präsentation untergehen. Und niemand wird ein Rettungsboot nach mir entsenden.

Mein privates Smartphone vibriert dreimal kurz auf dem Schreibtisch. In der Stille des Büros klingt es wie eine Fanfare, dementsprechend rast mein Herz vor Schreck. Als es sich wieder einigermaßen eingetaktet hat, brummt das Telefon erneut.

Nun gut, ich überlasse den Container wieder seinem Datenschutz und laufe quer durch das Büro zu meinem Schreibtisch. Wenigstens steht mein Tisch in Reichweite einer Heizung und neben einem Fenster. Zwar wird der Blick hinaus begrenzt durch moderne Sichtbetonwände, die quadratisch einen Parkplatz umstehen. Aber das ist immer noch besser, als an die schnoddergelbe Wand zu starren, die meinen Schreibtisch von dem meiner Kollegin Coline gegenüber trennt.

Erneut hüpft mein Smartphone. Ich lasse mich in den Stuhl plumpsen und greife danach.

Drei neue Nachrichten – und die sind selbst für eine SMS kurz und knapp: *Wo bist Du?* und *Ich warte am Flughafen!* und *Melde Dich!*

Jede SMS erhöht die Raumtemperatur um mich herum um gefühlte sieben Grad. Wie konnte ich nur Patrizia vergessen! Meine eigene Schwester! Kommt sie echt schon heute?

Oh nein, oh nein, oh nein! Karl Jenkins Palladio rockt aus meinem Telefon und ich wische auf dem Display herum, um das Gespräch anzunehmen. »Hallo Patrizia!«

»Hey, Schwesterherz. Ich bin wohlbehalten gelandet. Und das, nachdem der Flieger mit einer Stunde Verspätung losgeflogen ist und noch eine halbe Stunde über Berlin kreisen musste, so rushhourmäßig. Hast du mich vergessen?«

»Ich! Dich vergessen? Niemals!« Meine Stimme klingt heiser und ich räuspere mich. »Vielleicht ein kleines bisschen.«

Patrizia lacht und ich stelle mir die Leute in ihrer Nähe vor, wie sie bei dem ansteckenden Lachen meiner Schwester mitgrinsen müssen. »Nein, selbstverständlich hast du mich nicht vergessen. Du hast nur nicht so richtig an mich gedacht.«

Ich winde meine Beine umeinander und sammele nicht vorhandene Staubflusen von meiner sandfarbenen Anzughose. »Ich bin gleich da.«

»Lass mich raten, du hängst noch auf Arbeit rum.«

»Ich hänge nicht auf Arbeit rum! Aber ich bin noch im Büro.« Vorsichtig entknote ich die Beine wieder und streiche eine Falte aus dem Hosenstoff. »Es wird einen Moment dauern, befürchte ich.«

»Schon gut, du fleißiges Bienchen. Ich hüpfe in ein Taxi und fahre in deine Wohnung. Sind die anderen zu Hause?«

»Rosanna ist gestern zu ihrem Französischkurs nach Nizza gefahren. Aber Cinda ist da. Sie wollte für uns kochen … fällt mir dabei ein … irgendwie …« Im Geiste klatsche ich mir gegen die Stirn. Was ist bloß los mit mir? Seit Monaten halte ich keine private Verabredung mehr ein und dabei unterlaufen mir immer häufiger Schnitzer auf Arbeit, obwohl ich viel mehr Zeit im Büro verbringe.

»Fein, dann sehen wir uns nachher. Ich freue mich.« Patrizia schickt mir einen Schmatzer durchs Telefon.

»Ich mich auch, bis dann.«

So, und nun?

Meine Rückenlehne knarzt, als ich mich zurücklehne. Das Adrenalin meiner Unterlageneskapade löst sich auf und macht ganz viel Müdigkeit Platz. Ich gähne und schließe die Augen.

Los Viktoria, denk nach! Mit der rechten Hand taste ich nach dem Armband, welches sich um mein linkes Handgelenk schmiegt. Handgefertigte rotgoldene Blütenblätter umfassen eine zierliche Edelweißblüte in Weißgold. Das Armband schenkte mir ein gnomenhafter Goldschmied, als ich das erste Mal in Garmisch-Partenkirchen meinen Urlaub verbrachte. Das war noch vor meiner Einschulung, vielleicht war ich vier oder fünf. Seitdem fahre ich oft dorthin, um durch die Alpen zu wandern oder einfach nur auf einer Almwiese zu sitzen und zu atmen.

Ich war schon lange nicht mehr da. Eigentlich seit meinem vorletzten Studienjahr nicht mehr. Erst war da der Abschluss, daneben meine Arbeit bei Tattle Consult, meine Doktorarbeit … die letzten drei Jahre verschwimmen zu einer dunkelgrauen Zeitblase.

Mein Herz zieht sich zusammen und meine Arme und Beine fühlen sich schwer an. Selbst mein Kopf scheint eine Kuhle zwischen meine Schultern zu drücken.

Heimweh, ich habe Heimweh nach den Bergen. Nach der süßen Luft, der Stille, den eisigen Bächen. Ich muss mir unbedingt etwas einfallen lassen, wie ich mich ein paar Tage davonstehlen kann.

Aber erst muss ich mir noch etwas anderes einfallen lassen.

Plan 1: Ich schließe mich die Nacht über in meinem Zimmer ein und schreibe die Präsentation neu. Dadurch, dass ich sie schon einmal geschrieben habe, sind mir alle Fakten und Zahlen mehr oder weniger geläufig. Leider fehlen mir durch meine Unachtsamkeit auch die bereits unterschriebenen Dokumente meines zukünftigen Kunden. Und die sind das Fundament meines Konzeptes.

Blöd, blöd, blöd!

Plan 2: Ich überlasse dem gierigen Datenschutzcontainer seine Beute, pfeife auf meine Vorbereitung und genieße einen entspannten Abend mit meiner Schwester und Cinda. Dann spaziere ich morgen in das Meeting und erzähle was von Staffing und Mappen von Ressourcen und mache ein wenig Kalendertetris und Bingo.

Noch blöder, noch blöder, noch blöder!

Plan 3: Ich versuche noch ein weiteres Mal, meine Hände durch den Schlitz des Containers zu quetschen und wenigstens ein paar der Dokumente herauszuangeln.

Moment! Dass ich darauf nicht schon früher gekommen bin!

Ich schlüpfe aus den Schuhen, ziehe den Blazer aus und krempele die Ärmel der Bluse nach oben.

Barfuß marschiere ich zu dem Container und stelle mich davor. Meinen rechten Fuß stemme ich im unteren Teil gegen das Metall. Sofort überzieht Gänsehaut meinen Fuß.

Bäh, ist das Ding kalt.

Mit den Händen umfasse ich rechts und links den verplombten Deckel. Und nun drücke ich unten dagegen und ziehe ihn oben nach vorn. Zumindest ist dies meine Absicht. Leider lässt er sich weder drücken noch ziehen.

Okay, noch einmal. Dieses Mal mit mehr Schmackes.

Der Container beginnt, sich hinten ein wenig zu heben und nach vorn zu kippen. Doch der Schwung reicht nicht.

Das kann doch nicht wahr sein! Wozu schufte ich mich dreimal wöchentlich im Kraftraum ab!

Wieder stemme ich meinen Fuß gegen das Metall und ziehe oben. Und siehe da, Stück für Stück lässt sich dieser blöde Papierfresser umlegen.

Das letzte Stück renkt mir fast die Schultern aus und meine Arme verlängern sich um einen gefühlten halben Meter. Aber egal, ich lasse das Ding die letzten Zentimeter auf den Boden knallen.

Yes! Und das, was ich mir erhoffe, klappt. Das Papier im Inneren rutscht nach vorn in Richtung Schlitz.

Ich hocke mich für einen Moment auf den Datenschutzcontainer und massiere meine ausgeleierten Arme. Da raschelt es hinter mir. »Kann ich helfen?«

16

R wie Raffiniert

Rezeption

*An der Rezeption wird der Besucher zum Gast.
Hier findet er offene Ohren und hilfsbereite Hände
und stets ein Lächeln. Und, oft ganz wichtig,
Briefmarken, Kulis und vergessene Zahnbürsten.*

***

Mit einem Ruck drehe ich mich um, dabei knalle ich mit der Ferse gegen eine Metallkante am Container.

Ich glaube, ich balle mein Gesicht zur Faust, denn der Fremde hinter mir zuckt kurz zurück.

»Alles in Ordnung?« Er geht einen Schritt auf mich zu und zieht die Stirn unter einer dunkelblonden Haarflut kraus. Ein Friseurbesuch könnte ihm echt nicht schaden. Wir sind hier nicht am Strand von Maui, sondern bei Tattle Consult, einer der angesehensten Beratungsfirmen in Europa.

Und wie er gekleidet ist! Jeans, weißes T-Shirt, Turnschuhe. Wer ist der Kerl?

»Wer sind Sie?« Ich erhebe mich und stelle mich ihm gegenüber. Ein wenig muss ich zu ihm aufsehen.

Irgendwie stört mich das, so barfüßig und nacktärmelig, wie ich gerade bin. Zur Beruhigung taste ich nach meinem Armband am Handgelenk.

Er lächelt mich an. Dabei gleitet der linke Mundwinkel eine Spur höher als der rechte und feine Fältchen legen sich um seine Augen. Diese haben die Farbe von bayrischen Tannenwäldern, wenn die Sommersonne durch die Wipfel scheint.

Was habe ich ihn gerade noch gefragt?

»Wir kennen uns vom Sehen. Ich bin Nik, der neue Hausmeister.«

Nik, einfach nur Nik? Wie passend für die Hausmeisterkarriere.

Und irgendwie duftet er auch nach Wald, so gar nicht nach Hausmeister. Wie riechen eigentlich Hausmeister?

Mensch, ich muss echt müde sein. Los jetzt, Viktoria, konzentriere dich!

Mit schief geneigtem Kopf steht er vor mir und sieht mich an. Ach so, ja, er will bestimmt wissen, was ich hier veranstalte.

Ich räuspere mich. »Meine Unterlagen sind aus Versehen irgendwie in dem Datenschutzcontainer gelandet.«

»Aus Versehen, irgendwie. So, so.«

Ich finde ja, dass sein Lächeln jetzt mehr einem Grinsen gleicht. Frechheit! »Es gibt keinen Grund, sich lustig zu machen!«

»Nein, natürlich nicht. Das würde mir nie einfallen.« Seine Stimme klingt so warm und schokoladig, wie Marvin Gaye singt. »Kann ich dir helfen?«

Er duzt mich einfach! So eine Doppelfrechheit!

»Selbstverständlich können SIE mir helfen! Schließlich sind Sie hier der Hausmeister und für solche Fälle zuständig. Ich habe morgen eine entscheidende Präsentation und benötige dafür die Unterlagen aus dem Container. Also bitte.« Ich trete einen Schritt zur Seite und zeige auf das Metallding auf dem Boden.

Irgendwie erinnert die Geste mich an die Bikinigirls in einer Werbekampagne für Männerspielzeug. Schnell ziehe ich die Arme wieder zurück und verschränke sie vor der Brust. Das sollte die Hierarchie zwischen uns deutlich machen.

»Gewiss, Ma'am. Ich eile, mein Werkzeug zu holen.« Und weg ist er.

Wie frech!

Mit einem Sprint hetze ich zurück zu meinem Schreibtisch und ziehe mir die Schuhe und den Blazer wieder an. Vollständig zugeknöpft betrachte ich mein Spiegelbild im Fenster. Da es draußen bereits dunkel ist, klappt das ziemlich gut. Ich streiche hier und da ein Fältchen an meinem Anzug glatt. Meine Haare befinden sich brav in dem Nackenknoten und mein Tages-Make-up müsste auch noch an Ort und Stelle sein, wie es aussieht. Mit einem himbeerfarbenen Lippenpflegestift betupfe ich noch schnell meine Lippen. Diese fühlen sich schließlich schon ziemlich trocken an.

Gestärkt durch das Gefühl, wieder ordnungsgemäß gekleidet zu sein, gehe ich zurück zum Container.

Wo bleibt der Kerl nur? So riesig ist das Gebäude ja nun auch nicht. Der ist bestimmt erst einmal schön eine qualmen gegangen. Wie ekelig.

Vermutlich hätte er dann aber nicht so waldfrisch geduftet.

Dann zieht er sich wahrscheinlich noch schnell ein Bierchen rein. Genau, das wird es sein.

Nun gut, dann helfe ich mir eben selbst. Ist eh das Beste.

Ich hocke mich hin, um nicht auf dem dreckigen Boden zu knien und fummele zum gefühlt dreihundertsiebten Mal die Finger meiner linken Hand in den Schlitz.

Und in der Tat! Mit den Fingerspitzen fühle ich Papier. Ja, ich komme ran – zumindest, um es ein wenig zu streicheln. Ich drücke noch fester.

Autsch! Mein Armband pikst in mein Handgelenk, wo ich es zwischen Arm und einer Metallkante quetsche.

Weiter machen! Zwischen Zeigefinger und Mittelfinger angele ich ein Blatt. Ich halte die Luft an und ziehe die Hand ganz sacht zurück. Mein Herz pocht einen Technobeat. Ich kann den Zettel schon sehen! Mit der rechten Hand greife ich danach.

Mist! Es ist nur eines meiner Tarnblätter! Gekonnt zerreiße ich es zu Konfetti.

Hinter mir höre ich jemanden lachen. Mit Sicherheit Nik, den Hausmeister.

Ich springe auf und reibe mir das schmerzende Handgelenk. »Auch schon zurück! Ich habe nicht die ganze Nacht Zeit, ich muss noch arbeiten!«

»Ach, und ich bin wohl zu meinem Vergnügen hier?«

»Sie müssen morgen kein hundertzwanzig Jahre altes Hotel vor der Übernahme retten!«

»Nein, das muss ich nicht. Ich muss niemanden mehr retten.« Nik wendet sich von mir ab und stellt eine rote Werkzeugkiste vor sich auf den Boden. Mit dem Rücken zu mir, kramt er darin herum. »Ich darf die

Plomben nicht öffnen. Und eigentlich dürften wir nicht einmal in den Papieren darin herumstochern. Immerhin heißt dieses Ding nicht umsonst Datenschutzcontainer.«

»Papperlapapp! Schließlich will ich nur meine eigenen Unterlagen zurückhaben. Die anderen geistlosen Dokumente darin sind mir völlig egal.« Ich gehe um ihn herum, denn ich mag es nicht, wenn mir jemand den Rücken zuwendet.

»Na dann«, murmelt er. Mit der einen Hand streicht er sich immer wieder die unordentlichen Haare aus der Stirn. Ein völlig sinnloses Unterfangen. Dabei zuckt es mir in den Händen, mir eine Schere zu greifen und dem Gewuschel ein Ende zu bereiten. Oder die Haare selbst einmal zu zerzausen.

»Da ich allerdings meinen Arbeitsplatz behalten möchte, werde ich die Plomben nicht öffnen.« Aus den Tiefen seiner Werkzeugkiste zieht er einen simplen Schraubendreher hervor.

»Und damit soll es funktionieren? Hier sind ja nicht einmal Schrauben.«

»Aber hier.« Nik geht um den Container herum zum Boden und zeigt mit dem Schraubendreher auf winzige Schräubchen, die die Bodenplatte mit dem Rest des Containers verbinden. Da hat sich aber jemand Mühe gegeben.

»Ich mache das nicht«, wehre ich die Fummelarbeit ab.

Nik schüttelt den Kopf und lacht. »Schon klar. Wir wollen ja schließlich nicht die fein manikürten Bürofingerchen beschmutzen.«

»Ich habe kein Problem damit, mir meine Finger schmutzig zu machen – wenn es der richtige Schmutz ist!« Habe ich das wirklich gerade gesagt?

»Dann werden wir den richtigen Schmutz mal rausholen. Und SIE«, er muss das *Sie* gar nicht extra so betonen, »versprechen mir, dass wir mal zusammen essen gehen.«

Ich ziehe lediglich die Augenbrauen kunstvoll in die Höhe, das wirkt eigentlich immer.

»Ich nehme das mal als ein Versprechen.«

Ja, schon klar.

Der Hausmeistersbursche kniet sich auf den Boden vor dem Container nieder und schraubt zügig eine friemelwinzige Schraube nach der anderen lose. Faszinierend, wie sich die Muskeln in seinen Unterarmen bewegen.

»Netterweise wurde der Container ja schon von einer bewundernswert starken Person umgelegt, auch wenn diese auf den ersten Blick nicht so aussieht.« Niks tannengrüne Augen funkeln, als er zu mir aufsieht.

Meint er das jetzt ernst oder ironisch?

Ich schweige lieber und verschränke erneut die starken Arme vor meiner nicht ganz so ausgeprägten Brust.

Bald nestelt Nik – mit äußerst gepflegten Fingern wohlgemerkt – die letzten Schräubchen heraus und der Boden löst sich vom Container. Er legt die Platte beiseite und zieht langsam das Papier heraus. »Die gesuchten Dokumente müssten ja oben liegen?« Er blickt zu mir hoch und anscheinend sieht er die Fragezeichen, die in mir aufploppen. Nicht wegen seiner unschlauen Frage, sondern wegen der Tatsache, wie einfach das Metallding aufging.

»Der Container ist zwar von oben mit Plomben gesichert, aber die Grundplatte ist einfach nur angeschraubt. Und es steht nirgendwo in unseren unterschriebenen Datenschutzbestimmungen, dass diese nicht abgenommen werden darf. Ich habe es gerade noch mal schnell nachgelesen. Der Mitarbeiter verpflichtet sich, die Verplombungen an der Oberseite des Schutzcontainers unangetastet zu lassen. Und das haben wir befolgt.«

Raffiniert! Darauf hätte ich auch selbst kommen können.

Ich hocke mich neben ihn und sortiere das Papier, welches er mir reicht. Dutzende ausgedruckter Powerpointfolien mit Blabla Deep Dive hier und Blubblubb Show Case dort kommen zum Vorschein. Garniert von meterlangen Exceltabellen mit Spalten in sämtlichen Regenbogenfarben. Dreizehn Manntage rechts, ein halber Manntag links, overplanned and understaffed. Wieso führen wir eigentlich keine Frauentage?

Egal.

Oh, ein handschriftlicher Zettel meines Kollegen Otwin an unseren neuesten Blondi-Assistentinnen-Zugang. Na, wenn die das Angebot mal nicht angenommen hat.

Powerpoint, Excel, Word, Word, Excel, Powerpoint.

Eine Rechnung für ein Abendessen vom Boss unter dem Boss. Für zwei Personen, so, so. Und dieses zum Preis von mindestens sechs Personen!

Da! Da sind sie. Meine Unterlagen. Meine Kalkulation, die Grundrisse des Hotels, mein Strategiepapier. Alles fein säuberlich mit ultramarinblauer Tinte auf

cremeweißem Papier niedergeschrieben. Eine Augen-
weide.

Ich springe auf und glätte, was noch zu glätten ist.

»Ich habe sie! Sie können den Müll wieder einräumen
und den Container verschließen.«

An meinem Schreibtisch breite ich die Papiere aus
und sortiere sie in die richtige Reihenfolge. Die meisten
sind heil geblieben, einiges lässt sich mit bügeln wieder
beheben und den Rest könnte ich heute Nacht noch
einmal abschreiben.

Na dann, nichts wie ab nach Hause. Ich schließe einen Schrank auf und hole meine Tasche heraus. Habe
ich auch alles? Es wäre ärgerlich, wenn ich noch einmal
herfahren müsste.

»Die Papiere sind zurück im Container und diesen
habe ich auch wieder zugeschraubt.« Nik kommt auf
mich zu und bleibt vor mir stehen. Er sieht mich direkt
an. Seine dunklen Augenbrauen verstärken noch das
Grün seiner Augen.

»Äh, fein«, stottere ich. »Dann, äh, gute Nacht.« Ich
drücke den Umschlag mit meinen Dokumenten an
mich, kralle mir meine Tasche und schiebe mich an
ihm vorbei. Wieder nehme ich seinen frischen Waldge-
ruch wahr. Und wieder drückt das Heimweh nach den
Bergen mein Herz zusammen.

Was macht dieser Hausmeisterkerl mit mir? Ich will
das nicht!

Da reicht er mir auch noch seine rechte Hand. Für einen Moment weiß ich nicht, was ich damit tun soll,
doch schließlich lege ich meine hinein. Warm und fest
drückt er zu und die Wärme breitet sich über meinen

Arm, über meinen Oberkörper bis in meine Knie hin
aus, die sich plötzlich wie Panna cotta anfühlen.

»Ich würde mich freuen, wenn wir uns mal wiedersehen könnten. Vielleicht zu einem Mittagessen?« Seine
Stimme vibriert leicht und er hält den Atem an.

Ja klar, ich gehe mit dem Hausmeister in die Mittags-
pause. Damit wäre ich für den Rest der Woche, ach
Quatsch für den Rest des Quartals, der Büroklatsch
Nummer eins.

»Äh, sicher, das wäre nett. Ich mache aber keine Mittagspause. Dazu fehlt mir die Zeit.« Ich entziehe ihm
meine Hand und wende mich von ihm ab. »Und schalten Sie bitte das Licht aus, wenn Sie das Büro verlassen.«

»Ich habe noch etwas für dich, ich meine für Sie.«

»Legen Sie es auf meinen Schreibtisch. Ich sehe es mir
morgen an.« Und schon schließt sich die gläserne Bürotür hinter mir.

17

O wie Oktober

Overbooking

***

»Viki!« Kaum habe ich die Wohnungstür geöffnet, saust auch schon meine Schwester auf mich zu und schlingt die Arme um mich. »Ich dachte schon, du übernachtest im Büro.«

Sie nimmt mich bei der Hand und zieht mich den langen Flur entlang bis in die Küche. Dort, an unserem Birkenholzesstisch, sitzt meine Mitbewohnerin Lucinda. Vor ihr stehen drei Teller – zwei leer geputzt und einer unbenutzt. Mein Magen reagiert sofort knurrend auf den Duft nach Braten und buttrigem Reis.

»Na so was, die verlorene Schwester.« Cinda erhebt sich, schnappt sich den leeren Teller und geht zum Herd. »Wir wollten uns gerade über deine Portion hermachen. Wenn das Fleisch noch länger vor sich hinschmort, verwandelt es sich in Babybrei.«

Schnell wasche ich mir gleich in der Küchenspüle die Hände und nehme meinen Platz am Tisch ein.

»Lass es dir schmecken. Das Rezept konnte ich Hilla abschwatzen, Winzerbraten mit Rosinenreis. Nur leider ohne Merlot-Trauben.« Cinda stellt den dampfenden Teller vor mir ab und setzt sich mit überkreuzten Beinen auf den Stuhl gegenüber. Wie sie so immer sitzen kann. Meiner Meinung nach gehören beide Füße auf den Boden.

Das zarte Fleischstück auf der Gabel dampft, als ich es mir in den Mund schiebe.

Heiß! Heiß! Aber so was von lecker.

»Wenn du dir schon wieder den Mund verbrennst, wirst du vor lauter Hornhaut auf deiner Zunge nichts mehr von meinem schönen Essen schmecken.« Cinda schenkt mir aus einer Kristallkaraffe bordeauxroten Traubensaft ein und drückt mir das Glas in die Hand. »Genieße wenigstens diesen guten Tropfen, es ist meine letzte Flasche.«

»Na, wenn das kein Grund ist, ganz schnell wieder nach Grafenburg zu fahren.« Ich grinse Cinda an und ihre Wangen verfärben sich doch tatsächlich pinkig. Mit ihrer karamellblonden Lockenpracht und ihren kornblumenblauen Augen sieht sie aus wie meine Pfirsichblüten-Barbie von früher. Ich muss die unbedingt nachher mal aus ihrem zuckerwatterosa Schuhkarton befreien und Cinda zeigen. Diese wird wahrscheinlich nur peinlich berührt die Schultern zucken und dann Barbies Rauschekleid umarbeiten, vielleicht mit ein paar bestickten Teerosen oder so.

»Gibt es etwa Neuigkeiten?« Patrizia hört für einen Moment auf, den Schokopudding aus ihrem Schälchen zu löffeln.

Cinda steigt noch mehr Röte in die Wangen, ich spüre schon fast ihre Körperwärme.

»Lucinda hat ihren Mister Right getroffen.«

»Hey, wie toll! Ich freue mich für dich.« Meine Schwester lässt ihren Pudding Pudding sein und umarmt Cinda. »Erzähl! Alle Details! Wer und wo und wann.«

»Ach, so viel gibt es gar nicht zu erzählen«, windet sich Cinda.

Ich hüstele dezent und Patrizia zieht die Augenbrauen in die Höhe. »So verliebt wie du aussiehst, steckt da eine ganze Menge dahinter.«

»Allerdings, denn unser Aschenputtel wurde von seinem Prinzen erlöst.« Dieser Vergleich erfreut mich jedes Mal aufs Neue. Und die Gänsehaut, die sich dabei an meinen Armen entlangzieht, gibt mir auch immer wieder recht.

Cinda streckt mir ihre Zunge raus – und, wenn ich mir diesen Kommentar gestatten darf, selbst diese leuchtet vor Glück.

»Er heißt David und arbeitet als Gutsjurist bei meinen Großeltern auf deren Weingut. Wir haben uns kennengelernt, als ich im Sommer wegen der Geburtstage meiner Großeltern zu Besuch in Grafenburg war.«

»Und?« Patrizia erwartet offensichtlich noch mehr Details.

»Nichts und. Wir haben uns gesehen und verliebt.«

»Und deine Stiefschwestern oder deine Mutter, wahrscheinlich alle drei«, wendet sie sich mit einem Kopfnicken kurz an mich, »haben dich bestimmt Hände klatschend dabei unterstützt.«

»Wenn du das so ungefähr mit minus eins malnimmst, dann ja.« Cinda lacht und fängt an, den Esstisch abzuräumen. »Aber das, meine Liebe, ist eine andere Geschichte.«

»Ach, komm schon.« Patrizia folgt ihr zum Geschirrspüler.

»Später, jetzt kümmern wir uns erst einmal um deine Hochzeit. Schließlich möchtest du DAS Hochzeitskleid von mir haben. Ich habe schon ein paar Entwürfe vorbereitet, die können wir nach dem Essen durchsehen.«

»Aber es ist doch erst Oktober, bis zur Hochzeit ist noch massig Zeit.«

»Genau und die brauche ich, um dein Hochzeitskleid zu entwerfen und vor allem zu nähen. Allein die Atlasseide und der Kristallsatin, die mir vorschweben ...« Cinda zieht die Nase kraus. »Warum hast du dir eigentlich deine herrlichen langen Haare abschneiden lassen? Wie sieht denn ein Märchenbrautschleier ohne dazu passende lange Märchenfrisur aus!«

»Ich finde, der kurze Bob steht dir toll.« Gesättigt schiebe ich meinen leergeputzten Teller von mir. »Und dieser nougatbraune Farbton, Klasse!«

Patrizia richtet mit den Fingern ihren dichten Pony und legt dann den Kopf schief. »Aber das wächst doch wieder und die Farbe wäscht sich auch heraus«, sagt sie mit mütterlicher Stimme zu Cinda.

Diese zieht nur die Stirn kraus. Eine Angewohnheit, die sie sich unbedingt abgewöhnen sollte, denn die entstehenden Falten können sich bei ihr hinter keinem Pony verstecken.

»Hast du noch Platz für einen Schokopudding?« Cinda hält mir die süß duftende Leckerei vor die Nase.

»Eigentlich wollte ich noch arbeiten.«

Beide erstarren in ihren Bewegungen und formen kleine Os mit ihren Mündern.

»Morgen ist Samstag!« Cinda schaufelt mir mehrere Schöpflöffel Pudding in eine Glasschale.

»Und ich muss Sonntagabend wieder zurückfliegen.« Die Augen von Patrizia verdunkeln sich.

Ich muss ein wenig schmunzeln, denn wir haben die gleiche Augenfarbe. Und je nach Gemütslage changiert das Blau von einem hellen Lichtblau bis zu tiefem Kobaltblau. Ich kann nur immer wieder hoffen, dass mir niemand allzu genau in die Augen sieht, wenn ich gerade unsicher oder nervös bin.

»Ich beeile mich«, verspreche ich. »Ihr könnt erst einmal in Ruhe die Entwürfe für das Hochzeitskleid durchgehen und morgen Vormittag bringe ich die Präsentation ruckzuck zu Ende.«

Nun zieht nicht nur Cinda die Stirn in Falten, sondern auch Patrizia, wenn ich das unter dem Nougatpony richtig deute.

»Der Samstagnachmittag und der Sonntag gehören uns!« Meine Schwester richtet ihren Zeigefinger auf mich.

»Selbstverständlich.«

Dann richtet sie noch ihren zweiten Zeigefinger auf mich.

»Ich höre.«

»Versprochen ist versprochen und wird nicht gebrochen.«

Bäh, wie ich diesen Spruch schon als Kind gehasst habe.

»Und was du versprochen hast, das musst du auch halten! Na dann, mach nicht mehr so lange.« Patrizia drückt mir ein Küsschen auf den Haarschopf und folgt Cinda aus der Küche ins gemeinsame Wohnzimmer.

Für einen Moment schließe ich die Augen, ehe ich beginne, den Pudding zu löffeln. Die Schokolade schmilzt cremig auf meiner Zunge und hinterlässt ein zartbitteres Aroma.

Meine Freundinnen Cinda und Rosanna, mit denen ich mir unsere Altbauwohnung teile, kümmern sich gründlich um mich. Ich bin ihnen ganz schön viel schuldig, auch wenn sie es abstreiten. Allerdings, hätten sie mich im letzten Jahr während meiner Turbodoktorarbeit nicht wenigstens mit den Grundnahrungsmitteln und frischem Sauerstoff versorgt, würde ich jetzt wahrscheinlich aussehen, wie eine vertrocknete Primel.

Warum finde ich eigentlich für meine Arbeit und meinen Sport mehr Zeit als für meine Freunde?

Weil ich von meiner Arbeit lebe und Sport mich gesund hält. So, und nun Schluss! Ich muss mich auf morgen vorbereiten!

Ich atme tief durch und stehe auf. Mit wenigen Handgriffen räume ich die Küche auf und als es nichts mehr zu tun gibt, ziehe ich mich in mein Zimmer zurück.

Mit Schwung schließe ich die weiße Mappe über den Papieren und lehne mich in dem ledernen Schreibtischstuhl zurück. Wenn ich die Präsentation morgen so durchziehen kann, bekomme ich das Projekt gewiss. Und das Calla Hotel wird wieder wie in alten Zeiten erblühen.

Wenn ich nur wüsste, welche Strategie mein Kollege Magnus anwenden wird. Eigentlich eine blöde Frage. Er wird Exceltapeten mit zweihundertdreiundneunzig Spalten und rund siebentausend Zeilen aus dem Beamer hauen. Und die Zahlen darin werden das schöne alte Hotel auffressen und als durchgestylten Kettenabklatsch wieder ausspucken. Er wird sich fein der Rechenkunst unserer merkantilen Diktatur hingeben und – O-Ton meines Chefs Doktor Nils Driwel – das Projekt mal eben so im Highfly wuppen, immer mit dem View auf den Far Field.

Bäh, ich schüttele mich und atme tief durch. So langsam legt sich wieder die Gänsehaut auf meinen Armen und mein armes Herz schaltet einen Gang zurück.

Da klopft es leise an meiner Zimmertür.

»Komm rein.« Wer auch immer vor meiner Tür steht, ist hochwillkommen, denn sonst würde ich meine Präsentation noch einmal durchgehen und noch einmal und, weil es doch eine so wunderschön erfüllende Aufgabe ist, noch einmal.

»Du arbeitest ja immer noch.« Patrizia kommt herein, bereits schlaffertig gekleidet in ein knielanges Minnie Mouse Shirt.

»Ich überlege gerade, was ich noch verbessern könnte.« Mein Rücken schmerzt und ich strecke mich.

Bei meiner nächsten Sporteinheit muss ich unbedingt mehr Rückenübungen einbauen. Ich bin schließlich noch keine dreißig, da haben Schmerzen in meinem Rücken nichts verloren. Und in meinem Kopf eigentlich auch nicht. Ich lasse vorsichtig den Kopf kreisen und es knackt hörbar in meinem Nacken.

»Du hast dein Projekt doch garantiert schon seit Wochen perfekt vorbereitet.« Patrizia deutet fragend auf mein Bett und lässt sich, nach einem Kopfnicken von mir, darauf nieder.

»Dieses Mal ist es extrem wichtig.«

»Bei dir ist es immer extrem wichtig.«

»Wenn ich dieses Projekt bekomme, gehöre ich zu den Chefmanagern.«

»Und? Was dann? Arbeitest du noch mehr? Bekommst du noch mehr Rückenschmerzen, Kopfschmerzen, Seelenschmerzen?«

»So ein Blödsinn. Jeder, der den ganzen Tag auf einem Schreibtischstuhl verbringt, hat Probleme mit dem Rücken und Kopfweh.« Ich drehe mich auf dem Stuhl von ihr weg. Meine Wangen fühlen sich heiß an und mein Herz sprintet.

Die Tagesdecke auf dem Bett raschelt und kurz darauf legt Patrizia mir ihre Hände auf die Schultern. Leicht massiert sie mit den Daumen meinen Nacken.

»Wie lange wirst du diese Jagd noch durchziehen?«

»Welche Jagd?« Ich werde ihr keine Antwort auf eine Frage geben, die ich mir nicht einmal selbst stelle.

Sie lacht und verstärkt den Druck ihrer Daumen. Ich zucke zusammen und hinter meiner linken Stirn pocht es noch heftiger.

»Halte kurz durch, es wird gleich besser.« Patrizia massiert weiter die harte Stelle an meinem Nacken.

»Lass mich raten, ein Mitbringsel aus Bali?«

»Mh«, murmelt Patrizia. »Die Dame war mindestens hundert, aber ihre Finger haben sich angefühlt wie die einer Zwanzigjährigen.«

»Ich habe erst letztens wieder deinen Bali-Roman gelesen, als ich nicht schlafen konnte. Wie das junge Lifestylepärchen durch seinen Zeitplan aus Yogastunden und Entspannungskursen und Genusstraining hin und her hetzt und am Ende des Urlaubes fix und fertig ist. Herrlich. Du hast es ziemlich gut getroffen.«

»Und dabei sind das nur die Nebenfiguren.«

»Ich weiß, ich mag sie trotzdem. Und ich möchte ihnen jedes Mal zurufen, dass sie aufhören sollen, sich so zu scheuchen.«

»Genau. Das möchte ich dir auch jedes Mal.«

»Aber ich mache meine Arbeit wirklich gern. Und dieses Hotelprojekt gerade liegt mir so sehr am Herzen wie noch nie ein Projekt zuvor.«

»Und hast du mal darüber nachgedacht, warum?«

Ich zucke mit den Schultern. »Es ist ein altes Haus mit einer langen Geschichte und Menschen mit echten Erlebnissen.«

»Richtig. Du hast es mit einzelnen Menschen und ihrem Leben zu tun. Und du kannst deiner Kreativität folgen.« Patrizia zeigt auf die Zeichnungen von mir an den Wänden. »Ich glaube, seit deinem Studienbeginn hast du nicht mehr gemalt. Richtig?«

»Wozu? Es ist ein Hobby. Und dafür habe ich keine Zeit.«

»Deine Malerei ist kein Hobby, meine Liebe. Diese Zeichnungen bist du.«

Ich schüttele den Kopf. »Das ist Pillepalle.«

Patrizia nimmt meine Hand und zieht mich vom Stuhl hoch. Gemeinsam setzen wir uns auf das Bett. Aneinander gelehnt betrachten wir die alten Zeichnungen. Mal Berglandschaften, mal Menschen, vertieft in ihren Beschäftigungen, mal Feen, die auf einer Blumenwiese flattern.

»Wieso sagt er mir nicht, dass er stolz auf mich und meinen Erfolg ist?« Ich rücke ein wenig näher an Patrizia heran. Der Duft ihres Kokosshampoos versetzt mich zurück in unsere Teenagertage, als wir gemeinsam mit unserer älteren Schwester Magdalena die Nächte in einem unserer Betten durchgekichert haben.

»Er ist doch stolz auf dich.«

»Ja darauf, dass ich aussehe wie eine Märchenprinzessin, genau wie du und Magdalena.«

»Er wird nicht zu Mama zurückkehren«, flüstert Patrizia und drückt meine Hand fester. »Warum jagen du und Magdalena nur so sehr Papas Anerkennung hinterher? Sie hat Augenringe von ihren drei Miniteufeln und du von deiner Arbeit. Beide seid ihr getrieben von Zielen, die nicht eure sind.«

»Warum bist du nicht auf der Jagd?«

»Weil ich glücklich bin.« Patrizia antwortet ohne zu zögern. »Er hat uns verlassen und Punkt. So what! Dafür bin ich mir treu.«

Die Müdigkeit, die mich plötzlich überfällt, spüre ich in allen Körperteilen. Selbst die Augen zu schließen, ist mir zu anstrengend.

»Schlaf jetzt. Es ist fast zwei Uhr morgens.« Patrizia zieht mir den Blazer aus und ich kuschele mich in mein Kissen. Sie legt mir noch eine leichte Decke über die Beine und verlässt nach einem Kuss auf meine Wange das Zimmer.

18

S wie Sorgen

Sterne Hotels

*Eins, zwei oder drei (oder vier oder fünf), Du musst
Dich entscheiden, viele Sterne sind frei.
Plopp!
Plopp, das heißt Stopp, nur noch einen Klick und
dann bist Du dabei.
Willst Du bei dem Sterne-Spiel gewinnen, musst
viele Bewertungen Du durchdringen.*

***

Der Wecker zerrt mich aus dem Schlaf. Mein Herz schlägt mit doppelter Geschwindigkeit und mir ist schwindelig, weil ich mich so schnell aufrichte.

Wenn ich mich jetzt wieder zurück in mein Kissen sinken lasse, bleibe ich liegen.

Erst das linke, dann das rechte Bein ziehe ich mühsam aus dem Bett auf den Boden. So, jetzt nur noch aufstehen.

Ich schlurfe ins Bad und krieche unter die Dusche.

Zurück in meinem Zimmer kann ich die Welt wieder klar erkennen. Ich schalte in meinen Businessmodus und suche mir das Outfit für heute zusammen.

Okay, weiße Hemdbluse und anthrazitfarbener Hosenanzug, dazu anthrazitfarbene Lederballerina. Meine männlichen Kollegen sehen ungern zu Frauen auf und da ich nicht die Kleinste bin, müssen meine Schuhe – zumindest bei wichtigen Terminen – ganz flach sein.

Aus jahrelanger Gewohnheit ziehe ich den linken Blusenärmel vorsichtig über mein Handgelenk. Schockgefrostet setzt mein Herz für einen Moment aus. Danach pumpt es Eiswasser durch meine Adern.

Wo? Ist? Mein? Edelweißarmband?

Ich trage es immer! Immer!

Übelkeit malträtiert meinen Magen und lässt mich trocken würgen.

Ich verfolge jegliche Wege, die ich seit meinem Heimkommen gestern in der Wohnung zurückgelegt habe. Doch weder auf dem Esstisch, noch im Geschirrspüler oder auf und unter meinem Schreibtisch finde ich das Armband.

Mit meiner hektischen Suche wecke ich Cinda und Rosanna.

»Es ist weg«, schluchze ich mitten im Flur. »Es ist einfach weg.«

Mit überhöhter Geschwindigkeit stürme ich ins Büro. Ich habe noch genau siebeneinhalb Minuten, mein Armband hier zu suchen und zu finden, meinen Laptop hochzufahren, mir meine Unterlagen zu schnappen und zum Raum *Master* zu hasten. Und eigentlich sollte ich dort wohlsortiert und lässig hineinschlendern.

Nach sechsdreiviertel Minuten gebe ich die Armbandsuche auf und verspreche mir selbst, nach meinem Projektsieg den Rest des Tages freizunehmen, um mein Armband zu finden.

Ein und eine viertel Minute nach neun Uhr betrete ich den Konferenzraum. Sieben Paar Männeraugen starren mich an. Mist! Sonst kommen mindestens fünf von den Herren andauernd zu spät. Wirklich andauernd!

»Wenn wir dann anfangen könnten, Frau Lindo.« Doktor Driwel lehnt sich in seinem Ledersessel zurück und verschränkt die weißen Wurstfinger vor dem Bauch ineinander.

Tim Winter, sein Assistent, sitzt einen halben Meter hinter ihm und jongliert einen Laptop auf den spitzen Knien. Mit einer Augenbewegung schickt er mich nach vorn zum Kopfende des Konferenztisches. Dabei zeigt er für die anderen nicht sichtbar auf unseren Chef und streckt dann seinen Daumen nach unten.

Oje, Doktor Driwel ist in Stinkelaune. Vermutlich muss er nachher noch mit seiner Gattin auf Shoppingtour und darf dann unter ihrer Aufsicht an einem Salatblatt nuckeln.

Ich stelle meinen Laptop ab und versuche, ihn mit dem kinoformatigen Flatscreen hinter mir zu verbinden. Doch das Kabel flutscht mir zweimal aus den kalten Fingern.

»Ist gut, Frau Lindo«, befiehlt mein Chef. »Wir brauchen heute keine bunten Bildchen von Ihnen. Erzählen Sie mir short und simpel schnell asap ihr Konzept für das alte Hotel.«

In einer meiner Projektmanagerschulungen habe ich gelernt, auf unvorhergesehene Situationen richtig zu reagieren. Da ging es um überzogene Budgets und kränkelnde Mitarbeiter, auch um alkoholisierte. Aber kein Dozent hat den Umgang mit ungnädigen, uninteressierten, voreingenommenen Chefs erläutert.

Meine Zeichnungen mit den Details des Calla Hotels sind das Herzstück meines Konzeptes. Sie zeigen, wie es bald wieder aussehen könnte. Die Gäste werden es lieben!

Hektisch suche ich nach den Magneten für die Magnetwand, um meine Zeichnungen aufzuhängen. Kein einziger liegt in der Schale, die sonst mit den kleinen Dingern überquillt.

»Wie gesagt, wir verzichten auf ihre Bildchen, Frau Lindo«, donnert Doktor Driwel.

Okay, also muss ich all das Herz, welches ich bei diesem Projekt fühle, in meine Rede stecken. Ich kann das, ich bin rhetorisch geschult. Nur, dieses geschliffene Blabla wird mich nicht zum Ziel führen. Ich brauche Pfeffer in meinem Vortrag.

Halt! Ich werde einfach so tun, als wäre das Projekt schon meins.

»Wir werden das traditionsreiche Hotel Calla wieder glänzen lassen. Das Angebot der Tschiper Hotels Group ist viel zu wenig für das, was sie bekommen würden. In den Verhandlungen von Herrn Weiler und mir zeigten die Manager von Tschiper Hotels keinerlei Kompromissbereitschaft. Im Gegenteil, sie führten sich bereits wie die neuen Eigentümer auf und haben sogar schon erste Stellenanzeigen für das Hotel Calla veröffentlicht. Und das für Positionen, die seit Jahren an fähige Mitarbeiter des Hotels vergeben sind.« Ich sehe meinen Kollegen Magnus Weiler an, der ohne um sich zu blicken auf seinem Smartphone herumtippt. Arroganter Schlipsträger!

»Was wir brauchen, ist ein wenig Zeit, um das stillose aktuelle Innenleben des Hotels auszumerzen und ...«

»Was für eine Idee! Ich sehe uns schon alle Doppelbetten Typ Eiche rustikal durch die Gegend buckeln«, ätzt Magnus in meinen Vortrag hinein. »Ich glaube, wenn ich das gewollt hätte, wäre ich Hausmeister geworden. Aber vielleicht können wir ja unseren eigenen überreden mitzukommen.« Sein Lachen dröhnt wie ein Gewitter in meinen Ohren. Und was machen meine Lemming-Kollegen? Natürlich mitlachen. Nur Tim, hinter Doktor Driwel windet sich mit mir in Scham.

»Natürlich werden wir nicht selbst Hand anlegen«, übertöne ich das Gelächter. Ich muss mich beruhigen, meine Stimme klingt zu schrill.

Magnus wischt wieder auf seinem Telefon herum und mein Chef pocht mit dem Füller auf den Tisch.

Mach weiter Viktoria, einfach weitermachen. Ich ziehe den Blazer gerade und fasse nach meinem Edelweißarmband.

Es ist doch weg! Ich fühle mich, als wäre mein Magen beim Zahnarzt. Und keines der Gesichter vor mir interessiert sich dafür. Zwei meiner Kollegen tippen in ihre Smartphones, Magnus telefoniert mittlerweile mittelleise, mein Chef starrt aus dem Fenster und die restlichen Drei fixieren irgendwo einen Punkt zwischen meinem Hals und meinem Bauchnabel.

Und es wird mir klar. Der Deal ist längst gelaufen. Ich bin hier nur die Quotenfrau, für den schönen Glanz nach außen. Magnus macht das Rennen, sein Konzept wurde längst per Gentlemen's Agreement angenommen. Er wird das Hotel Calla verschachern.

Aber nicht mit mir! Mein Konzept ist das bessere! Ich wende mich direkt an meinen Kollegen Theo, der sieht mir noch am ehesten in die Augen.

»Im Keller des Hotels werden die alten Möbelschätze aus den fünfziger und sechziger Jahren aufbewahrt. Dazu die alten Uniformen, Geschirr, Originalrezepte des damaligen Restaurants, welches Ende der Sechziger als eines der ersten deutschen Restaurants einen Michelin-Stern erhielt. Seit vor einem halben Jahr Herr Calla Junior die Hotelführung übernommen hat, wandelt sich das Image wieder zu dem, was es einmal war, nämlich eines unserer besten Hotels in Berlin. Und das wird es wieder sein. Allein die Lage am Gendarmenmarkt ist unbezahlbar.

Und das Allerwichtigste, die Mitarbeiter sind bereit zu kämpfen. Es gibt noch einige unter ihnen, die bereits unter der Führung von Herrn Calla Senior gearbeitet haben.

Wir haben einen Plan aufgestellt, nach dem wir es bis Weihnachten schaffen könnten ...«

»Danke, Frau Lindo, es reicht.« Doktor Driwel schmeißt den Montblanc auf das ledergebundene Notizbuch vor ihm. »Sie sollten in all den Jahren erkannt haben, dass wir ein Beratungsunternehmen sind. Wir beraten andere dabei, was für sie das Beste ist. Wir machen keine Pläne oder holen eingestaubten Plunder aus dem Keller! Wir sehen uns Zahlen an und wir interpretieren diese Zahlen. Und wenn es sein muss, stellen wir diese Zahlen auch auf den Kopf.«

»Aber ich habe doch Zahlen.« Das Kabel, das ich nun endlich mit meinem Laptop verbinde, zittert in meinen Händen. Und die Hälfte meiner Kollegen starrt grinsend darauf.

Was für ein Genuss für die Aasfresser. Die ambitionierte Frau Viktoria Lindo wird soeben öffentlich zum Karriereleiterhalter degradiert. Gleich werden sie sich erfolgreich auf die Schultern klopfen, dass ihr Men's Club wieder sortenrein ist.

»Sie haben also Zahlen. Bisher hatten Sie nur viel Prosa und wenig Excel. Wird das Haus bis Ende des Jahres solvent genug sein, die Gehälter der Mitarbeiter zu zahlen?«

Nils Driwel starrt mir direkt in die Augen, soweit ich das unter seinen Hängelidern erkennen kann.

»Nein.«

»Wird das Haus im Laufe des nächsten Jahres solvent genug sein, um die dann startenden Rückzahlungen an die Bank zu tätigen?«

Ich schweige.

»Haben Sie ihre Antwort verstanden?«, wendet sich mein Chef an Tim, dessen Wangen so rot leuchten, wie sich meine anfühlen.

»Sie antwortet noch«, murmelt der arme Kerl.

»Nun? Falls Sie mich geistig nicht verstanden haben, Frau Lindo, wird das Haus im nächsten Jahr solvent genug sein, seinen Kredit zu bedienen?«

»Vielleicht.«

»Vielleicht sagt sie! Also nein! Damit ist klar, wie wir die Geschäftsführung des alten Hotelkastens BERA-TEN.« Mein Chef klopft mit seinen Pfötchen auf den Tisch und entlässt mich damit. »Frau Lindo, Sie können gehen. Magnus, wir würden gern deinen Gegenentwurf hören.«

»Sehr gern. Übrigens ein sehr guter Vortrag, Viktoria. Vielen Dank.«

Igitt, sein Schleim engt mir die Atemwege ein.

Mittels einer Minifernbedienung startet er seine Präsentation auf den Bildschirmen hinter mir.

So ein Mistkerl! Kein Wunder, dass meine Anschlüsse nicht funktioniert haben, er hat die Monitore die ganze Zeit besetzt gehalten.

Quietschbunte Exceltabellen überfluten die Mattscheiben. Magnus steht auf, knöpft sich vorschriftsmäßig den schlammbraunen Anzug zu, versenkt beide Hände in die Hosentaschen und beginnt zu dozieren. »Wir haben in den letzten Wochen intensivst das Staffing gemonitort und sind der Auffassung, dass es Zeit ist, mit Transmission Talks zu beginnen. Einer unserer Peoplemanager bereitet die Re-Org in einer Taskforce vor ...«

Ich ziehe die Tür zum Konferenzraum hinter mir zu und bin so froh, dass ich heute früh nicht mehr frühstücken konnte, denn sonst würde ich genau hier auf diesen handgeknüpften Hereke vor dem Konferenzraum vomieren.

»Nicht gut gelaufen?«

Ich sehe von meinen Schuhspitzen auf, die ich seit unbestimmter Zeit betrachte. Die Wand, an der ich lehne, gibt mir zumindest ein wenig Halt, nachdem sich die Tür zu meiner Karriere so schmachvoll von innen geschlossen hat.

»Warte kurz, ich bringe nur schnell ein paar Unterlagen rein und dann führen wir ein inoffizielles

Teeküchengespräch.« Meine Kollegin Coline lässt mich nicht aus den Augen, bis sie durch die Tür zum Konferenzraum verschwunden ist.

Kurz darauf kommt sie wieder raus, nimmt mir den Laptop ab und signalisiert mir mit einem Kopfnicken, ihr zu folgen.

In der Teeküche lehnt sie sich gegen die Spüle und knöpft sich den Blazer auf. Wie immer setzt sie ihre Blusenknöpfe einem enormen Stresstest aus. Aber bei ihrer Oberoberweite und der schmalen Taille gibt es wahrscheinlich gar keine passende Bluse.

»Wie du aussiehst, haben sie deinen Hochflug gestoppt.« Coline streicht sich die braun und blond gesträhnten Haare hinter das Ohr.

»Mit diesem Highfly der Manager kann ich einfach nicht mithalten«, flüstere ich.

»Du kannst allemal mit ihnen mithalten. Allerdings nicht, wenn sie sich nicht an die Flugregeln halten.«

Ich löse den Blick von einem grünen Fleck vor der Kaffeemaschine und sehe meine Kollegin fragend an.

Sie schnipst mit den Fingern. »Kennst du Magnus' Präsentation?«

»Ich denke schon.«

»Kennst du auch die Kumpelversion für den Chef?«

Meine Augenbrauen fühlen sich an, als würden sie gleich aneinanderstoßen.

Coline streckt sich und ich überlege, in Deckung zu gehen, falls ihre Blusenknöpfe aufgeben und durch die Gegend fliegen. »Ich habe mir eine Pause verdient. Ach Viktoria, sei bitte so nett, ein Dokument an meinem Rechner gegenzulesen, während ich eine Kleinigkeit zu mir nehme. Du hast doch so einen guten Stil.«

Eigentlich will ich heute gar nichts mehr lesen. Aber diesem Angebot kann ich – vor allem nach dem ausgiebigen Augenzwinkern von Coline – nicht widerstehen.

19

C wie Consultant

Concierge

*Wer möchte nicht selbst gern von einem Concierge –
egal, ob zum Verlieben oder eher nicht – umsorgt
und verhätschelt werden?
Noch dazu von einem adretten Concierge, der unsere
Wünsche erfüllt, noch bevor sie sich in unserem
Köpfchen bemerkbar machen.
Den nehmen wir doch gleich mit nach Hause.*

***

Colines Schreibtisch, ihr Büro, wie sie es gern nennt, entspricht meinem. Die gleichen schnoddergelben Wände, der gleiche hochglanzpolierte Eichentisch, der gleiche schwarze Computer samt Zubehör.

Die unterste Schreibtischschublade steht ein paar Zentimeter offen und hier offenbart sich der Unterschied zwischen ihrem und meinem Arbeitsplatz. Bei mir quellen Schokoladentafeln aus den Schubladen, bei ihr bunte Pillen.

Nun gut, dann werde ich ihr den Gefallen tun und ihren Text prüfen.

Ich rüttele an der Maus und der Monitor lässt mich am Inhalt einer privaten Besprechungsanfrage teilhaben.

Hey Mag,

vielen Dank noch mal für den Tipp mit dem C. Hotel. Wenn das klappen sollte, sehen unsere Bilanzen für die nächsten Jahre golden aus. Selbst wenn wir das alte teure Personal nicht einfach loskriegen und ausbezahlen müssen! Aber da fällt dir Schlaufuchs bestimmt noch was ein. Du weißt ja, wir müssen sparen, koste es was es wolle.

Wie wäre es zum Dank am nächsten Wochenende mit einem Männerabend in Hamburg? Hotel Grand Épater, Reeperbahn ... Gern mit dem Alten, wenn es dir was nützt.

Salut, Tom-Tom

Mit freundlichen Grüßen

Tomas Sülzbach
Strategic Purposes Senior Manager
Tschiper Hotels Group GmbH

Die E-Mail wurde am zwanzigsten Juni versendet. Das Kumpel-Wochenende war also Ende Juni. Und welch ein Zufall, Projektstart für das Calla Hotel war der erste Juli. Magnus und ich besuchten in der zweiten Juliwoche das erste Mal das Hotel, wo wir uns mit Herrn Calla trafen. Und zu diesem Zeitpunkt hatte Magnus anscheinend schon alles klargemacht mit der Tschiper Hotels

Group. Wahrscheinlich wusste auch Doktor Driwel längst Bescheid.

Diese kleinen Frettchen!

Jetzt ist mir auch klar, warum mein Chef so eine stramme Vorstudie durchgeprügelt hat. All die Zeit und die Mühe, die ich mit Herrn Calla und seinen Leuten in die Lösung seiner Lage investiert habe, waren von Anfang an für die Ablage P! Ich hatte nie eine Chance auf das Projekt!

Das war's! Hier steht es schwarz getippt auf weißem Monitor! Ich muss härter werden im Job! Ich muss männlicher werden, wenn ich nicht unter der gläsernen Decke kleben bleiben will. Was ich definitiv nicht will!

Keine Gnade mehr! Ab sofort stehe ich breitbeinig meinen Mann!

Fast springt die linke Taste aus der Maus, als ich die E-Mail schließe und auch gleich den Computer herunterfahre. Coline hat sich ein freies Restwochenende verdient. Wo sie bloß die Besprechungsanfrage herhat?

Ich schlendere zurück zu meinem Schreibtisch und öffne dabei den Blazer. Da das nicht ausreicht, die Wuthitze aus meinem Körper abzuführen, öffne ich auch gleich das Fenster. Es dümpeln heute nur eine Handvoll Autos auf dem Parkplatz unter der Herbstsonne vor sich hin. Aber – wer spaziert da gemütlich rauchend eine Runde auf dem selbigen – Coline mit Chantal, Magnus' Assistentin.

Ich taste unter dem Blusenärmel nach meinem Armband und wieder trifft mich die Erkenntnisfaust in den Magen. Wie konnte ich das nur vergessen! All die Jahre, die ich es nun schon trage, haben das Armband zu einem Teil von mir gemacht. Ich kann mir gar nicht vorstellen, dass ich ohne bin.

Ich laufe alle Wege ab, die ich gestern Abend im Büro zurücklegte. Doch selbst unter der WC-Schüssel kann ich nichts entdecken, außer einzelnen Kringelschamhaaren. Hoffentlich blüht mir kein Ekelbläschen an der Lippe auf.

Es ist echt zum Läuse melken! Das Armband kann doch nur zu Hause, im Auto oder im Büro sein.

Aber wäre es zu Hause, hätten mich die Mädels angerufen. Und im Auto liegt es auch nicht.

Halt! Vielleicht habe ich es zwischen den Papieren im Datenschutzcontainer verloren.

Ich sause zu dem Container und dieser steht genauso unschuldig an seinem Platz, wie gestern Abend. Noch einmal wuchte ich ihn um, ich weiß ja jetzt, wie es geht. Doch die Bodenplatte wurde fein säuberlich von dem Hausmeister wieder angeschraubt. Mensch, muss der so ordentlich arbeiten!

Das Hochheben des Containers gestaltet sich als Kraftakt, der sämtliche Gewichte meines Krafttrainings um das Dreifache übersteigt.

Meine Arme zittern, als das Ding endlich wieder halbwegs gerade an seinem Platz steht. Ich streiche im Geist das Training von heute, für das ich sowieso keine Zeit habe.

»Was rumpelst du denn hier so rum?« Coline stöckelt mit Jacke und Aktentasche über der Schulter auf mich zu. »Auf ins Wochenende«, gurrt sie mir noch zu, ehe sich die Bürotür lautlos hinter ihr schließt.

Schon klar, in dieser Firma ist es Usus, Fragen zu stellen, auf die man keine Antworten wissen möchte.

Ich muss jetzt erst einmal Nik den Hausmeister finden, damit er den Container wieder öffnet. Da ich seinen Nachnamen nicht kenne, finde ich seine Nummer nicht in unserem internen Telefonbuch. Kann man den Kerl nicht einfach unter Hausmeister eintragen? Das wäre wohl zu einfach. Er hat bestimmt einen Titel wie Houseconsultant oder Manager of the Duty.

Ich probiere beide aus. *Ihre Suche erzielte keinen Treffer.*

Toll! Und am Empfang geht auch nur die säuselnde Bandstimme ran. Das heißt, ich muss bis Montag ohne mein Armband auskommen. Mein Herzschlag multipliziert sich mit meinem Kopfweh und ich muss mich für einen Moment auf den Schreibtischstuhl setzen.

Mein leerer Magen klumpt sich zu einer Haselnuss zusammen. Es ist Zeit, endlich etwas zu essen. Um eins bin ich mit den Mädels zum Brunchen im Wiener Café verabredet. Wenn ich mich spute, würde ich es genau auf die Minute schaffen.

Fürs erste friemele ich einen Lebkuchenstern und ein Lebkuchenherz aus meiner Schublade. Der Stern für einen Wunsch und das Herz, das aus dem Wunsch einen Herzenswunsch zaubert. Zumindest so die Theorie meiner Freundin Felina. Bitte gebt mir mein Armband zurück.

Nachdem ich den Lebkuchen verschlungen habe, räume ich meine Aktentasche ein. Beim letzten Blick auf den Schreibtisch fällt mir der Hausmeister ein, der gestern Abend etwas hier hinlegen wollte.

Nichts da. Anscheinend wollte er mich doch nur hinhalten. Ich zucke mit den Schultern und gehe.

Während ich mich durch den Berliner Samstagsverkehr staue, lege ich mir eine Strategie zurecht, wie ich künftig härter in meinem Job werde.

Wie wäre es mit mehr arbeiten, damit ich besser vorbereitet bin? Bringt wahrscheinlich nichts, da ich eh meist die erste und letzte im Büro bin. Eigentlich ganz schön traurig. Man könnte meinen, ich habe kein Leben.

Okay weiter. Was noch? Vielleicht müsste ich mehr an diesen außerarbeitlichen Treffen teilnehmen. Projektfeiern, Toll-Gate-Feiern, Re-Org-Feiern. Da sind aber immer nur die gleichen Leute, mit den gleichen Geschichten, mit den gleichen Schleimspuren. Ich schüttele mich. Nein, so verzweifelt bin ich noch nicht. Außerdem arbeitet es sich gerade dann besonders ruhig im Büro.

Zu meiner Rechten schiebt sich das Konzerthaus in mein Blickfeld. Eine rote Fahne flattert davor im Wind. *Die musikalische Welt der Zahlen* steht darauf.

Genau! Das ist es! Zukünftig lasse ich nur noch die Zahlen sprechen und nicht die Menschen, die mir diese liefern. Und wenn die Zahlen eine andere Sprache sprechen, übersetze ich sie einfach in die richtige. Ich spreche englisch und französisch fließend, dazu noch ganz passabel spanisch, da sollte doch die Zahlensprache für mich keine Hürde sein.

Schräg zum Konzerthaus leuchtet die sandfarbene Fassade des Calla Hotels in der Herbstsonne. Säulen in der Form einer Callablüte säumen die gläserne Drehtür des Eingangs. Zwei livrierte Pagen helfen gerade einer alten Dame aus dem Taxi.

Ohne zu blinken – und noch schlimmer, überhaupt zu denken – reiße ich das Lenkrad nach rechts und biege in die Herzogstraße ein. Die drei vor dem Hotel drehen sich nach den quietschenden Reifen der Autos hinter mir um. Einer der Pagen sieht zu mir und deutet eine Verbeugung an. Er lächelt und winkt mich zu sich heran.

Ich nehme den Platz des Taxis ein, das sich wieder in den Verkehr einfädelt und steige aus.

»Ich parke Ihr Auto ein, Frau Lindo. Ich habe da ein paar Spezialplätze.«

»Danke, Herr Pagier. Wissen Sie, ob Herr Calla im Haus ist?«

»Selbstverständlich ist er hier. Sie finden ihn in seinem Büro.« Er tippt sich an die Schiebermütze und wendet sich meinem Auto zu.

Langsam drehe ich mich mit der Eingangstür in das Hotel hinein.

Warum bin ich hier?

An der Rezeption aus poliertem Holz checkt gerade die alte Dame von eben ein. Mit einem Lächeln und Nicken grüßt mich Frau Repe vom Empfang.

Frau Repe hat schon in Hotels in New York, Sydney und Paris gearbeitet, doch schließlich kehrte sie vor zwei Jahren in das Calla Hotel zurück. Es sei einfach ihr Hotel, hat sie mir mal mit verträumten Augen erzählt.

An niedrigen Glastischen sitzt ein weibliches Gästetrüppchen auf beigen Ledersofas. Hier und da mischt sich ein Lachen in das Murmeln.

Frau Müller, die erste Hausdame des Calla Hotels kommt auf mich zu.

»Frau Lindo, welch eine nette Überraschung.« Die dunkelblaue Polyesterhose, die sie trägt, ist zu kurz und das kiwigrüne Halstuch beißt sich mit ihrer gelben Bluse. Sie grinst mich an, als sie sieht, wie ich sie mustere. »Warten Sie ab, bis wir die alten Uniformen gewaschen und gebügelt haben. Sie werden staunen. Allein schon die cremeweißen Kostüme für die Damen vom Empfang!«

Ich weiß nicht, was ich zu ihr sagen soll und lächele deshalb nur. Allerdings ziemlich schief, wie mir scheint.

»Alles in Ordnung?«, fragt sie mich auch gleich. »Ich weiß, wir sind alles andere als ausgebucht, aber unsere Damen vom Bridgeclub halten uns wenigstens die Treue.« Sie zeigt auf die behüteten Damen in der Lobby, die über ihre feinen Porzellanteetassen hinweg Konversation betreiben. »Ist das Teegeschirr nicht entzückend! Wir haben den größten Teil schon entmottet und gegen das olle graue Steingutzeug ausgetauscht.«

»Sie sind gewiss auf dem richtigen Weg«, murmele ich. »Aber ich muss weiter. Wir sprechen uns ein anderes Mal.«

Ohne auf eine Erwiderung zu warten, haste ich zu der offenen Fahrstuhltür hinter der Hausdame und fahre in die zweite Etage, wo sich das Büro des Hoteldirektors befindet.

Für einen Moment halte ich mich an der Türklinke fest.

Viktoria, dreh um, rufe ich mir selbst zu. Lass Magnus seines Amtes walten und konzentriere dich auf deinen Kram.

Aber genau das hier ist mein Kram oder sollte es zumindest sein!

Schnell husche ich in das Büro hinein. Ups! Ich vergaß anzuklopfen.

»Frau Lindo!« Herr Calla Junior erhebt sich hinter einem Mahagonischreibtisch. In seinem dunklen Anzug wirkt er wie ein Gentleman aus vergangenen Zeiten. Ganz im Gegensatz zu meinen Kollegen in ihren modischen Designeranzügen mit ihren rosa In-Hemden, die wie uniformiert wirken.

Er strahlt mich mit seinen Teddybäraugen an, die perfekt mit seinen dunkelbraunen Haaren harmonieren und geleitet mich zu einer Sitzgruppe rechts von mir.

»Was darf ich Ihnen anbieten? Einen Cappuccino oder lieber einen Darjeeling? Und wie ich Sie kenne, haben Sie noch nichts zu Mittag gegessen. Wir haben einen neuen Koch, der uns die österreichische Küche ins Haus bringt. Wie wäre es mit einer Frittatensuppe?«

»Danke, danke«, bremse ich ihn. »Ich bin gleich noch mit meiner Schwester im Wiener Café verabredet. Ich wollte nur mal«, ich zögere kurz, »vorbeischauen.«

Herr Calla knöpft sich sein Jackett auf und setzt sich mir gegenüber in einen Sessel. »Unser Plan war nicht erfolgreich, richtig?« Er klingt ganz ruhig und sieht mich dabei geduldig an.

Ich nicke. »Herr Weiler hat wohl die besseren Argumente.«

»Sie meinen, das bessere Rechenprogramm.« Er reibt sich die Augen und die Schatten darunter zeigen, wie blass er ist.

»Ich wünsche Ihnen trotzdem alles Gute für Ihr Haus, ehrlich.« Ich erhebe mich. Mir ist so schlecht.

Herr Calla fasst nach meiner Hand. »Bitte setzen Sie sich. Wir können das schaffen.« Seine Wangen röten sich und seine Augen glänzen.

»Das Projekt ist durch.« Dennoch komme ich seiner Bitte nach und setze mich wieder hin.

Es erstaunt mich immer wieder, mit welcher Energie Herr Calla Junior versucht, das Hotel zu retten, nachdem es seine Schwester innerhalb weniger Jahre in eine Bruchbude verwandelt hat. Von der Abfindung, die er ihr vor einem halben Jahr auszahlen musste, hat sie nicht einen halben Cent verdient. Nun sitzt die arrogante Kuh irgendwo in Monaco, schlürft Champagner und lässt sich botoxen, während ihr Bruder auf einem Berg Schulden sitzt.

Herr Calla Senior war, was seine Tochter anbelangte, echt absolut blind. Und sein Sohn badet es jetzt aus.

Aus einer Glaskaraffe vor mir schenkt er uns jeweils ein Glas perlendes Wasser ein. Dann sieht er mir direkt in die Augen. »Kommen Sie zu mir. Werden Sie meine Geschäftsführerin. Wir bezahlen die Rechnungen für die bisherige Beratung von Tattle Consult und dann sind wir frei, unsere Ideen umzusetzen. Sie und ich, wir kriegen das hin. Sie brennen doch genauso für das alte Haus wie ich.«

Ich trinke einen Schluck Wasser und noch einen. Langsam löst sich der Brechreiz auf und ich wage es wieder, zu atmen.

Ich sehe es vor mir, wie ich in das Riesenbüro vom Driwel marschiere und die Worte ausspreche *Ich kündige. Mit sofortiger Wirkung.* Und es fühlt sich an wie damals als Kind, wenn ich die Almwiesen hinuntergekullert bin und nichts so wundervoll und leicht war.

»Ich kann nicht«, flüstere ich.

»Finanziell kann ich natürlich nicht mit Ihrer alten Firma mithalten, aber wir finden bestimmt eine Übereinkunft.«

Alte Firma hat er schon gesagt und der Satz schmeckt wie Erdbeereis mit Sahne an einem heißen Sommertag.

»Das ist es nicht.«

»Was dann?«

Herr Calla wartet während ich meine Finger ineinander knote und wieder entwirre. »Was soll denn mein Vater von mir denken?«, flüstere ich. Eigentlich mehr zu mir selbst und uneigentlich schäme ich mich, diesen Gedanken überhaupt zu denken.

»Wie bitte?« Er räuspert sich und zwei Furchen bilden sich zwischen seinen Augenbrauen.

Erneut stehe ich auf und dieses Mal bin ich nicht bereit, mich wieder zu setzen. »Ich kann nicht einfach so meinen Beruf hinschmeißen, um in einem Hotel zu jobben, Herr Calla.« Ich reiche ihm die Hand und er erhebt sich, um sie zu ergreifen. Wir sehen einander in die Augen.

»Ich wäre glücklich, Sie hier zu haben. Und ich glaube, Sie auch.«

»Auf Wiedersehen, Herr Calla.« Mit drei großen Schritten bin ich an der Tür, reiße sie auf und fliehe aus diesem verflixten Hotel.

20

H wie Herbstwetter

Housekeeping

Klopf, klopf.
Housekeeping.
Oh, diese guten Geister in den Hotels. Sie sind
überall und nirgends, schnell und unauffällig.
Diskret und effizient. Und wenn dann abends noch
das Stück Schoki auf dem Kopfkissen thront, freut
sich schmatzend jeder Gast.

***

Nachdem in der letzten Woche Magnus offiziell das Calla Hotel als Projektmanager übernommen hat, wende ich mich neuen Aufgaben zu. Ich soll als Teilprojektleiterin dabei helfen, den Berliner Kinderreich Verlag zu sanieren. Konkret heißt das für mich, durch den Verlag zu marschieren, jeden zweiten Angestellten abzuzählen und unter dem Tuche der Mitarbeiterfreundlichkeit zu entsorgen.

Ich seufze einmal quer durch mich hindurch. Wenigstens habe ich Glück und kann in Berlin bleiben. Bei meinem vorletzten Projekt musste ich jeden Montagmorgen um halb sechs im Flieger nach Avignon sitzen.

Und wenn ich gut war, kam ich samstags gegen zweiundzwanzig Uhr wieder zu Hause an.

Los Viktoria, konzentriere dich! Ich klicke ein paar Mal mit der Maus in der vollen Exceltabelle hin und her, die mir von meinem Monitor aus entgegen flimmert.

Ich kenne ein paar der Bücher dieses Kinderbuchverlages. Jan, der Freund meiner Freundin Felina ist dort als Illustrator unter Vertrag. Und ich weiß nicht, wie er es macht, aber selbst ich als erwachsene Nichtträumerin mag diese Bücher gar nicht aus der Hand legen.

Wenn wir den Overhead verringern könnten und ein gezielteres Marketing einsetzen würden ... Stopp! Ich fange nicht schon wieder damit an! Mein Job ist es, zu kürzen!

Ich schmeiße die Maus zur Seite und stehe auf. Meine Kollegen sind bereits in die Mittagspause verschwunden und ich wollte eigentlich hinterher gehen. Doch danach steht mir gerade gar nicht der Sinn.

Außerdem vermisse ich noch immer mein Armband. Sonntagabend, nachdem ich Patrizia zum Flughafen gebracht hatte, konnte ich nicht widerstehen, ein paar kleine Umwege zum Büro zu fahren. Dank eines aufmerksamen Mitarbeiters meiner Autowerkstatt besitze ich feinstes Audi Werkzeug. Darunter auch einen Schraubendreher, mit dem ich ein zweites Mal den Inhalt des Datenschutzcontainers untersuchen konnte. Es geht schließlich auch ohne Hausmeister, der nicht da ist.

Leider, leider fand ich nur Papier in dem Blechding. Und eine schnörkelige Telefonnotiz von Chantal an

Magnus, die ich mir vorsichtshalber in meine Manteltasche steckte.

19.07. / 10:35 Uhr
Karl von Steinbach
Bittet um Rückruf, möchte dem Calla Hotel mit einem Vorzugskredit wieder auf die Beine helfen.

Karl von Steinbach ist Geschäftsführer der privaten Steinbachbank in Frankfurt und einer von Magnus' Klienten. Und! Stammgast im Hotel Calla.

Der Zettel war einmal quer durchgestrichen, mit pantherschwarzer Tinte aus Magnus' Porsche-Designfüller.

Mir wird der verlogene Dunst hier im Büro zu dick und alles in mir schreit nach frischer Luft. Da ich ohnehin keinen Hunger habe, entscheide ich mich für einen Spaziergang.

Mit Herbstmantel und in einen roten Schal gewickelt verlasse ich das Bürogebäude in Richtung des kleinen Parks, der hinter unserem Bürokomplex liegt.

Das Getöse der nahen Hauptstraße verschmilzt zu einem Hintergrundrauschen. Ockerbraune Blätter tanzen um die Kastanienbäume um mich herum und der Nebel, der schon seit heute früh in der Luft hängt, verblasst alle Farben.

Aus dem diffusen Licht kommt mir mit ausholenden Schritten ein Spaziergänger entgegen.

»Viktoria.« Nik bleibt vor mir stehen und reicht mir die Hand. Warm spüre ich seine Finger um meine und irgendwie wirkt der farblose Park auf einmal bunter.

»Alles in Ordnung?« Er neigt den Kopf zur Seite und sieht mich an, als würde ihn meine Antwort wirklich interessieren. »Sie sehen so ernst aus.«

Trotz meiner hochhackigen Schuhe, die ich heute aus purem Eigensinn trage, muss ich zu ihm aufsehen.

»Nein, nein. Ich ... ich bin nur in Gedanken. Die Arbeit, Sie wissen schon.« Mit Sicherheit weiß er es nicht. Worüber sollte sich ein schnöder Hausmeister auch schon Gedanken machen?

Ich ziehe meine Hand aus seiner. Sofort fühlt sie sich eisig an und ich ramme sie in die Manteltasche, denn sie möchte unbedingt wieder zurück in die warme Umarmung seiner Hand.

Durch die hohe Luftfeuchtigkeit löst sich doch tatsächlich eine Strähne aus meinem geflochtenen Bauernzopf. Ich klemme sie mir hinter das Ohr, doch sie gedenkt nicht, dort zu bleiben und wedelt mir stattdessen vor dem Gesicht herum. Das macht mich wahnsinnig!

»Ich muss los, ich habe gleich einen Termin.« Mein Mantel schwingt um mich herum, als ich mich umdrehe.

»Ich komme mit. Ich muss auch noch einiges erledigen. Aber eine Runde an der frischen Luft lasse ich mir nicht entgehen.«

Nik schlendert gleichmäßig zu dem Tok Tok meiner Absätze neben mir her. Wie meine, sind seine Hände tief in den Taschen vergraben. Von der Seite schiele ich zu ihm hinüber. Seine blonden Wuschellocken zausen in alle Richtungen, doch es scheint ihn nicht zu stören. Er lächelt mich an. Und irgendwie lockert sich mein Kiefer und meine Schultern fühlen sich weicher an.

Selbst das Zucken unter meinem rechten Auge, das mich seit ein paar Tagen nervt, lässt nach.

Ich schließe für einen Moment die Augen und atme tief den feuchten Laubgeruch um mich herum ein.

»Der Herbst schmeckt gut, nicht wahr?« Nik hebt ebenfalls sein Gesicht der würzigen Luft entgegen.

»Ich liebe den Herbst. Alles wirkt so frisch gewaschen und bunt. Jetzt in den Alpen wandern gehen, das wär's.«

»Genau, und deswegen bin ich zwischen Weihnachten und Silvester auch dort unterwegs.«

»Und wo?«

»In Garmisch.«

»Nein, das gibt es doch nicht! Ich bin total gern in Garmisch. Sie müssen unbedingt in das kleine Restaurant auf dem Hausberg essen gehen. Am besten die Frittatensuppe und ein Schnitzel und natürlich den Apfelstrudel mit Vanilleeis und Sahne.« Mein Magen springt einen Salto und am liebsten würde ich auf der Stelle nach Hause düsen, meinen Koffer packen und selbst nach Garmisch fahren.

Ach, wer braucht schon einen Koffer. Gleich direkt und sofort sollte ich losfahren.

Ich sehe Nik vor mir, wie er sich vor einem orchideengeschmückten Panoramafenster über ein dampfendes Schnitzel beugt, der Gipfel des Kramer im Hintergrund, die letzten Sonnenstrahlen des Tages im Tal, bevor die Sterne am Nachthimmel zu leuchten beginnen.

Nik lacht ein tiefes brummendes Lachen. »Bei Schnitzel gehe ich auf jeden Fall mit und einen Apfelstrudel würde ich auch nicht von meinem Teller schubsen. Aber Suppe?« Seine Augenbrauen ziehen sich über seinen blitzenden Augen zusammen. Dabei hüpft mein

Herz auf und ab, aber nicht schmerzhaft vor Stress wie vorhin im Büro, sondern ganz leicht und ganz von allein. Und die lästige Haarsträhne bleibt auch endlich hinter meinem Ohr.

Vor uns biegt ein Laster mit blauer Plane auf den Büroparkplatz ein. Ein kugeliger Mann mit einer verdrehten Baseballkappe springt von dem Fahrersitz herunter und öffnet die Plane auf der Ladefläche. Mehrere silberne Container stehen Seite an Seite mit einem Riemen gesichert an der Wand.

»Hat sich der Einbruch in den Datenschutzcontainer eigentlich gelohnt?« Nik sieht lächelnd auf mich herab.

Mein Kiefer spannt sich an, meine Schultern gehen nach oben und es zuckt wieder unter meinem Auge, nun auf der linken Seite.

»Danke, alles bestens«, quetsche ich hervor.

»Habe ich etwas Falsches gesagt?« Der Hausmeister bleibt stehen und nimmt die Hände aus den Taschen.

»Nein, nein. Alles gut.« Wegen des blöden Lasters vor dem Eingang muss ich einen Umweg laufen. Mit seinen langen Beinen hält Nik locker Schritt mit mir. Vor der Tür reiche ich ihm zum Abschied die Hand. Wie soll ich ihn sonst loswerden?

Seine warmen Finger legen sich wie vorhin um meine kalten. Und meine Hand passt so perfekt in seine.

»Ich würde mich freuen, bei Gelegenheit unser Gespräch über Garmisch fortzusetzen. Selbst wenn ich dafür eine Suppe essen muss. Aber nur, wenn Sie mit mir essen.« Nik blinzelt mich an und macht keine Anstalten, meine Hand loszulassen.

Genug ist genug! Ich habe ihm nicht von meinem Lieblingsrestaurant erzählt, um mit ihm essen zu gehen! Das wäre ja noch schöner. »Ich denke, es war im Rahmen Ihrer Aufgaben als Hausmeister, mir in der Sache mit dem Datenschutzcontainer zu helfen. Ich glaube nicht, dass ich Sie deswegen gleich zum Essen einladen muss!«

Ich ziehe meine Hand aus seiner, piepse das Tor auf und renne immer zwei Stufen auf einmal zu meinem Büro hoch.

»Komm schon, Viktoria. Du musst dich mal wieder bei den Kollegen blicken lassen.« Coline steht neben meinem Schreibtisch, die Hände in ihre Wespentaille gestemmt. Statt einer Bluse trägt sie ein pinkes Shirt, welches eine Symbiose mit ihrer Haut eingeht. Klar! Casual Friday.

»Ich wollte eigentlich nur schnell meine Abrechnung fertig machen. Ich bin total im Rückstand. Außerdem muss ich mal wieder zum Sport.«

»Ja, ja. Und außerdem und außerdem.« Sie schielt an mir vorbei auf meinen Monitor. »Und wie ich sehe, bist du mit deiner Abrechnung noch im September. Also kommt es auf diese Woche auch nicht mehr an. Und jetzt los. Tim hat zu neunzehn Uhr einen Tisch beim Mexikaner gegenüber reserviert, die anderen sind schon da.«

Coline stöckelt zu der Garderobenstange in der Mitte unseres Großraumbüros und schnappt sich erst ihren und dann meinen Wollmantel, den sie mir zum Hineinschlüpfen hinhält.

»Können wir dann bitte.«

Nun gut, ein wenig warme Nahrung könnte ich mal wieder vertragen. In den letzten Tagen hetzte ich von einem Termin zum nächsten. Jedes Mal, wenn ich meine Mailbox abgehört oder mein E-Mail-Postfach geöffnet habe, hat mir Tim im Auftrag von Doktor Driwel neue Aufgaben entgegengeworfen. Und ich schaffe das alles! Ich kann das, echt.

Keine fünf Minuten später betreten wir das Restaurant. An einem langen Eichenholztisch sitzen bereits meine Kollegen. Tim hat für mich und Coline zwei Plätze neben sich freigehalten.

Die sieben Meter von der Tür bis zu meinem Stuhl reichen aus, um mich unter meinem Mantel schwitzen und meinen Magen laut um Essen brüllen zu lassen.

Beim ersten Schritt duftet es nach geschmolzenem Käse, zwei Schritte weiter nach Paprikareis und kurz vor unserem Tisch nach Chili con Carne.

Ich reiße mich zusammen, um nicht im Vorbeigehen von jedem Teller zu naschen. Ein Kellner, mit Augen, die eine Peperoni zu einer Pastinake degradieren, eilt herbei, um mir aus dem Mantel zu helfen und ich schäle mich auch sogleich aus meinem dunkelgrauen Blazer. Am liebsten würde ich noch die Ärmel meiner Bluse hochkrempeln, aber so casual ist der Freitag für mich nun auch wieder nicht.

»In welchem Zug ist nur eine Person?« Theo grinst mich über den Tisch hinweg an. Dabei tanzen Lichtpunkte von der Lampe über uns auf seiner Halbglatze.

Ich ziehe die Stirn kraus und setze mich. »Ich weiß nicht. Vielleicht in einem nicht ausgebuchten Zug?«

Sein Grinsen lässt nun die Bäckchen in seinem Gesicht vibrieren. »Im Anzug natürlich!« Er stößt ein *Ha, ha, ha* aus, das mir in den Ohren dröhnt. »Verstehst du? Dein Anzug, den du immer anhast.«

Ich nicke und versuche die Mundwinkel anzuheben. Auf einer Seite gelingt es mir auch ein wenig, glaube ich.

Der Kellner reicht mir die ledergebundene Speisekarte und ich bin fast bereit, ihn dafür zu knutschen.

Als würde ich mich auf eine Prüfung vorbereiten, studiere ich die Karte und lege sie so schnell nicht mehr aus der Hand. In meinem wohligen Kokon blende ich die Gespräche und die mexikanische Folkloremusik um mich herum total aus.

Nur ich und köstliche Visionen von Tacos, Enchiladas, Guacamole und …

»Hey Nik!«

Mein Kokon zerplatzt.

»Da wir freitags nicht deployen, müsst ihr zu Donnerstag testen«, tönt es von links.

»Wir haben keine Drivers übrig«, erwidert es von rechts.

»Was kann man nicht zum Frühstück essen?«, grölt es mir gegenüber. Samt *Ha, ha, ha.*

»Machen wir asap.« Rechts außen.

»Das Mittag und das Abendessen! *Ha, ha, ha!*«

»Grüß dich, Tim.« Die Stimme dringt von links an mein Ohr, wo sich Tim jetzt erhebt und James Dean, ich meine natürlich Nik, die Hand schüttelt. »Setz dich zu uns.«

»Danke, aber ich bin gleich verabredet. Juan hat mir extra was Scharfes zum Mitnehmen angebraten.«

Juan hat mir extra was Scharfes zum Mitnehmen angebraten. Bla, bla, bla. Und du brätst heute sicher auch noch was Scharfes an!

Mit Schwung knalle ich die blöde Speisekarte auf den Tisch. Wenn ich eine Peitsche gehabt hätte, wäre der Effekt wahrscheinlich ähnlich gewesen.

Tim und der Hausmeister starren mich von oben herab an. Coline neben mir schielt über ihr Rotweinglas und Theo, Magnus und Chantal halten endlich die Klappen. Alle anderen heben entweder die Augenbrauen bis zum Haaransatz oder ziehen die Stirn kraus, je nach Vorliebe.

»Ähm, darf ich vorstellen. Viktoria, meine Kollegin.« Tim sieht Nik an und zeigt auf mich. »Ihr kennt euch wahrscheinlich noch nicht.«

»Natürlich kennen wir uns«, komme ich Nik zuvor, drehe mich um und schaue wieder in die Speisekarte.

»Wir hatten bereits das Vergnügen. Und, wenn ich mir das erlauben darf zu erwähnen, hat sie mir versprochen, auch einmal mit mir zu speisen.«

Mein Herz klopft so heftig, dass meine Seidenbluse darüber vibriert. Momentan könnte Juan etwas Scharfes auf meinen Wangen anbraten.

Was erlaubt sich dieser Kerl!

»Tja, was du versprochen hast, das musst du auch halten. Na, wenn das mal nicht eine Einladung ist!« Theo haut mit seiner behaarten Pranke auf den Tisch, sodass seine Bierflasche zittert. »Nimm schon an, Viki. Glaub mal Onkel Theo, es gibt nämlich noch mehr als Arbeit! *Ha, ha, ha!*«

»Viktoria«, presse ich hervor und kralle die Finger in das Leder der Speisekarte.

»Ich würde mich sehr freuen.« Nik beugt sich zu mir herunter und der herbe Geruch seiner Lederjacke erreicht mich. »Es muss ja nicht dieser Mexikaner hier sein.«

Seine geflüsterten Worte hinterlassen Hitzewallungen an Körperstellen, die nur mir gehören. Ich greife nach meinem Wasserglas und trinke es leer, doch innerlich zischt es nur.

Meine Kollegen klopfen plötzlich wie nach einem erfolgreichen Meeting auf den Tisch.

Entweder springe ich jetzt auf und sage Nein, um dann wie eine Fünfzehnjährige davonzurennen oder ich sage Ja und später dann halt Nein. Wie erwachsen!

Nik sieht mir offensichtlich an, dass er gewonnen hat. Seine grünen Augen strahlen und sein wunderbarer Kussmund lächelt. Vielleicht könnte ich mich ja ein Stündchen mit ihm treffen. Dann habe ich es hinter mir.

21

K wie Kuss

Kingsize Bett

Im Bett zu Hause ist es zu eng?
Der Partner rutscht einem nachts schnarchend zu
sehr auf die Pelle?
Dann gibt es eine einfache Lösung: Ab ins nächste
Hotel und beim Buchen nicht vergessen anzugeben –
das Bett muss mindestens Kingsize Größe aufweisen.
Dann, aber nur dann, darf vielleicht auch der schnar-
chende Partner mit.

***

Was ziehe ich nur an?

Seit Jahren mache ich mir darüber keine Gedanken. Höchstens, ob ich zu meiner Bluse einen Anzug trage oder ein Kostüm. Aber heute?

Das Innenleben meines geöffneten Kleiderschrankes breitet sich vor mir aus. In meiner Lieblingsunterwäsche, die mit der weißen Spitze, stehe ich davor. Diese auszusuchen war nicht schwer.

Die Sonne, die durch das Fenster hinter mir strömt, wärmt meinen Rücken. Eigentlich haben wir das perfekte Rockwetter, zusammen mit weichen

Lederstiefeln. Und dazu noch ein kuscheliger Mohair-
pullover. Perfekt.

Ich wende mich vor dem Spiegel in der Schranktür
hin und her und wieder zurück als es kurz an meiner
Zimmertür klopft und Rosanna ihren Schopf mit der
perlblonden Mähne in mein Zimmer steckt.

»Hey, wer bist du denn? So privat kenne ich dich ja
gar nicht mehr.« Mit Schwung setzt sie sich mit überkreuzten Beinen auf mein Bett und reicht mir ihre Tüte
mit Gummibärchen.

»Nein danke, ich bin gleich zum Essen verabredet.«
Und außerdem verknotet sich mein Magen irgendwie
so komisch, da passt gerade kein Gummibärchen hindurch. Ich werde doch wohl nicht wegen eines Haus-
meisters nervös sein!

Rosanna grinst mich an. »Nervös?«

Ich tippe mir mit dem Zeigefinger unmissverständlich an die Stirn. So weit kommt es noch!

Genüsslich kaut sie auf ihren Gummibärchen herum.
»Mich täuschst du nicht. Und weißt du was! Ich freue
mich für dich. Ich glaube, das wird etwas ganz Romantisches.« Sie seufzt leise. »Erst findet Cinda ihren
Traumprinzen, nun du und dabei warte ich schon so
lange auf mein Märchen.« Theatralisch lässt sich Rosanna nach hinten fallen und liegt nun mit ausgestreckten Armen auf meinem Bett.

Ich kann mir ein Lächeln nicht verkneifen. Unsere
blauäugige Rosanna würde selbst einem Geschäftster-
min mit ihrem Steuerberater noch etwas Romantisches abgewinnen.

»Dich wird auch schon noch einer wachküssen«, sage ich und drücke ihr ein Küsschen auf die Stirn. »Und nun muss ich los.«

»So etwa?« Rosanna setzt sich auf und zeigt auf meinen Kopf.

Ich greife nach meinen Haaren, doch die befinden sich noch eingewickelt in einem Handtuchturban. »Oh nein, oh nein, oh nein!«

»Komm schon, jammern hilft nicht.« Rosanna zerrt mich aus dem Zimmer, platziert mich im Bad auf der Wäschetruhe und föhnt mit einem halben Dutzend Rundbürsten meine Haare trocken. Wo hat sie die denn alle her?

Die Minuten verrinnen, gleichzeitig wird mein Kopf von all den Bürsten immer schwerer. Endlich fummelt sie alle wieder heraus und ich muss meinen Kopf ein wenig schütteln.

»Voilà.« Sie strahlt mich mit ihrem Julia Roberts Lächeln an, während sie noch an der einen oder anderen Strähne herumzuppelt.

Aus dem Spiegel schaut mich eine Viktoria an, wie ich sie schon lange nicht mehr gesehen habe. Meine hellblauen Augen mit dem dunkelblauen Rand wirken viel größer ohne die Augenringe, die sie sonst einkreisen. Und auch die beiden Falten rechts und links von meinem Mund sind verschwunden. Was ein früher Feierabend und eine ausgiebige Nachtruhe mit einem Vormittag voller Muße alles bewirken können!

Und wie lang meine Haare geworden sind. Das kleine Kunstwerk, welches mir Rosanna auf den Kopf geföhnt hat, ist viel zu schade, um es zu meinem üblichen Knoten zusammenzustecken.

Rosanna umarmt mich von hinten. »Nett, nicht wahr?«

Ich nicke und wundere mich über das Kribbeln und Krabbeln und Prickeln in mir. Wo kommt denn diese Vorfreude her?

Mit Augen zu und Tempo biege ich in das Parkhaus an der Friedrichstraße ein. Fast genauso schnell drängele ich mich an den Touristenhorden vorbei, die mir den Weg zum Gendarmenmarkt blockieren. Erst kurz davor verlangsame ich meine Schritte, bringe meine Atmung wieder unter Kontrolle und schreite auf die Holzbänke drauf zu, die den Platz umrahmen.

Von einer der Bänke erhebt sich ein Mann mit breiten Schultern und dunkelblonden Wuschelhaaren und kommt auf mich zu. Mit jedem Schritt, den er macht, schlägt mein Herz einen Purzelbaum. Die Menschen um mich herum verschwimmen zu einem Hintergrundbild und ich sehe nur noch Niks Gesicht mit den strahlenden grünen Augen und diesem Lächeln, das nur mir gehört.

Er reicht mir die Hand, an deren Händedruck ich mich noch so gut erinnern kann. Ich ergreife sie – und da ist es wieder – dieses warme Gefühl der Zufriedenheit.

»Hey.«

»Hallo.«

Wer hat jetzt Hey gesagt und wer Hallo?

Wir räuspern uns und Nik lässt meine Hand los. Mit einem Klick kehrt meine Umgebung zurück, das Plappern der Menschen um uns herum, die Ausflugsbusse, die sich aneinander vorbeidrängeln und der Knoten in meinem Magen.

Ich sehe zu ihm auf. Was ist nur los mit mir? Ich bin doch sonst nicht so unschlüssig. Der Kerl verdreht mir ganz schön den Kopf. Okay, ich gehe jetzt mit ihm essen, sage brav Danke für seine Hilfe mit dem Container und dann war es das auch schon.

Denke ich. Er kann wieder Lampen auswechseln und ich die Mitarbeiter von Firmen, die sich das nicht selbst trauen. So gehört es sich. Genau.

»Wollen wir?« Ich wende mich von ihm ab und gehe los.

»Halt.« Nik legt mir leicht die Hand auf die Schulter. »Das ist die falsche Richtung.«

Für einen Minimoment muss ich mich zusammenreißen, um nicht seine Hand abzuschütteln. Oder mich umzudrehen und auch noch den Rest seiner Arme, um mich zu schlingen. Dieser Moment dauert bedeutend länger.

»Ich dachte, wir gehen ins Stadlhuber. Sie wollten doch mir zuliebe eine Frittatensuppe essen.«

»So ist es auch. Aber nur die Allerbeste. Und die gibt es bei einem anderen Koch. Darf ich bitten, gnädiges Fräulein?« Nik reicht mir den Arm. Er reicht mir doch tatsächlich den Arm!

Und was macht meiner? Nimmt das Angebot natürlich begierig an.

Arm in Arm schlendern wir also über den Gendarmenmarkt am Konzerthaus vorbei. Die Oktobersonne lässt die orangen Bäume um uns herum leuchten und wärmt die Leute, die auf den mit rotem Teppich bezogenen Stufen des alten Gebäudes sitzen.

Immer wieder weichen wir Touristen mit Fotoapparaten aus, die dieses Bild für immer festhalten wollen.

Nik läuft mit mir auf das Hotel Calla zu. Wie es wohl damit aussieht? Vermutlich ist der Übernahmedeal bereits ausgehandelt und höchstwahrscheinlich sind auch die Stellen schon zusammengestrichen.

Mein Herz schrumpelt auf Rosinengröße. Wenn ich an all die alten Schätze im Keller denke ... Stopp! Stopp! Stopp!

Ich erhöhe das Tempo meiner Schritte und ziehe Nik regelrecht mit mir, damit wir möglichst schnell an dem Hotel vorbeikommen.

Doch er bleibt stehen. »Wir sind da. Das Calla Hotel hat eine wunderbare Küche und seit Kurzem rundet ein österreichischer Koch das leckere Essen ab.«

»Wir essen hier? Im Hotel Calla?«

Niks Lächeln verschwindet und er lässt meinen Arm los. »Ist daran etwas falsch?«

Na, der hat Nerven! Noch ehe ich meine kleine Szene ausbauen kann, entdeckt uns Herr Pagier.

»Frau Lindo! Wie schön, Sie begrüßen zu dürfen. Und wenn ich mir das Kompliment erlauben darf, Sie sehen hinreißend aus.« Dann dreht er sich zu Nik und reicht ihm die Hand. »Herr Vertom. Es ist mir eine Freude, Sie einmal wieder hier zu haben.« Mit einer angedeuteten Verbeugung wartet Herr Pagier darauf, dass wir das Hotel betreten.

Was ist denn hier los? Neugierde pikst mich am ganzen Körper und mit einem Seitenblick auf Nik drehe ich mich schwungvoll mit der Tür in die Hotellobby.

Um nicht noch mehr alte Bekannte auf den Plan zu rufen, eile ich zum Fahrstuhl und lasse mich mit Nik in die oberste Etage fahren.

In dem Restaurant dort werden wir bereits von einem Kellner erwartet und an einen Tisch neben einem der bodentiefen Fenster geführt. Uns zu Füßen liegt der Gendarmenmarkt mit all seinem Gewusel.

Der Kellner legt die Speisekarten auf dem weißen Leinentischtuch ab und nimmt unsere Jacken entgegen. Mit einer Verbeugung lässt er uns allein.

Meine Finger spielen Tischtuchklavier, während sich Nik mir gegenüber hinsetzt. Wie stelle ich es am besten an, ihn wegen des Hotels auszufragen?

»Woher kennst du das Hotel?« Beide fragen wir zugleich und beide haben wir das Du benutzt. Ich zucke kurz zusammen und … ignoriere es. Ich habe sogar das Gefühl, zu lächeln.

»Du zuerst.« Nik faltet die Hände über der Speisekarte zusammen und sieht mich interessiert an.

»Dann rate mal – Container, Unterlagen, Projekt.«

»Ich verstehe. Das waren also die immens wichtigen Papiere, die du zur Sicherheit im Datenschutzcontainer eingeschlossen hast. Ich habe von den Gerüchten gehört, dass eine Beratungsfirma das alte Schiff wieder auf Kurs bringen soll.«

»Und wieso bist du hier so bekannt?«

»Eine Freundin von mir hat schon während ihrer Schulzeit hier gejobbt und später dann auch während ihres Studiums.«

»Und?«, frage ich nach.

»Ab und zu habe ich mir hier auch ein wenig Geld dazu verdient. Aber das ist schon ewig her.«

»Dann scheinst du aber eine extrem gute Aushilfe gewesen zu sein.«

»Alanna, also meine Freundin, ich meine natürlich nicht meine, sondern eine gute Freundin ...«, stammelt Nik vor sich hin. »Also Alanna kommt regelmäßig her. Und ich auch gelegentlich. Ich bin gut befreundet mit Jens Calla, der ja mittlerweile das Hotel führt. Während wir hier gejobbt haben, hat Calla Senior Jens in allen Abteilungen arbeiten lassen, damit er das Hotel in seiner Vielfalt kennenlernt.«

»Musste seine Schwester auch Dienst am Gast leisten?«

»Um Himmels willen«, Nik lacht laut auf, wird aber gleich wieder ernst. »Wiebke war die größte Schwäche vom alten Calla. Das hat er echt verbockt.«

Oh ja, das hat er salopp auf den Punkt gebracht. Und nun, da sie aus dem Rennen ist, könnten wir hier echt für das richtige Ambiente sorgen.

Halt, Viktoria, lass es! Schnell winke ich den Kellner heran.

»Sie haben gewählt?«

»Schon vor Tagen, Luis.« Nik lächelt mich an. »Wir bleiben doch bei der Frittatensuppe und einem Schnitzel im Anschluss?«

»Gern und dazu bitte einen Chardonnay Traubensaft. Und als Dessert Apfelstrudel.«

»Sehr wohl, gnädige Frau. Der Herr.« Damit verbeugt sich der befrackte Kellner und schreitet von dannen.

»Ich freue mich, dass du das alte Haus wieder auf Vordermann bringst.«

»Nik, ich habe mit dem Projekt nichts mehr zu tun. Es ging an Magnus. Das Thema ist für mich erledigt.« Ich erhebe mich. »Entschuldige mich bitte, ich gehe mir die Hände waschen.«

Meine Hände könnten nicht blitzblanker sein, als ich nach einer ganzen Weile zu Nik an den Tisch zurückkehre. Und das neue Thema Alpen, welches ich sofort beginne, beschäftigt uns bis weit in den Hauptgang hinein.

Die Zeit verfliegt und schon gelangen wir am Dessert an.

»Wenn die Herrschaften hier bitte Platz nehmen möchten.« Unser Kellner geleitet uns in das Kaminzimmer, in dem auf einem niedrigen Tischchen vor den Flammen des offenen Kamins zwei Teller mit Apfelstrudel auf uns warten.

Tief sinke ich neben Nik in die beigen Polster des Sofas. Das Essen hat eine Geschmacksexplosion auf meiner Zunge gezündet und Niks Gesellschaft zündet ein Feuerwerk an Gefühlen. Er bringt mich zum Lachen, zum Nachdenken und zum Fühlen. Und das alles irgendwie sogar gleichzeitig.

Nik und ich haben den Raum für uns allein. Ein Rest Nachmittagssonne scheint durch das Fenster und malt orange Bilder an die Wand über dem Kamin. Das Feuer knistert gemütlich und der Duft des Apfelstrudels vermischt sich mit dem Holzaroma der Scheite, die sich neben dem Kamin stapeln.

»Eigentlich müssten die Leute Schlange stehen, um in dem Restaurant des Calla zu essen. Schon allein dieses herrliche Kaminzimmer hier ...« Warum fange ich bloß wieder mit dem Thema an? Nik hatte vorhin verstanden, dass ich nicht weiter über das Hotel reden will und jetzt plappere ich selbst drauf los. Vielleicht hat er ja nicht zugehört, so versonnen, wie er in die Flammen schaut.

»Es könnte wieder so sein, mit deiner Hilfe.« Nik sieht mich ernst an und nimmt langsam meine Hände in seine. In meinem Kopf ziehe ich die Hände empört zurück, stehe auf und verlasse ihn.

Doch mein Kopf legt sich schlafen und mein Herz beginnt zu tanzen. Ich nähere mich mit meinem Gesicht seinem, dabei sehen wir uns einander in die Augen. Tiefgrün spiegele ich mich in ihnen, ehe ich alles ausblende und Nik küsse.

22

Ö wie Öfter

Öffenbar

Das erste Mal in New York?
In einem Hotel mit siebenhundertdreiundzwanzig
Stockwerken?
Dein Zimmer liegt in der sechshundertfünfundsieb-
zigsten Etage?
Lieber nicht mit öffenbaren Fenstern rechnen. Da
empfiehlt sich eher das klassische Bed and Breakfast
in einem verzauberten Cottage im idyllischen Corn-
wall.

***

»Es schneit! Mädels es schneit!« Mit Schwung schmeiße
ich die Wohnungstür hinter mir ins Schloss. »Hört ihr
mich!«

»Küche«, tönt es mir entgegen.

Ohne mir die Mühe zu machen, mich meiner Pudel-
mütze und meines Schals zu entledigen, fege ich durch
den Flur in die Küche. Meine Wangen brennen von
dem Wechsel aus der prickelnden Kälte in die Wärme
der Wohnung. Oh, wie sich das gut anfühlt.

»Es schneit«, wiederhole ich und strecke Cinda und Rosanna die Arme entgegen, auf denen ich unseren diesjährigen Adventskranz balanciere. »Und morgen feiern wir den ersten Advent! Ist das nicht toll!«

»Falls du es noch nicht bemerkt hast, es schneit.« Cinda wendet sich an Rosanna und zieht die Augenbrauen in die Höhe.

»Ach komm, nun sei nicht so. Sieh nur, wie sehr sie sich freut.« Rosanna schmunzelt mich an.

»Und sie ist wahrscheinlich die Einzige in der Stadt, die sich über diese Schneepampe da draußen freut.«

»Ich glaube aber, es ist nicht nur der Schnee, der ihr kleines Herzchen höherschlagen lässt.« Rosanna kommt auf mich zu und nimmt mir den Adventskranz ab, dabei zwinkert sie mir zu. »Nicht wahr, meine Liebe?«

»Ach ja, die Liebe«, sagt Cinda, allerdings nur ganz leise. »Und dafür habe ich vollstes Verständnis, selbst wenn es im November schon schneit.« Mit einem großzügigen Wischer entfernt sie die letzten Krümel von der Anrichte und gesellt sich dann zu uns an den Esstisch.

Während ich mich aus den Wintersachen schäle, bewundern Cinda und Rosanna meinen neuesten Adventskranzschatz.

»Jedes Jahr bin ich der Meinung, dass das Gesteck nicht besser geht und jedes Mal zauberst du im Jahr darauf ein noch prächtigeres Teil auf unseren Tisch.« Rosanna streicht zart über die mandelbeigen Kerzen mit dem Spitzenmuster.

»Auf dem Weihnachtsmarkt am Gendarmenmarkt steht ein wenig abseits von den übrigen Buden eine kleine Hütte, dort konnten wir unseren eigenen Adventskranz stecken. Überall brannten Kerzen und es duftete nach Tannen und Harz und Bienenwachs. Es war wie im Weihnachtswunderland ...«

Cinda stupst mich in die Seite. »Deine Augen glänzen ja noch mehr als an den übrigen Weihnachten. Kann das zufällig an dem *Wir* liegen?«

»Ach, das war nur Zufall«, wiegele ich ab. »Nik und ich haben uns im Calla zum Tee getroffen. Und beim Rauskommen, war da schräg gegenüber diese kleine Hütte.«

Komisch, dass sie mir nicht vorher aufgefallen ist. Aber die kleine Hütte kam genau zur rechten Zeit, denn in den letzten Tagen konnte ich keinen Adventskranz finden, der auch nur annähernd der richtige gewesen wäre.

»Zum Tee, mit Nik. Wie romantisch.« Rosanna seufzt tief und stützt ihr Kinn in die Hände. »Wenn ich das recht beobachte, hast du dich in den letzten Wochen öfter mit Nik getroffen, als zum Sport zu gehen.«

Cinda grinst Rosanna an. »Nicht, dass sie uns noch außer Form gerät. Apropos Form«, wendet sie sich an mich. »Du weißt schon, dass heute Samstag ist. Dieser Tag der Woche ist normalerweise ein regulärer Arbeitstag für dich. Und da marschierst du einfach so los, um mit einem fremden Mann, den wir wohlgemerkt noch nie getroffen haben, Tee zu schlürfen?« Sie wackelt demonstrativ mit dem Zeigefinger vor meiner Nase hin und her.

Das schlechte Gewissen durchzuckt mich wie ein Blitz. Sie hat recht! Seit diesem magischen Kuss mit Nik schlägt mein Herz in einem anderen Takt. Ich ertappe mich auf Arbeit vermehrt dabei, dass meine Gedanken abschweifen ... zu Nik oder dem bunten Herbstlaub, zu Niks warmer Haut und seinem Geruch nach frischer Wiese.

Die Arbeit langweilt mich!

Die Erkenntnis trifft mich mit Schwung von hinten und quetscht alle Luft aus mir.

Meine Arbeit langweilt mich!

Und der Hausmeister ist daran schuld! Er hat mich umgarnt und bezirzt. Mit seiner Einladung in das Restaurant im Calla fing alles an. Das knisternde Feuer im Kamin, seine geschwungenen festen Lippen auf meinen. Unsere Spaziergänge durch das raschelnde Herbstlaub, alles getaucht in goldenes Oktoberlicht. Seine Hände auf meiner Haut, unter denen ich vergesse, wie ich heiße. Ich habe mich von ihm verführen und meine Arbeit im Stich gelassen! Viel zu oft habe ich mit Nik und Herrn Calla zusammengesessen, nachdem dieser die Zusammenarbeit mit Tattle Consult beendet hatte. Wir haben Pläne für das Hotel geschmiedet, anstatt dass ich mich um meine eigenen Projekte gekümmert habe.

Wie konnte ich mich nur so gehen lassen!

»Viktoria?«

Ich schüttele mich kurz und sehe in Rosannas besorgtes Gesicht.

»Du bist so schrecklich blass. Ist dir schlecht?«

»Hier, trink einen Schluck.« Cinda reicht mir ein Glas mit frischem Wasser. »Möchtest du dich hinlegen?«

Ich trinke das Glas in einem Zug leer und erhebe mich. »Mir ist nicht schlecht. Alles in Ordnung. Mir ist nur eingefallen, dass ich um ein Haar ein wichtiges

Projekt vergessen hätte.« Mein Lebensprojekt! Meine Karriere!

Ich versuche zu lächeln, kann aber nicht spüren, ob sich meine Mundwinkel nach oben bewegen.

Schnell verlasse ich die Küche und sehe dabei noch aus den Augenwinkeln, wie sich Cinda und Rosanna mit kugelrunden Augen ansehen.

In meinem Zimmer setze ich mich an den Schreibtisch und öffne den Arbeitslaptop. Ich werde jetzt und hier noch die Einsparungsziele vom Kinderreich Verlag optimieren und zwar so, dass eine imposante Zahl herauskommen wird. Doktor Driwel wird sich die dicken Händchen reiben.

Nach einer Minute öffnet sich die bunte Kalkulation auf dem Monitor. Der schwarze Cursor blinkt mich an.

An, aus, an, aus, an, aus. Meine Finger liegen auf der Tastatur – asdf jklö. Doch sie fliegen nicht über die Tasten, sie liegen einfach nur da. Kein Gedanke aus meinem Kopf strömt in sie hinein. Das Rauschen der Laptoplüftung steigert sich zu Orkanlautstärke.

Was macht dieser Kerl nur mit mir! Adrenalin pumpt durch meinen Körper, doch leider nicht, um sich in einem Arbeitsschub zu entladen. Stattdessen beginnen meine Finger zu zittern, mein Herzschlag dröhnt in meinen Ohren und eine Stimme in mir säuselt mich an, dass das Leben mit Nik schön ist.

Ich lege mir die Hände auf die Ohren und Tränen kullern aus meinen Augen. Stopp!

Ich will nicht als Hausmeistergattin enden!

Wo ist mein Handy?

Ich durchwühle meine Tasche und reiße es schließlich daraus hervor. Zweimal vertippe ich mich bei der

Eingabe meines Pins, doch dann habe ich es geschafft und wähle die Nummer meines Vaters in Karlsruhe.

»Lindo.« Seine Stimme lässt mich unwillkürlich strammstehen.

»Hallo, hier spricht Viktoria.«

»Das sehe ich an der Nummer. Was macht die Arbeit?«

»Es läuft ganz gut. Ich betreue zurzeit einige Projekte als Teilprojektleiterin.«

»Mit deinem Doktortitel solltest du aber längst über das Stadium einer Teilprojektleiterin hinaus sein! Was hast du falsch gemacht?«

Ein haariges Band umwickelt meinen Kehlkopf. Ich muss mehrfach schlucken, um wieder meine Stimme benutzen zu können. »Ich war zu sehr privat involviert.«

»Wovor ich dich stets gewarnt habe. Durch persönlichen Schnickschnack erreichst du nichts, das weißt du.«

»Deswegen rufe ich an, glaube ich.« Meine Stimme zittert und ich atme tief durch.

»Glauben heißt, nichts wissen! Arbeite hart, konzentriere dich, triff die richtigen Leute. Ich nehme an, es ist ein Mann, der dich ablenkt!«

»Es hat nichts zu bedeuten«, flüstere ich.

»Dann lass ihn in Ruhe. Kann ich noch etwas für dich tun?«

»Danke, Heinrich, das war alles, was ich wollte.«

»Viel Erfolg.«

»Danke, dir auch.« Auf Wiederhören, Papa. Langsam lasse ich mich auf mein Bett gleiten.

Als mein Vater sich vor zwölf Jahren von meiner Mutter trennte, verlangte er von mir, dass ich ihn mit dem Vornamen anspreche. Er würde jetzt eine andere Frau heiraten und er sei nun der Vater ihres gemeinsamen Sohnes. Die neue Familie passe viel besser zu seiner Karriere als Richter am Bundesgerichtshof in Karlsruhe als seine alte, mit der Hausfrauenmutter und den drei Töchtern.

Ich werde ihm beweisen, dass ich tough bin und wert, seine Tochter zu sein.

Das Handy in meiner Hand vibriert und meldet mir einen Anruf.

Nik. Sofort vertauschen mein Herz und mein Magen ihre Plätze und meine Gedanken fliegen in einem Kettenkarussell.

Ich zerdrücke fast das Display, um den Anruf anzunehmen.

Mist. Warum sind meine Finger jetzt schneller als mein Verstand? Vorhin als sie die Kalkulation tippen sollten, haben sie gestreikt – an jedem Finger klebte ein großes rotes Streikplakat.

»Hallo Nik.« Er ist nur ein alter Bekannter. Ich werde mich freundlich und distanziert verhalten und mir anhören, was er zu sagen hat. Und dann höflich ablehnen.

»Hey Viktoria. Ich wollte dir nur noch einmal eine gute Nacht wünschen und ...« Er stockt und ich höre ihn tief Luft holen. »Und ich muss dir unbedingt etwas sagen.« Seine Stimme klingt, wie Nougat schmeckt und trifft nicht nur auf mein Ohr, sondern auch in mein Herz. Ich schließe für einen Moment die Augen und konzentriere mich.

»Nik, entschuldige bitte, aber ich habe gerade zu tun. Ich stecke tief in einer Kalkulation und bin überhaupt nicht bei der Sache.« Ich höre mich an, als würde ich einen Text aus einem Managementratgeber ablesen.

»Ist alles in Ordnung?« Sein Mitgefühl legt sich warm um mich. Mit aller Selbstbeherrschung, die ich in mir finden kann, schüttele ich es ab.

»Alles bestens.«

»Bleibt es bei morgen?« Zwischen jedem Wort spüre ich seine Zweifel, wie eine Ohrfeige nach der anderen.

Und morgen werde ich zurückschlagen. »Natürlich. Wir treffen uns wie verabredet vor dem Pergamonmuseum. Bis dann.« Ohne auf seine Antwort zu warten, tippe ich auf Beenden und schalte das Telefon aus.

Müde setze ich mich vor dem Bett auf den Boden und ziehe die Knie ganz nah an mich heran, das Gesicht lege ich darauf.

Ab morgen gehört mein Leben wieder mir. Mein Job hat mich voll und ganz wieder. Und ich werde nicht verlassen enden wie meine Mutter!

23

N wie Nein

No Show

***

Viel zu früh treffe ich am Pergamonmuseum ein und stapfe missmutig vor dem Eingang hin und her. Hoffentlich ist der Steinboden nicht allzu antik, falls sich meine Gehspuren eingraben. Aus dem mausgrauen Himmel graupelt es fiese nasse Eistropfen und der herrliche Schnee von gestern hat sich zu Pampe zertrampeln lassen. Eigentlich sollte es den anderen verboten werden, über frischen Schnee zu laufen. Die wissen einfach nicht, wie man das richtig anstellt.

Vereinzelt huscht der eine oder andere Museumsbesucher mit hochgezogenen Schultern an mir vorbei und verschwindet durch die Eingangspforte.

Vielleicht sollte ich drinnen warten. Allerdings habe ich so gar keine Lust auf das Geplapper der Touristen und die abgestandene Luft und überhaupt. Eigentlich will ich gar nicht hier sein.

Mein Magen gluckst leise vor sich hin, denn mehr als ein halbes trockenes Brötchen und ein wenig Darjeeling-Tee wollte er heute Morgen nicht akzeptieren.

Wo bleibt Nik nur! Ich zuppele die Armbanduhr unter den Schichten meiner Ärmel von Jacke und Pullover hervor. Noch fast eine Viertelstunde.

Doch da läuft er schon mit ausholenden Schritten durch den Graupelschauer auf mich zu.

Damit Nik mich nicht umarmen und küssen kann, strecke ich ihm zum Gruß die Hand entgegen. Durch die Handschuhe spüre ich seine Wärme, die aber nicht ausreicht, um meine Eisfinger aufzutauen. Dabei klopft mein Herz schmerzhaft gegen das Eis in meiner Brust an.

Nik schaut mir direkt in die Augen und sein Lächeln verschwindet. Eiskristalle des Graupelschauers hängen in seinen Augenbrauen und Wimpern und ich muss mich arg zusammenreißen, um sie nicht mit den Fingerspitzen wegzuwischen.

»Ich hätte es dir schon längst erzählen müssen.« Niks tiefer Seufzer hängt als weiße Atemwolke zwischen uns. »Wollen wir hineingehen?«

Ich schüttele den Kopf. Er hat mich nicht einmal gegrüßt! Sein Benehmen lässt echt zu wünschen übrig! Es ist total richtig von mir, was ich hier tue.

»Bitte.« Er neigt seinen Kopf zur Seite und seine grünen Augen verdunkeln sich.

Abrupt drehe ich mich um und stapfe durch die Eingangspforte, links davon bleibe ich vor einem Regal mit Broschüren stehen. In dem schummerigen Licht des Eingangsbereiches ist es noch dunkler als in der grauen Masse draußen. Zumindest ist es trocken und der eisige Wind kann mich nicht weiter auskühlen.

Nik hält Abstand zu mir und knetet seine Handschuhe in den Händen.

»Viktoria, ich ...« Er bricht ab und lässt seinen Kopf hängen. Feine Wassertröpfchen glitzern in seinen Haarspitzen. Dann strafft Nik die Schultern und er sieht mir wieder direkt in die Augen. »Ich wollte dich nicht anlügen ...«

Und in diesem Moment gehen mir die Lichter eines ganzen Lampenladens auf. »Lass es!« Ich reiße mir die Kapuze vom Kopf und den Mantel auf.

Ich wusste es! Von wegen nur eine gute Freundin! Alanna hier und Alanna dort und ohne die gute Alanna hätten die Leute aus dem Calla Hotel nie die alten Schätze im Keller entdeckt!

Soll er doch bei seiner Putze bleiben! Dieser Mistkerl! Meine Wut schießt mit Lichtgeschwindigkeit durch mich hindurch. Gut so, sonst würde ich jetzt wahrscheinlich wie ein Teenager um ihn heulen. Aber nicht mit mir!

»Viktoria, lass es mich bitte erklären.« Nik greift nach meinen Fäusten. Doch ich ziehe sie ihm weg und trete zurück, bis ich das Regal im Rücken spüre.

»Nik, du hast mir nichts zu erklären.« Ich spreche ganz klar und bestimmt, wie bei den Meetings, wenn ich die Herren in den schwarzen Anzügen, zu einer Unterschrift bewegen muss. »Ich wollte mich von Anfang an nicht mit dir treffen. Aber du musstest mich ja vor meinen Kollegen bloßstellen. Belassen wir es dabei, dass wir ebenfalls Kollegen sind. Obwohl das nicht richtig ist, ich trage mit meiner Arbeit zum Gewinn der Firma bei und du reparierst wackelnde Schreibtische.«

Wir starren uns gegenseitig an. Nik schüttelt schließlich den Kopf. »So siehst du das also. Dabei hatte ich in den letzten Wochen den Eindruck, dass deine Standesdünkel gar nicht echt sind, dass du sie nur als Schutzschild vor dir herträgst. Auf Arbeit bist du immer so fremdgesteuert und gezwungen und wenn wir zusammen sind, dann ... dann lebst du und atmest und bist du selbst.«

Jedes einzelne Wort von ihm verknotet mein Herz ein Stück mehr und ich muss mir Mühe geben, nicht zusammenzusinken.

Ich kratze jegliche Energie aus meinen Zellen zusammen und mache einen Schritt auf ihn zu. »Ich bin immer ich selbst und deshalb möchte ich, dass du mich nicht weiter belästigst. Bleib in deiner Hausmeisterkammer, zusammen mit deinem Zimmermädchen.«

Niks Mund steht offen, seine Augen wirken riesig in seinem blassen Gesicht und endlich sagt er nichts mehr. Gut so! Ich will ihn nie wieder hören. Mit vollem Körpereinsatz stemme ich mich gegen die Eingangspforte und stoße sie auf und dann renne ich los zu meinem sicheren Auto.

Jetzt habe ich nur noch eine Kleinigkeit zu erledigen, dann bin ich wieder voll auf Kurs. Das nächste Projekt bei Tattle Consult gehört mir und wenn ich dafür die ganze Belegschaft dieses ach so engagierten Kinderbuchverlages austauschen muss.

Aber zuerst mache ich Schluss mit diesem blöden Hotel.

Mit Schwung drehe ich mich in die Hotellobby des Calla Hotels. Autsch! Die blöde Glastür knallt mir gegen den Hacken. Wie wundervoll, meinen schwarzledernen linken Stiefel ziert nun eine Schramme, die vorhin noch nicht da war. Wer baut auch solch eine altmodische Tür ein!

Ein bisschen komme ich mir vor wie eine Dampfwalze, als ich auf den Empfangsbereich zupflüge. Aus den Augenwinkeln sehe ich zwei alte Damen, die mich pikiert anstarren. Ja, ja, Tempo sind die hier nicht gewohnt.

Doch ein wenig drossele ich meine Energie und ringe mir sogar ein Lächeln der Empfangsdame Frau Repe gegenüber ab.

»Frau Lindo. Was kann ich für Sie tun?« Wenn sie meinen Auftritt ebenfalls als merkwürdig einordnet, so lässt sie sich nichts anmerken. Wie immer lächelt sie mich charmant mit ihren kirschrot angemalten Lippen an. Und dieses Mal passt dieser Ton sogar zu ihrem Outfit. Die alte bunte Polyesteruniform ist verschwunden, stattdessen trägt sie ein cremeweißes Etuikleid mit einem schmalen kirschroten Gürtel und einem passenden Halstuch. Mit den zu einem Chignon gebundenen haselnussbraunen Haaren sieht sie einfach entzückend aus.

Doch das alles interessiert mich jetzt nicht mehr. »Ich möchte zu Herrn Calla. Ist er in seinem Büro?«

»Er tritt eben mit Frau Montgur aus dem Aufzug.«

»Frau Alanna Montgur?« Mein Herzschlag setzt für einen Moment aus, ehe er in dreifachem Tempo weitergaloppiert.

»Ja, genau die. Soll ich sie Ihnen vorstellen?« Frau Repe macht Anstalten, zu mir vor den Empfangstresen zu kommen, doch ich winke ab.

»Nein, nein, nicht nötig, danke«, stammele ich. Bloß nicht!

Langsam drehe ich mich um und alles, was ich sehen kann, ist eine mitternachtsschwarze Lockenflut, eine Figur, die jedes Bikinimodell sofort heulend das Weite suchen lässt und Beine, die bis zum Himmel reichen. Ich dachte bisher von mir, dass ich ganz passabel aussehe, aber diese Frau degradiert jede andere Frau sofort zur grauen Maus mit krummen Beinen und Spaghettihaaren.

Und wie sie im Arm von Herrn Calla hängt. Tja, das Hausmädchen und der Hotelier. »Er also auch«, murmele ich.

»Wie, er also auch?« Frau Repe holt mich mit ihrer Frage aus meinem weiblichen Albtraum.

»Na, die beiden.« Ohne sie anzusehen, zeige ich auf Super-Alanna und Herrn Calla, der diese eben durch die Drehtür entlässt. Ich kann einfach nicht wegsehen.

Frau Repe lacht. »Sie glauben, die beiden haben etwas miteinander? Na, da hätte ich aber auch noch ein Wörtchen mitzureden.«

»Sie und Herr Calla?« Nun hat sie doch meine Aufmerksamkeit und ich sehe sie fragend an. Warum auch nicht, die beiden wären ein attraktives Paar.

»Aber nein«, lässt sie meine Gedankenblase platzen. »Frau Montgur ist meine Lebensgefährtin.«

»Frau Lindo. Wie nett.« Herr Calla gesellt sich zu uns und reicht mir die Hand. Ich schüttele sie und sehe dabei durch ihn hindurch.

Ich kriege diesen überdimensionalen Gedanken einfach nicht in meinen Kopf. Nik betrügt mich nicht mit Miss Super-Alanna? Oder vielleicht doch? Mögen lesbische Frauen Affären mit Männern?

Bestimmt! Ach Quatsch.

Er wollte mir schlicht und ergreifend etwas anderes sagen und was es auch war ...

»Frau Lindo? Geht es Ihnen gut? Brauchen Sie ein Glas Wasser?«

Ich zwinkere ein paar Mal und sehe dann in die besorgten Gesichter von Frau Repe und Herrn Calla. Es wird echt zur Gewohnheit, dass mir die Leute literweise Wasser anbieten, weil sie meinen, ich säße auf dem Trockenen.

»Nein«, sage ich und merke selbst, wie bissig sich meine Ablehnung anhört. »Mir fiel nur eben etwas ein. Ich muss gehen.«

Und zum zweiten Mal an diesem Nachmittag renne ich zu meinem Auto.

Okay, das war nun nicht gerade das, was ich Herrn Calla sagen wollte, aber egal. Ich lasse einfach die Verbindung abreißen, schließlich bin ich zu nichts verpflichtet. Und schön essen gehen, kann ich auch woanders. Außerdem werde ich demnächst für solch profane Dinge sowieso keine Zeit haben.

Langsam dringt die Kälte in mein parkendes Auto und ich raffe mich auf, auszusteigen. Die Blinkleuchten zeigen das Verriegeln an. Meine Jacke liegt noch im Auto. Egal.

Ich schließe die Hauseingangstür auf und schlurfe in den dritten Stock hinauf. Jede Stufe fühlt sich dabei an, als wäre ich zuvor einen Marathon gelaufen – und wieder zurück. Ich hoffe, Rosanna und Cinda sind ausgegangen, damit ich ungesehen und ungehört in mein Zimmer verschwinden kann. Ich bin leer. Mein Magen, mein Kopf, meine Seele.

Auf dem letzten Treppenabsatz verlischt das Licht und ehe ich es erneut anschalten kann, wird es wieder hell.

»Nik!« Mit den Händen fasse ich an die Stelle, an der eben mein Herz aus der Verankerung gesprungen ist.

»Es tut mir leid, ich wollte dich nicht erschrecken.« Er streckt die Hände mit den Handflächen mir entgegen. Seine Haare stehen wuschelig in alle Richtungen ab und unter seinen Augen liegen Schatten, die sonst nicht da sind.

Mit all meiner Willenskraft gehe ich an ihm vorbei und stecke den Wohnungsschlüssel ins Schloss. Zumindest ist das kleine Mistding mein Ziel. Doch der verflixte Schlüssel ist zu groß.

»Viktoria, ich betrüge dich nicht mit Alanna. Wir sind nur gute Freunde.«

Hör auf Nik, hör auf!

»Ich weiß«, raune ich und verschlucke mich fast an den Tränen, die ich zurückhalte. »Doch das ändert nichts.« Und jetzt hau endlich ab, damit ich nicht meine

Vorsätze wegwerfe und mich von dir umarmen lasse. Denn dann würde ich dich nie wieder loslassen.

»Ich liebe dich.« Seine Stimme ergießt sich wie geschmolzene Schokolade in meine Seele und füllt sie aus.

Endlich steckt der Schlüssel im Schloss und ich quäle ihn herum, öffne die Tür, schiebe mich durch den schmalen Spalt in die Wohnung und schmeiße die Tür zu.

In Zeitlupe sehe ich, wie sich Nik mir entgegenbeugt, doch ich kann die Bewegung nicht mehr stoppen, die zufliegende Tür nicht mehr aufhalten, den Zusammenprall mit Niks Stirn nicht mehr verhindern.

Das Geräusch ist kurz und dumpf und hätte ich in den letzten Stunden etwas gegessen, so würde ich mich jetzt übergeben.

24

I wie Innig

Individualurlaub

Keine Lust auf Pools voll mit Menschen?
Liegen, auf denen sich die Gäste stapeln?
Anstehen am Buffet?
Dreimal mit Ja geantwortet?
Dann bist Du eine Individualurlauberin und bleibst
genau dort, wo es Dir gefällt: Allein an einer einsa-
men Quelle in Österreich – na gut, maximal zu zweit.
Ausgebreitet im warmen Sand eines abgelegenen
Strandes auf Sardinien. Oder romantisch am rot-
weißkariert betuchten Ecktisch bei dem versteckten
Italiener in dieser charmanten Seitengasse in Flo-
renz.

***

Mein leerer Magen pumpt Magensäure nach oben in meine Kehle und die Luft, die ich versuche zu atmen, verpufft irgendwo zwischen meiner Luftröhre und der Lunge.

Schluss! Reiß dich zusammen! Atme tief durch und tue etwas!

Also schnappe ich nach Luft und presse sie wieder heraus. Und noch einmal. Dann greife ich nach der Türklinke. Noch einmal atmen. Und noch einmal.

Die Türklinke fühlt sich warm gegen meine eisigen Finger an und vibriert so komisch. Vielleicht zittert auch nur meine Hand so stark.

Ich reiße die Tür auf und stehe Nik gegenüber. Er presst den unteren Teil seines T-Shirts, welches er sich aus der Jeans gezogen hat, gegen die Stirn. Dort wo der weiße Stoff die Haut berührt, verfärbt er sich rot. Blutrot.

Für einen Moment rauscht es in meinen Ohren, dann wird alles ganz leise, als hätte ich mir Watte in die Ohren gestopft. Nik verschwimmt so eigenartig, verliert seine Kontur.

Ich sehe Niks Hand auf mich zukommen, sie greift nach mir und zieht mich nach unten auf die Stufen im Treppenhaus.

»Atme Viktoria, nicht die Luft anhalten.«

Okay, ich soll atmen. Also hole ich Luft. Und nun?

»Genau so. Und ausatmen. Und wieder einatmen.«

Langsam kehren die Geräusche zurück. Draußen rast ein Auto vorbei, irgendwo bellt ein Hund und ein Martinshorn durchschallt meinen Kokon. Da war doch noch etwas …

Was bin ich nur für eine Zimperliese! Ich schüttele mich kurz und dann bin ich wieder da. Mit Schwung drehe ich mich zu Nik um, der neben mir auf der Treppe sitzt. Sein Arm um meine Schulter fällt dabei herunter – und sein Kopf prallt an das Treppengeländer. Es ist zwar nur aus Holz, allerdings reicht es mit Sicherheit für eine fette Beule.

Nik stöhnt auf und reibt sich mit einer Hand den Hinterkopf während die andere noch immer das T-Shirt an die Stirn presst.

»Oh nein! Nik! Es tut mir leid!« Ich knie mich vor ihm nieder. »Es tut mir alles so leid ... ich ... ich ...« Ich schluchze los. Mein Körper zuckt und schüttelt sich und ich umklammere Nik mit den Armen an der Taille. Ich versuche zu reden, aber außer Hicksies gelingt es mir nicht, etwas zu artikulieren.

Einer von Niks Armen legt sich um meine Schulter.

Eigentlich müsste ich ihn jetzt umarmen und wiegen und ihm zuraunen, dass alles gut ist. Bei dem Gedanken muss ich noch mehr heulen.

Schließlich ist sämtlicher Kummer aus mir abgeflossen und ich besinne mich endlich darauf, Nik zu helfen.

Wir sitzen längst im dunklen Treppenhaus, der Hund hat aufgehört zu bellen, stattdessen krakeelt das Baby aus der Wohnung in der ersten Etage.

»Es tut mir so leid, Nik. Ehrlich«, flüstere ich und drücke mich fest an ihn. Seine Wärme dringt durch den dünnen Stoff meiner Bluse und dann durch meine Haut, direkt in meine Seele. »Ich liebe dich.«

»Für dieses Ergebnis hat sich die Doppelbeule gelohnt.« Nik drückt mir einen Kuss auf die Haare.

»Das ist nicht lustig.« Gegen meinen Willen entlasse ich Nik aus meiner Umarmung und erhebe mich. Mit der Faust betätige ich den Lichtschalter neben mir. »Du blutest noch immer.«

»Gib mir eine Nadel und etwas Katgut und ich nähe es zu.«

»Nik!«

»Was? Ich bin Chirurg. Das ist es, was ich dir schon die ganze Zeit sagen wollte.« Nik spricht schnell, viel schneller als sonst. Mein Herzschlag, der sich soeben angefangen hatte zu beruhigen, nimmt wieder Tempo auf. Nik fängt an zu halluzinieren. Und ich Memme heule hier rum, anstatt ihn in die Klinik zu bringen.

»Das finde ich toll, Nik, wirklich. Aber wir zwei fahren jetzt wohin, wo dir geholfen wird. Und dann bist du ganz schnell wieder gesund.« Ich spreche jedes meiner Worte überdeutlich aus. Genauso, wie ich es bei meiner Schwester Magdalena beobachtet habe, wenn sie ihre Kinder dazu bewegen will, sich nicht gegenseitig die Sandkastenschaufeln auf die Köpfe zu donnern.

Mit Nachdruck ziehe ich Nik am Arm nach oben. Er schwankt und kann sich gerade noch am Treppengeländer festhalten.

»Anscheinend ist es doch eine Beule zu viel.« Nik versucht zu grinsen, aber das Ergebnis ist schief und krumm.

»Rühr dich nicht vom Geländer weg!« Mit zwei großen Schritten bin ich bei meiner Handtasche, die in der noch geöffneten Wohnungstür auf dem Boden liegt. Mit einem Griff schnappe ich das Handy und drücke auf die Kurzwahltaste des Taxirufes, entscheide mich dann aber um und rufe die Rettung an.

Mit Niks Arm um die Schulter geschlungen, tapsen wir Stufe für Stufe die Treppe hinunter und als uns die eisige Nachtluft vor der Haustür empfängt, kommt auch schon der Krankenwagen angefahren.

Zwei Sanitäter springen heraus und nehmen mir Nik ab. Vorsichtig betten sie ihn auf die Liege im Fahrzeug. Mir weisen sie einen Platz am Fußende zu. Dann beugt sich der eine über Nik und kontrolliert seine Augen. Der andere setzt sich ans Steuer und fährt uns in die Klinik.

Während der Fahrt versucht Nik mit mir zu reden, doch der Sanitäter heißt ihm, ruhig zu sein.

»Wo bringen Sie ihn hin?«, frage ich den Mann, der Nik gerade eine Blutdruckmanschette anlegt.

»In die Barden Klinik.«

»Können wir nicht ins Unfallklinikum fahren?«, brummt Nik.

»Nein. Wir fahren immer die nächstgelegene Klinik an.«

Nik pustet kräftig durch die Nase aus und verzieht seinen Mund. Irgendwie sieht er gerade aus wie ein schmollender Junge vor dem Eisstand.

»Ich muss dir dringend etwas sagen«, murmelt Nik in meine Richtung. Doch der Sanitäter schiebt sich dazwischen und nach wenigen Minuten fahren wir auch schon über die gewundene Auffahrt der Klinik und halten an einem Nebeneingang. Der Fahrer öffnet die Tür des Krankenwagens und hilft mir beim Aussteigen. Auf uns wartet bereits eine Krankenschwester, die sich ihre blütenweiße Strickjacke fester um die Schultern zieht.

Langsam rollen die beiden Sanitäter Nik aus dem Fahrzeug.

»Dominik!«

Dominik? Ich runzele die Stirn und sehe die Krankenschwester neben mir an. Doch die scheucht mit den Händen die jungen Männer samt Liege zum Eingang hinein. Einer der Sanitäter heißt anscheinend Dominik.

Ich trotte ihnen hinterher und betrete einen hellen Empfangsbereich.

»Zimmer Drei!«, befiehlt die Krankenschwester und wendet sich dann so abrupt zu mir um, dass ich fast auf sie auflaufe.

»Und Sie sind?« Sie sieht mich dermaßen streng an, dass ich auf einen Meter dreißig schrumpfe.

»Ich ... ich bin eine Freundin«, stammele ich. Das gibt es doch nicht! So eingeschüchtert war ich nicht einmal in der zweiten Klasse, als wir als Vertretungslehrerin von unserer Direktorin unterrichtet wurden. Und die hatte einen Nasenkneifer auf der Nasenspitze und roch nach Mottenkugeln. Wohingegen die Schwester vor mir ein altmodisches weißes Häubchen mit einem breiten schwarzen Samtband auf ihren silbernen Haaren trägt. Der Breite des Bandes nach zu urteilen ist sie mindestens eine Oberschwester, wenn nicht gar die Oberoberschwester der ganzen Klinik.

Los Viktoria, du bist eine erwachsene selbstständige Frau mit einem eigenen Doktortitel. Du wirst hier wohl deine Frau stehen können!

»Ähm, wo bringen Sie Nik, ich meine, meinen Freund hin?«, piepst es aus meinem Mund. Mein Selbstbewusstsein passt gerade in eine Gummibärchentüte, eine von den kleinen, die man immer wieder mal so geschenkt bekommt.

Die Oberoberschwester sieht mich über den Rand ihrer eckigen Brille hinweg an und ich verliere weitere zehn Zentimeter an Größe und Mut. »Wir versorgen jetzt erst einmal seine Wunden und dann lassen wir ihn ruhen.«

Ich gehe mal davon aus, wenn sie wir sagt, nicht wir beide meint, also sie und mich, sondern ein anderes wir, wie der Doktor und sie oder so ähnlich. Deshalb nicke ich nur gehorsam.

»Kommen Sie morgen wieder«, sprichts und geht los.

Morgen? Ich soll erst morgen wiederkommen? Never ever!

»Darf ich zu ihm?« Ich fühle mich extrem mutig und gewinne etwa fünfundzwanzig Zentimeter zurück – erste Klasse, erster Schultag.

Ohne sich umzudrehen ruft sie: »Nein.«

»Biiitte.«

Und in der Tat, die Schwesternmatrone bleibt stehen. Na geht doch.

»Junge Dame, gehen Sie zwei Stunden spazieren und dann sehen wir weiter.« Schon verschwindet sie durch eine weiße Tür, hinter der es zischt.

Allein stehe ich in dem Empfangsbereich. Spaziergehen! Die ist ja lustig. Selbst wenn ich meine Jacke mithätte, wäre es zu kalt draußen.

An den pastellgelben Wänden stehen einzelne Sessel mit grüner Sitzfläche. Auch der Linoleumboden ist lindgrün gesprenkelt. Nach Krankenhaus sieht es hier eigentlich nicht aus. Ich schnuppere ein wenig in der Luft umher. Es riecht auch nicht wie Krankenhaus. Glaube ich zumindest. Denn das letzte Mal, dass ich in einer Klinik war, ist siebenundzwanzig Jahre her und war in Freiburg. Ich war drei Tage zuvor geschlüpft und lag die ganze Zeit wohlbehütet in den Armen meiner Mutter.

Wo sind denn nur alle? Ab und zu fällt mal eine Tür ins Schloss und es sind quietschende Schuhgeräusche zu hören. Aber sonst nichts. Keine Patienten, keine Ärzte. Das scheint nicht gerade für die Klinik zu sprechen. Dabei hat dieses kleine Krankenhaus einen hervorragenden Ruf.

Wer weiß, vielleicht ist zu dieser späten Stunde, in dieser späten Jahreszeit einfach nichts los. Wie dienstagabends, nach zwanzig Uhr dreißig bei Edeka.

Mein Puls, der sich eben wieder einem gesunden Wert anfing zu nähern, nimmt wieder Tempo auf. Was wäre, wenn?

Was wäre, wenn ich endlich das mache, was ich gut kann?

Was wäre, wenn ich endlich das mache, wonach ich mich schon so lange heimlich sehne?

Was wäre, wenn ich zu Ende führe, was ich vorhin begonnen habe? Nur, genau andersherum – richtig herum.

Dieses Mal unterbreche ich die Leitung zum Taxiruf nicht und fünf Minuten später steige ich bereits ein.

Während mich der Taxifahrer durch das abendliche Berlin kutschiert, öffne ich die E-Mail-App meines Dienst-Smartphones. Als Empfänger tippe ich Doktor Nils Driwel in die Zeile und schreibe die beiden Worte *fristlose Kündigung* in den Betreff. Den Rest unterzeichne ich mit *Hochachtungsvoll Doktor Viktoria Lindo*.

Beim Ausschalten brummt das Telefon einmal kurz auf, ehe es erlischt. Endlich!

Endlich habe ich etwas getan, anstatt es auszusitzen. Ich habe keinen Grund, mich Tag für Tag mit Menschen zu umgeben, die nur sich selbst und ihr Spiegelbild bevorzugen.

Selbst wenn ich, statt Magnus, das Calla Projekt bekomme hätte, beim nächsten und übernächsten und überübernächsten Mal wäre der Kampf von vorn losgegangen.

Nie wieder wird durch mich jemand seinen Job verlieren!

Sogar die Meinung meines Vaters verhallt wie ein fernes Echo. Bisher hat er sich auch nur pflichtbewusst zu meinen Geburtstagen von sich aus gemeldet, es kann also eigentlich nur besser werden.

Ich sehe nach unten auf den Ledersitz, auf dem ich sitze, denn ich fühle mich, als würde ich zwei Handbreit darauf schweben.

»Hamse im Lotto jewonnen, Fräuleinchen?«

Der Taxifahrer grinst mich über den Rückspiegel hinweg an und entblößt unter seinem nikotingelben Schnauzer farblich passende Zähne. Die allerdings sehr gerade gewachsen sind.

»Ich habe soeben meinen Job gekündigt.« Wie wunderbar sich dieser Satz anhört! Es kommt dem Augenblick sehr nah, in dem ich zum ersten Mal in der Weihnachtszeit die Kerzen am Weihnachtsbaum entzünde. Aber nur fast.

»Dit is ja ma wat. Wenn det so jücklich macht, werd ick dit ooch ma probiern. Na, nüscht für unjut, Fräuleinchen. Wir sin da.«

Ich bezahle den Taxifahrer und packe ein glückliches Trinkgeld obendrauf. Eigentlich finanziere ich Rauchern nicht ihre Sucht, aber jetzt gerade ist es mir schlicht und ergreifend wurscht. Prinzipien über Bord zu werfen, kann echt befreiend sein.

»Na denne. Toi, toi, toi«, wünscht er mir noch und fädelt sich wieder in den Verkehr ein.

Zum zweiten Mal an diesem Tag drehe ich mich mit Schwung in die Hotellobby des Calla Hotels. An der Rezeption steht ein junger Hotelmitarbeiter, den ich nicht kenne. Noch nicht, jubelt ein Stimmchen in mir.

»Was kann ich für Sie tun?« Seine blassen Wangen röten sich deutlich. Vielleicht sollte ich ihn nicht ganz so doll anlächeln. Der arme Kerl denkt ja wer weiß was von mir.

»Würden Sie mich bitte Herrn Calla melden?«

Er schiebt sich dezent den Jackenärmel über das knochige Handgelenk und schielt auf die Armbanduhr. »Es ist schon ziemlich spät.«

»Na geht so. Herr Calla möchte mich sicher gern empfangen.«

Mit krausgezogener Nase sieht sich der Jüngling in der Hotellobby nach Hilfe um. Doch außer uns beiden ist niemand zu sehen, nicht einmal eine der obligatorischen Bridgeladies sitzt bei einem Tässchen Tee neben dem sacht plätschernden Springbrunnen.

»Rufen Sie ihn an und ich gehe derweil schon mal nach oben.« Ich schicke noch ein Lächeln in seine Richtung und begebe mich dann zu den Aufzügen. Kurz schiebt sich eine schwarze Lockenmähne und ein erdbeerroter Kussmund vor mein inneres Auge. Doch mit ein paar Mal blinzeln verkrümelt es sich wieder.

Meine Finger trommeln gegen meine Oberschenkel und endlich zeigt das Pling des Fahrstuhls an, dass ich mein Ziel erreicht habe.

In der Tür zu seiner Privatsuite erwartet mich bereits Herr Calla, wie stets elegant und knitterfrei im Anzug, allerdings ohne Krawatte. So leger kenne ich ihn gar nicht.

»Frau Lindo.« Mit ausgestreckter Hand kommt er mir entgegen. »Ich nehme an, Ihr Besuch heißt, dass ich Sie bei uns im Haus als neue Geschäftsführerin begrüßen darf?«

Ich nicke ganz doll und mein Grinsen reicht einmal um meinen ganzen Kopf.

In der nächsten Stunde schmieden wir Pläne und erträumen uns die Zukunft des Hotels. Die Arbeit, die vor mir liegt, würde nicht weniger sein, als in meinem alten Job. Doch sie ist es wert.

Noch auf der Rückfahrt zur Klinik notiere ich mir Ideen im Handy.

Dieses Mal betrete ich das Krankenhaus durch den Haupteingang des im Stile einer alten Villa errichteten Gebäudes. Bei der Auskunft frage ich offiziell nach der Zimmernummer von Herrn Vertom und stehe auch kurz darauf schon davor.

Mit einem Blick nach rechts und einem Blick nach links vergewissere ich mich, dass die Oberoberschwester nirgendwo auf mich lauert und öffne dann nach kurzem Anklopfen die Zimmertür.

Nik sitzt in einem Bett der Tür gegenüber. Um seinen Kopf windet sich ein breiter weißer Verband. Und an eben diesem Verband zuppelt eine zarte Hand herum. Zu der Hand gehört eine Frau in einem weißen Arztkittel. Ein dicker, kunstvoller Zopf aus mitternachtsschwarzen geflochtenen Haaren hängt an ihrem Rücken herunter.

Niks Augen leuchten auf, als er mich sieht. »Alanna, darf ich vorstellen. Das ist Viktoria. Viktoria, das ist Alanna.«

25

G wie Gerettet

Glückshotel

Achtung!
Wer sich hier jetzt glückselig lächelnd in einem Hotel am Ende des Regenbogens sieht, wo die Goldtöpfchen der Kobolde in Massen herumstehen, der täuscht sich unter Umständen gewaltig.
Glückshotels sind die pure Hotellotterie – und wie so oft im Leben – den Letzten beißen manchmal die Hunde.
Jedoch, sehr viel weniger als manchmal, vielleicht aber auch nicht.
Viel Glück.

***

The Worlds New Topmodel schwebt auf mich zu und ergreift meine Hand, die sich ihr irgendwie automatisch entgegenstreckt. Meine Hand wirkt wie eine Pranke in ihrer gepflegten Mannequinhand.

»Es freut mich, dich endlich kennenzulernen. Ich dachte schon langsam, Dominik hat sich dich nur eingebildet.« Alanna lacht und feiner Glöckchenklang erklingt im Zimmer. Entzückt sehe ich mich nach der Fee um, die ich gerade höre.

Moment, hat das Wesen da gerade Dominik gesagt?

»Dominik?«

Der Erwähnte verzieht das Gesicht und Alanna eilt an seine Seite.

»Hast du Schmerzen? Benötigst du ein Analgetikum?«

Nik Schrägstrich Dominik schüttelt den Kopf. Dabei verzieht er seinen Mund noch schräger. Anscheinend sind doch noch nicht alle Schmerzen betäubt.

»Viktoria, ich muss dir endlich ein paar Dinge erzählen.« Nik streckt mir die Hand entgegen und rückt im Bett zur Seite, dann klopft er auf die freie Stelle neben sich.

»Ich muss noch nach zwei Patienten sehen. Wir sehen uns später.« Alanna wuschelt Nik durch die strubbeligen Haare, die oben aus dem Verband herausstehen. Moment mal! Das sind jetzt meine Haare. Niemand, nicht einmal Frau Universum darf in Niks Haaren herumwuscheln!

Da piepst etwas in Alannas Kitteltasche. Sie zieht ein schwarzes Gerät in der halben Größe eines Smartphones daraus hervor. Während sie darauf schaut, bilden ihre Augenbrauen ein V. Warum habe ich eigentlich nicht solch seidig zarte Augenbrauen? Und von ihren Samtwimpern will ich gar nicht erst anfangen zu reden!

»Oh nein!« Alanna blickt zu Nik. »Es gab ein Busunglück auf der Stadtautobahn. Ein Teil der Verletzten ist auf dem Weg zu uns. Und ich bin die einzige Chirurgin heute hier. Max und Jasper sind drüben im

Unfallkrankenhaus, weil dort Land unter ist. Du musst mir helfen!«

»Was?«, rufen Nik und ich gleichzeitig.

»Ich kann das nicht.« Niks Hautfarbe nähert sich dem Ton seines Verbandes an.

»Genau«, springe ich ihm bei. »Was soll er denn tun? Die Tischbeine des Operationstisches festschrauben?!«

Alanna sieht mich mit zusammengekniffenen Augen an. Dann fesselt sie mit ihren Rauchquarzaugen Nik.

»Du erzählst mir seit Wochen von der Frau deines Lebens und dabei lässt du sie im Glauben, ein Hausmeister zu sein?«

»Das bin ich doch auch!« Nik verschränkt die Arme vor der Brust und ballt das Gesicht zur Faust.

Wie süß, er sieht aus wie mein Neffe Jakob, wenn er dazu aufgefordert wird, seine Schnürsenkel doch gefälligst selbst zu binden. Unfair, höre ich ihn in Gedanken kreischen.

»Richtig. Und ich bin hier das Zimmermädchen.«

Auweia, hat Nik ihr von meiner Äußerung erzählt? Nein, ich glaube nicht, er sieht noch immer sehr wütend zu Alanna hin.

»Außerdem bin ich verletzt.« Nik greift sich mit beiden Händen an den Kopfverband. »Schon vergessen, Frau Doktor? Noch vor einer Stunde hast du meine Stirn mit deiner kunstvollen Sticktechnik verziert.«

»Du sagst es. Vor einer Stunde! Die Wunde ist sauber versorgt und sieht gut aus und die Gewebeschwellung an deinem Hinterkopf schwillt auch schon ab. Dein Kreislauf ist stabil und du bist wach und voll orientiert. Außer der örtlichen Betäubung befindet sich in deinem

Körper kein Milliliter Analgetikum. Du bist also zumindest organisch intakt.«

Vor dem Fenster beginnt es blau zu flackern. Mehrere Krankenwagen nähern sich dem Eingang schräg unter uns.

»Ich muss los.« Alanna öffnet die Zimmertür und dreht sich zu Nik um. »Und du solltest auch herunterkommen, hier zählt jetzt jede Hand. Außerdem hast du einen Eid geschworen. Und ganz ehrlich, ich denke, du hast dich genug selbst bemitleidet.«

So wie sie dasteht, den Rücken durchgedrückt, die Schultern gerade, den Blick fokussiert – genauso stelle ich mir eine griechische Kriegsgöttin der Liebe vor.

Doch statt Niks Bewunderung fliegt ihr nur ein Kopfkissen entgegen. Alanna schlüpft gerade noch rechtzeitig durch die Tür nach draußen, welche sie dann unmissverständlich zuknallt. Oje, und das im Krankenhaus. Die beiden stehen ganz schön unter Strom, es kribbelt regelrecht auf meiner Haut.

Und ich stehe irgendwie dazwischen. Und weiß von gar nichts, wenn ich das so recht bedenke.

Ich verschränke nun meinerseits die Arme vor der Brust und sehe Nik mit schief gelegtem Kopf an. Dieser starrt an die geschlossene Zimmertür und sieht dabei so aus, als würde er Alanna noch immer Kissen – oder ähnliches hinterherwerfen.

»Du überlegst jetzt wahrscheinlich, wie du hier schnellstmöglich rauskommst, nicht wahr?« Nik schwingt die Beine aus dem Bett und stellt sich neben mich.

Ich schüttele nur den Kopf und lege ihn dann an die Stelle, wo sich sein Hals und seine Schulter treffen.

Sein Puls schlägt gleichmäßig an meiner Wange, dabei durchströmt mich die Wärme seiner Haut. In seinen Duft mischt sich ein Hauch Desinfektionsmittel und der Geruch nach fremder Wäsche.

Mit beiden Armen umschlinge ich ihn oberhalb seiner Taille. »Ich möchte da sein, wo du bist.«

»Obwohl ich dich die ganze Zeit belogen habe?«

Hat er das? So genau weiß ich nämlich noch immer nicht, was hier los ist. »Hast du mich denn belogen? Ich habe nämlich eher das Gefühl, du hast mir nur nicht ganz die Wahrheit erzählt.«

Nik lacht leise in meinen Haarschopf hinein. »Das muss einer der Gründe sein, warum du als Unternehmensberaterin so erfolgreich bist. Du drehst dir die Fakten, bis sie passen.«

»Ich bin keine Unternehmensberaterin mehr. Zumindest nicht bei Tattle Consult.« Zögernd hebe ich den Kopf, denn ich will sehen, wie er reagiert.

Er pfeift leise und nickt. »Gut gemacht. Du bist mehr als diese Faktenschieberei. Ich bin stolz auf dich.«

Nik drückt mich fest an sich und schwebte jetzt eine Sternschnuppe vom Himmel herab, so würde ich mir wünschen, dass diese Umarmung ewig hielte.

»Ich wollte es dir schon so lange sagen. Aber irgendwie ... ich weiß auch nicht. Ich habe mein altes Leben weggeschoben.«

Nik schweigt und ich schweige mit ihm. Ich spüre an seinem Herzschlag, wie er um Worte ringt.

»Anfang des Jahres verlor ich bei einer Operation einen Patienten. Eigentlich wusste ich, dass es irgendwann passieren würde. Aber ich habe nicht damit gerechnet. Nicht mich, war meine Überzeugung, mich trifft es nicht. Ich bin dazu da, meine Patienten zu retten. Ich bin stets gut vorbereitet, ich habe Talent, hieß es. Aber das hat alles nichts genutzt. Mein Großvater starb vor mir auf dem Operationstisch – und ich konnte absolut nichts dagegen tun.«

Beide wiegen wir uns ruhig hin und her. Die Anspannung weicht aus seinem Körper und wir umschlingen uns noch fester. Seine Trauer berührt mich wie selten etwas in meinem Leben.

Ein sich näherndes Martinshorn kündigt einen weiteren Krankenwagen an. Nik versteift sich in meinen Armen. Sein innerer Kampf überträgt sich auf mich und ich bin gewillt, alles zu tun, damit er seinen Frieden findet. So wie er es bei mir getan hat.

»Warst du gern Arzt?«

»Es ist das Einzige, was ich tun will.«

»Dann gehe jetzt die paar Schritte hinunter, binde dir ein Stethoskop um, schnappe dir ein paar Nähnadeln und hilf diesen armen Menschen da unten. Wenn ich es nach so vielen Jahren in die falsche Richtung endlich schaffe, umzudrehen, dann kriegst du das auch hin.«

Ich löse mich aus unserer Umarmung und lege die Hände auf Niks Brust. »Ich warte hier auf dich.«

Er nimmt meine Hände und küsst sie. »Danke.«

»Gern geschehen, Doktor Dominik Vertom. Du weißt doch, als Hausmeistergattin war ich mir viel zu schade. Ein echter Chirurg ist da schon eine andere Klasse.« Ich zwinkere ihm zu und Nik grinst mich an.

»Ich bin froh, dass du deine Unterlagen im Datenschutzcontainer versenkt hast.«

»Ich auch, Nik. Ich auch! Und weißt du was, von mir aus könntest du deinen Lebensunterhalt mit dem Auf-

und Zuschrauben von rostigen Containern verdienen, du wärst trotzdem mein Held.«

Nach einem Kuss auf meine Nasenspitze wendet sich Nik zum Gehen. »Du kannst es dir gern in meinem Bett bequem machen, ich werde eine Weile beschäftigt sein.« Er deutet zum Fenster, wo erneut blaue Lichter aufflackern.

»Das hättest du wohl gern. Dazu müssen wir uns erst einmal näher kennenlernen, Herr Doktor.«

»Nur zu gern Frau Doktor Lindo. Und das am liebsten bei einer Frittatensuppe. Kein Suppenopfer wäre mir zu groß.«

Ich winke Nik zu, als er die Tür schließt. Kurz darauf reißt er sie jedoch schon wieder auf.

»Ich Esel. Seit Samstagabend will ich dir etwas geben, aber irgendwie lief der ganze Tag heute so gar nicht nach Plan.« Na, diese Einschätzung unterschreibe ich. Allerdings bin ich glücklich darüber, wie sich gewisse Pläne plötzlich in Nichts auflösen.

»Samstag nach unserem Adventsmarktbummel hat mich Herr Weiler noch einmal in die Firma bestellt. Eine seiner Schreibtischschubladen klemmte und ging nicht auf.«

»Bei Magnus klemmen nicht nur die Schubladen«, unterbreche ich Nik.

»Das habe ich auch schon bemerkt. Auf jeden Fall verschwand er mit seinem Telefon und was habe ich da in seiner Schublade gefunden?« Niks Augen strahlen und beobachten mich genau, während er mir etwas silbrig Glänzendes in die Hand drückt.

»Mein Armband«, hauche ich. Zwei klitzekleine Tränchen füllen meine Augen. Wie oft in den letzten

Wochen habe ich nach meinem Edelweißarmband gefasst und ins Leere gegriffen. Und jedes Mal hat es mich umgehauen. Jetzt bin ich wieder vollständig.

Meine Hände zittern so sehr, dass es mir nicht gelingt, es anzulegen. Nik hilft mir und schließt es mit einer ruhigen Bewegung um mein Handgelenk.

»Es hat mir immer so leidgetan, wie sehr du dein Armband vermisst. Hätte ich gewusst, was für Mieslinge in der Firma arbeiten, hätte ich es an dem Abend mit unserem Datenschutzcontainerabenteuer nie so einfach auf deinen Schreibtisch gelegt.«

»Du bist wirklich mein Froschkönig.« Ich küsse Nik auf den Mund.

»Und du hast mich erlöst«, murmelt er in meine Lippen hinein.

»So werden wir glücklich bis in alle Ewigkeit.«

Wir küssen uns zärtlich und leidenschaftlich und ungestüm und innig – und wir werden uns noch bis in alle Ewigkeit so weiterküssen.

26

Rosanna

»Wie der Königssohn es mit dem Kuß berührt hatte, schlug Dornröschen die Augen auf, erwachte und blickte ihn ganz freundlich an. Da gingen sie zusammen herab, und der König erwachte und die Königin und der ganze Hofstaat und sahen einander mit großen Augen an. Und die Pferde im Hof standen auf und rüttelten sich; das Feuer in der Küche erhob sich, flackerte und kochte das Essen; der Braten fing wieder an zu brutzeln; und der Koch gab dem Jungen eine Ohrfeige, daß er schrie; und die Magd rupfte das Huhn fertig.

Und da wurde die Hochzeit des Königssohns mit dem Dornröschen in aller Pracht gefeiert, und sie lebten vergnügt bis an ihr Ende.«

Ein Seufzer entwischt mir, als ich das lederne Märchenbuch schließe. Es ist doch das schönste Märchen von allen, immer wieder.

Viktoria, die am Terrassengeländer lehnt und ihr Gesicht der Frühlingssonne entgegenstreckt, lächelt verschmitzt, während Cinda behutsam den Kinderwagen mit meiner neuesten Nichte Kyra in den Schatten schiebt. »Sie schläft endlich«, flüstert Cinda und setzt sich zu mir auf unsere neue Gartenschaukel.

»Warum sie ausgerechnet bei diesem Märchen einschläft, ist mir ein Rätsel.« Ich schiebe mir die

Sonnenbrille ins Haar und lehne mich in den weichen Polstern zurück.

»Von mir aus hätte sie auch bei den fünf Märchen davor einschlafen können. Wie kann so ein winziges Menschlein nur so schwer auf dem Arm werden?« Theatralisch massiert sich Cinda die Oberarme, doch sie lacht dabei und ich weiß, dass sie genauso entzückt von meiner Mini-Nichte und ihren wachen krokusblauen Kulleraugen ist wie Viktoria und ich.

»Tja, es ist ja auch das erste Mal für sie mit uns Märchenfrauen.« Viktoria schlendert über die Terrasse zu uns und lässt sich ebenfalls auf die Gartenschaukel sinken. »Ich liebe dieses Teil.«

»Du liebst doch alles zurzeit«, necke ich sie.

Als Antwort streckt mir Viktoria grazil die Zunge heraus und ich wette, die ist genauso verliebt wie der Rest an ihr. Es ist schön zu sehen, wie sehr Viktoria wieder zu sich selbst zurückfindet, seit sie und Nik sich ineinander verliebt haben.

Ich seufze erneut. Ob auch ich eines Tages meinen Traummann finden werde wie Viktoria und Cinda? Aber eigentlich träume ich von keinem Mann, ich bin ziemlich zufrieden mit dem, was ich habe.

Trotzdem, schön wäre es schon.

Ein schnipsender Finger holt mich zurück auf unsere Terrasse über der ein blitzblauer Märzhimmel strahlt, Cinda lacht mich an. »Meine Güte Rosanna, in welchem Paralleluniversum warst du denn gerade?«

Ich zucke mit den Schultern, merke aber, wie meine Wangen heiß werden.

Viktoria tätschelt mein Bein. »Nun mach dir nicht so viele Gedanken um deine Cousine. Wenn du sie nicht bei dir im Rosenladen haben willst, dann sag das doch einfach deiner Mutter.«

»Du bist lustig. Meine Mum kennt das Wort *Nein* nicht, weder auf Deutsch noch auf Englisch. Und außerdem ...«

»Ja?« Viktoria zieht die Augenbrauen nach oben.

»Außerdem wäre es unfair von mir, Juta im Regen stehen zu lassen oder draußen in der Kälte, um es mit Mums Worten zu beschreiben.«

Cinda beugt sich zu mir vor und bringt dabei die Gartenschaukel aus dem Takt. »Es ist bestimmt auch nicht für lange. Wenn Juta so eine gute Floristin ist wie du sagst, findet sie bestimmt ganz schnell einen neuen Job.«

»Und wer weiß, vielleicht ist ein wenig Unterstützung im Rosenladen für dich auch gar nicht schlecht, du Workaholicerin«, ergänzt Viktoria.

»Na, da flötet genau die Richtige.«

»Genau. Deswegen kann ich dir auch geistreiche Ratschläge erteilen.«

Aus dem Kinderwagen erschallt derweil eine ganz andere Flöte. Viktoria, Cinda und ich springen gemeinsam auf, aber Cinda gewinnt das Rennen zum Kinderwagen und hebt Kyra gurrend daraus hervor. »Das war aber ein Turbomittagsschlaf, Prinzesschen.«

»Gut gemacht, so haben wir mehr von dir, bis deine Mama dich nachher wieder abholen kommt.« Ich nehme Cinda meine Baby-Nichte ab und zu viert gehen wir hinein auf ein Schälchen Obstbrei.

Nach zwei Dutzend Abschiedsumarmungen von Kyra und meiner Cousine Sandra – meiner siebenten

– schlendern Cinda, Viktoria und ich nach dem Abendessen nach draußen auf die Terrasse und lassen uns auf die Gartenschaukel sinken. Gemeinsam unter einer Fleecedecke eingekuschelt, sehen wir dem vollen Mond auf seinem Weg am Abendhimmel zu. Immer mehr Sterne beginnen zu leuchten und schicken ihr tausende Jahre altes Licht zu uns auf die Terrasse.

Ein leichter Wind bewegt die Äste der Robinie unten im Garten und in der kühlen Abendluft liegt ein Hauch der Wärme, die uns bald durch den Sommer begleiten wird.

»Schön haben wir es«, murmelt Cinda und ich spüre, wie Viktoria neben mir nickt.

Sie haben recht. Wir haben es schön, außergewöhnlich schön. Und plötzlich sehe ich meine Sternschnuppe am Abendhimmel aufleuchten.

Auch Cinda und Viktoria sehen sie. »Jetzt darfst du dir etwas wünschen«, flüstert Viktoria.

Und ich wünsche mir etwas. Etwas ganz Überragendes, Spektakuläres. Etwas so Herrliches und Ehrwürdiges wie die strahlenden Sterne über mir.

27

D wie Dornen

Dotterblume

Dottergelbe Tupfen auf grüner Wiese lassen Dich wissen, Du sollst Dich noch gedulden bei Deinem Warten.
Manche flüstern sich sogar zu, die Dotterblume hätte Zauberkräfte – nur welche, das musst Du selbst herausfinden.

***

Ganz ruhig, ich habe keinen Grund, nervös zu sein. Es ist ja nicht so, dass ich gleich der bösen dreizehnten Fee gegenübertreten müsste.

Nein, es handelt sich nur um meine Cousine. Ich habe viele Cousinen. Allerdings ist die, die da gerade wie ein Supermodel auf meinen Rosenladen zuschreitet, meine dreizehnte Cousine. Nicht, dass ich abergläubisch wäre oder so, nein, nein. Nur, so richtig passt es eigentlich nicht mit uns beiden. Und ganz eigentlich macht sie mir ein bisschen Angst.

»Ach Kindchen! Sie hören mir ja heute gar nicht zu. Die Gelben hier vorne, die will ich haben.«

»Wie bitte?« Ich blinzele meine Cousine Juta vor dem Laden weg und sehe auf meine Kundin hinunter, die mit dem Zeigefinger geradewegs eine zitronengelbe Rose aufspießt. »Oh, die *Aurora*. Selbstverständlich binde ich Ihnen die mit in den Strauß ein.«

»Dann wäre es das.« Mit sich und ihrer Rosenauswahl zufrieden, schiebt sich die alte Dame mit ihrem Rollator an mir vorbei und steuert den Ladentisch an, an dem ich immer vor den Augen meiner Kunden deren Sträuße binde.

So früh habe ich gar nicht mit Juta gerechnet. Irgendwie war mir so, als würde sie erst morgen kommen oder nächste Woche oder nächstes Jahr. Oder es vielleicht gleich ganz bleiben lassen.

Meine Mum und ihre Überredungskünste! Wenn sie sich mit all ihrer Energie so vor einen stellt, die volle Konzentration auf ihr Ziel, ist ein *Nein* nicht mehr akzeptabel. In diesem Moment kennt die Zielperson dieses wichtige kleine Wörtchen nicht einmal mehr. Und da ich generell sehr sparsam mit diversen *Neins* umgehe, hat meine Mum bereits gewonnen, ehe sie überhaupt anfängt, mir einen ihrer Vorschläge zu machen.

»Ach Kindchen, sie seufzen, als hätte Ihr Liebster eine andere geküsst.«

Wieder holt mich die alte Dame zurück in meinen Rosenladen. Sie sitzt vor mir auf ihrem Rollator wie in einer Kinovorstellung. Ihr Blick wandert abwechselnd von meinem Gesicht hinunter zu dem Rosenstrauß, den ich in gedanklicher Abwesenheit zusammengebunden habe. Hübsch ist er trotzdem geworden. Die gelbe *Aurora* thront in der Mitte, umgeben von weißen *Whitesnow* und einem Kranz aus roten *Holler*. Ich rieche das feine Honigaroma und schließe für einen Moment die Augen. Vielleicht entschließt sich Juta ja gerade umzukehren und geht wieder dorthin, woher sie gekommen ist.

Ich linse über den grauen Schopf meiner Kundin hinweg. In der Tat, es klappt, Juta bleibt stehen. Okay, jetzt muss sie sich nur noch umdrehen. Stattdessen kramt sie ein Handy aus der Tasche und beginnt, ein lebhaftes Gespräch zu führen.

Na, was nicht ist, kann ja noch werden.

Mit Schwung überreiche ich der Dame ihren Rosenstrauß und suche mir aus der Geldbörse, die sie mir hinhält, das Geld zusammen.

Während ich meine Kundin zur Tür begleite, wird diese von außen aufgerissen und ein Mann mit Telefon am Ohr stürmt herein. Er schnipst mit der freien Hand nach mir und zeigt mehrfach auf die teuersten Rosen in der obersten Reihe des kaskadenartigen Blumenregales, gleichzeitig blafft er in sein Telefon.

»Also Kindchen, dieses impertinente Verhalten dürfen Sie sich nicht gefallen lassen!« Empört richtet sich die alte Dame so gut es geht mit ihrem schmerzenden Rücken zu ihren vollen einen Meter sechzig auf.

Ich lächele sie an und drücke sie kurz. »Wir sehen uns nächste Woche, Frau Winter. Und keine Sorge, er bekommt die allerpiksigsten Rosen von mir«, flüstere ich ihr zu.

Mit einer feinen Glöckchenmelodie schließt sich die Ladentür hinter ihr und ich wende mich dem telefonierenden Rüpel hinter mir zu.

»Keine Kompromisse! Kannst du mir geistig folgen?« Erneut fuchtelt er mit den schnipsenden Fingern in meine Richtung. Ich liebe meinen Job wirklich von Herzen, doch in solchen Momenten säße ich lieber in einem hübschen Büro und würde gern irgendwelche Akten abtippen. Obwohl, eigentlich nicht.

Ich überlege noch, wie ich auf die unnette Bitte dieses Herrn – oder was auch immer er ist – reagiere, da wird die Ladentür schon wieder geöffnet.

Juta hat es sich nicht anders überlegt und stellt sich nun neben mich. Sichtlich irritiert lässt der Mann das Handy ein Stück vom Ohr sinken und stellt auch das Gebell ein. »Ich melde mich gleich noch mal!« Mit einem Wisch ist sein Gesprächspartner für den Moment erlöst.

Juta drückt mir ihre Tasche in die Hand und öffnet den Trenchcoat. Nicht zu fassen, der Kerl hilft Juta doch tatsächlich aus der Jacke, um diese mir gleich darauf über den Arm zu hängen.

»Wie kann ich Ihnen helfen?« Juta blickt ihn schräg von unten herauf an und sieht dabei so aus, als würde nichts auf der Welt sie gerade mehr interessieren.

»Ich brauche Rosen«, artikuliert er sich in einem halbwegs normalen Satz. Trotz der Tatsache, dass dies ein Rosenladen ist und dieses Begehren somit schon mal klar sein dürfte.

»Selbstverständlich«, gurrt Juta. »Haben Sie eine Vorstellung der Farbe oder der Blütenform? Oder des Preises?« Juta zieht die Augenbrauen in die Höhe und lächelt ihn verschwörerisch an.

»Ich sehe, wir verstehen uns. Ich brauche natürlich die Teuersten – ohne Schnickschnack und Firlefanz.«

»Sie haben einiges gutzumachen, vermute ich.« Keck klimpert Juta mit den Wimpern. Ich verwette meine letzten Gummibärchen, die sich in der Ladentischschublade verstecken, dass sich nur Juta solche frechen Sprüche erlauben darf. Jeder andere, inklusive mir selbst, würde in hohem Bogen aus dem Laden fliegen, selbst wenn es der eigene ist. Wie macht sie das bloß immer?

Da mir das Schauspiel ungefähr so gut gefällt wie ein C-Movie mit mutierten Riesenspinnen, gehe ich nach hinten in die angrenzende Teeküche. Jutas Sachen, die ich noch immer in den Händen halte, lege ich über einen Stuhl. Ich würde sie ja zu gern in die Ecke pfeffern, aber das verbietet mir mein gutes Benehmen. Was können schließlich die Sachen dafür?

Mein Handy vibriert in der Schürzentasche und ich angele danach. »Hey, Viktoria«, begrüße ich meine Mitbewohnerin.

»Na, wie schaut es aus? Ist Miss Langbein schon da?«

»Sie ist gerade reingekommen«, flüstere ich.

Warum eigentlich? Ich öffne die Tür zum Ladenraum einen Spalt und spähe hinaus. Jutas Arme quellen über mit englischen Edelrosen, während sie gerade zum Ladentisch läuft, um den Strauß einzupacken.

»Nicht zu fassen«, murmele ich ins Telefon. »Sie verkauft gerade Rosen für mindestens dreihundert Euro!«

»Geschäftstüchtig ist sie schon immer gewesen«, lacht Viktoria in mein Ohr. »Wenn sie in dem Tempo weiter das Geld in den Laden holt, kannst du dich bald zur Ruhe setzen und bist sie wieder los.«

»Sehr witzig!« Ich will mich überhaupt nicht zur Ruhe setzen. Mit meinem Rosenladen erfülle ich mir schließlich den Traum meiner Träume. Nur leider augenblicklich mit einem kleinen Albträumchen darin.

»Ich muss weiter Rosanna. Wir sehen uns heute Abend. Und dann will ich jedes Detail hören.«

»Bis nachher.«

Juta begleitet den Kunden noch zur Tür und mit einer gekonnten Haarwurfgeste ihrer perlblonden Mähne verabschiedet sie ihn. Diesen Mann haben wir definitiv als Stammkunden gewonnen, nein, wohl eher sie.

Nur zögerlich schiebe ich mich durch die Tür hinaus zu Juta in den Laden. Sie strahlt mich an und weist auf all die Rosenpracht um uns herum.

»Dein Laden ist echt ein Ereignis! Jedes Mal, wenn ich hier bin, fühle ich mich wie in einem verzauberten Rosengarten. Die vielen Farben und die Düfte ...« Juta schließt die Augen und atmet tief die süße Würze der Rosen ein. Dann schaut sie mich direkt an. »Danke, Rosanna.«

Meine Nase kräuselt sich, während ich nach Worten suche, die zu ihrer kleinen Ansprache passen.

»Gern«, höre ich mich schließlich piepsen und mein Magen verknotet sich zu einem Achtknoten.

»Im Ernst, Rosanna. Ohne dich wüsste ich jetzt nicht wohin. Es ist alles weg. Mein Job, meine Wohnung, selbst mein Ruf hilft mir nicht mehr weiter. Kein Blumenladen in Berlin nimmt mich.«

Ich weiß, ich weiß. Und ich finde das alles auch ganz schrecklich, aber warum ausgerechnet ich? Hätte meine Mum nicht jemand anderen bequatschen können mit ihrem *Love, let's talk?*

Mein Handy vibriert erneut in der Schürzentasche und ich nicke Juta entschuldigend zu, ehe ich wieder in die Teeküche flüchte.

»Na, wie läuft es mit deinem Cousinchen?«

Dieses Mal ist es meine andere Mitbewohnerin Lucinda, die vor Neugier nicht auf meinen Bericht heute Abend warten kann.

»Sie hat gerade Rosen im Wert einer halben Tageseinnahme verkauft und schwärmt von meinem Laden.«

»Das hört sich doch gut an! Und du hattest so einen Bammel vor ihr ...«

»Den habe ich noch immer. Sie führt doch bestimmt etwas im Schilde.«

»Was denn? Die feindliche Übernahme deines Rosengeschäftes?« Cinda kichert mir fröhlich ins Ohr.

»Sehr witzig! Ich weiß es doch auch nicht. In ihrer Gegenwart fühle ich mich immer so ... so klein. Du brauchst doch nur an deine Stiefschwestern zu denken. Die haben dir bisher immer ein Bein nach dem anderen gestellt.«

»Soweit ich es beurteilen kann, hat dir Juta weder Kleber in die Zahnpasta gemischt noch dich in einen Weinkeller gesperrt oder gar verhindert, dass du den Mann deiner Träume kennenlernst.« Cinda klingt etwas verstimmt und ich kann ihr nicht einmal widersprechen.

»Nein, sie hat mir nichts getan. Aber sie mag mich nicht und ich sie auch nicht. Punkt.«

Cinda seufzt und ich mit ihr. »Du weißt, dass ich ein positiver und offener Mensch bin, Cinda. Aber im Moment, diese Situation, die ist irgendwie falsch.«

»Dann los! Streck deine hundertfünfundsiebzig Zentimeter und sei positiv und offen. In ein paar Wochen hat Juta wieder einen eigenen Job und ihr geht getrennte Wege. Und wer weiß, vielleicht habt ihr ja doch mehr gemeinsam als du denkst.«

»Danke, aber mir reicht schon, mir mein Aussehen mit ihr teilen zu müssen.«

Wieder seufzt Cinda durch den Hörer.

»Das war ein Scherz«, beeile ich mich zu sagen. »Ein kleiner zumindest. Bis nachher.«

»Ich bin gespannt.«

Cinda hat ja recht. Wahrscheinlich sehe ich Schatten, wo keine sind. Aber ich fühle mich in Jutas Gegenwart einfach unwohl.

Zum dritten Mal, seitdem ich zum Telefonieren in der Teeküche abgetaucht bin, erklingt die Türglocke. Vor lauter Grübelei vernachlässige ich nun auch noch mein Geschäft.

Schluss damit! Ich bin erwachsen. Ich werde ja wohl für ein paar Wochen mit meiner Cousine zusammenarbeiten können. Aber muss es denn unbedingt die Dreizehnte sein?

Bevor ich zurück in den Ladenraum gehe, hole ich aus dem Kühlraum nebenan einen Arm voll *Jacowil* Rosen. Auf dieses Bouquet, welches ich daraus binden werde, freue ich mich schon seit Tagen. Die festen Blütenblätter verströmen einen anregenden Duft nach Honigvanille und die Farben changieren je nach Lichteinfall von einem hellen Blutrot bis zu einem tiefen Burgunderton.

Voller Vorfreude breite ich die Pracht vor mir auf dem Ladentisch aus. Kurz streife ich mit einem Blick die Gartenhandschuhe, die für solche Fälle bereitliegen. Doch wie immer verwende ich sie nicht. Meine Blumen mögen keine Handschuhe und ich möchte die Pflanze in meiner Hand fühlen. Die samtigen

Blütenblätter, die glatten Stiele und dazugehörig, die piksenden Dornen.

Zuerst aber helfe ich Juta dabei, die Kunden zu bedienen. Halt Rosanna! Juta hilft mir.

Es dauert fast eine Stunde, ehe der Ansturm bewältigt ist und wir erst einmal fertig sind mit dem Auswählen, Beschneiden und Binden der Rosen. Ich muss zugeben, Jutas Rosenwahl für die jeweiligen Kunden ist exquisit und ihre Sträuße gleichen Kunstwerken. Egal, ob für den Kunden Typ *Mir ist vor zwei Minuten eingefallen, dass gestern mein Hochzeitstag war* oder der *Was kostet die Rose da hinten? Und die da vorne? Und die daneben?* Juta behandelt jeden von ihnen so, als wäre er der allerwichtigste Kunde des Tages.

»Du machst das richtig gern, nicht wahr?« Ich sehe zu ihr hinüber, als sie gerade den lindgrünen Fliesenboden fegt.

»Ich wollte nie etwas anderes werden als Floristin.«

Genau wie ich. Schon merkwürdig, wie ähnlich wir uns sind.

»Es tut mir leid, dass du nicht mehr bei *Fleurir* arbeitest.«

Habe ich das wirklich gerade gesagt?

»Tja, so ist das Leben. Es verläuft nicht immer geradeaus.«

Juta wendet sich von mir ab und verschwindet samt Besen nach hinten in die Teeküche.

Wie es wohl ist, alles auf einmal aufgeben zu müssen? Den Job, die Wohnung, den Freund?

Doch so sehr ich mich auch anstrenge, ich kann mich nicht in Juta hineinfühlen und das irritiert mich. Denn normalerweise fühle ich zu sehr mit meinen Mitmenschen.

Vielleicht liegt es ja daran, dass ich keinen Freund habe und dass es Juta gut geht. Ihre Mutter hat ihr sofort ein Gästezimmer in ihrer Wohnung angeboten und dank meiner Mum hat sie hier bei mir einen Übergangsjob.

Ich streiche über die zarte *Jacowil* Rose in meiner Hand und beobachte weiße Märzwolken, die über den Himmel jagen. Bald ist Frühlingsanfang und ein Schub frischer Energie rauscht durch meinen Körper. Vielleicht ist es ja auch gar nicht so schlecht, jemanden zum Helfen zu haben. Allein im Laden waren die Tage manchmal doch schon arg lang.

28

Oh wie Oh, là, là

Orangenblüte

**Als eine weiße Schönheit mit gelber Mitte verströmt die Orangenblüte nicht nur fruchtige Düfte, sondern auch Reinheit.
So umschmeichelt sie sinnlich Deine Liebenswürdigkeit mit ihrem Charme und lässt Dich leuchten.**

***

»Geschafft.« Juta tritt einen Schritt von den Blumenreihen vor ihr zurück. Lächelnd spielt sie mit ihrem langen geflochtenen Zopf. »Was meinst du?«

Ich meine, es ist großartig!

Juta schlug vor ein paar Tagen vor, die Rosen nicht nur nach Klasse und Sorte, sondern zusätzlich auch nach Farbe zu sortieren und entsprechend zu präsentieren. Bisher hatte ich die Rosen immer bunt durcheinander aufgestellt, weil ich bunte Blumen einfach am liebsten mag. Doch wie die Rosen jetzt vor mir stehen, üppig angerichtet, in farblich passenden Porzellangefäßen, aufgelockert durch edle Kristallvasen, muss ich sagen – großartig!

»Ja«, überrede ich mich schließlich zu sagen. »Es sieht ganz nett aus.«

»Nett?« Juta dreht sich zu mir um. »Du weißt schon, von wem nett die kleine Schwester ist?«

Ich runzele die Stirn und schüttele den Kopf. Nein, das weiß ich nicht. Ich weiß nur, dass mir Juta nach wie vor unheimlich ist. Aber am unheimlichsten ist mir ihre Leidenschaft für meinen Rosenladen. Die Kunden lieben sie und die Lieferanten gehen vor ihr schnurrend zu Boden. Dazu jetzt noch das Umgemodel der Blumen mit diesem fantastischen Ergebnis …

Könnte ich mich bitte schön endlich mal freuen? Seit vier Wochen ist Juta jetzt hier und das *Baccara* läuft besser denn je. Und eigentlich macht es Spaß mit ihr zusammenzuarbeiten, sie ist fröhlich und fleißig und weiß genau, wann sie was zu tun hat.

Los Rosanna! Es reicht jetzt mit deinen Vorbehalten.

»Du hast recht, es sieht toll aus.« Das *Großartig* hebe ich mir für später auf, ich muss ja nicht gleich eine Kehrtwende hinlegen.

»Du hast echt etwas Besonderes aus diesem Rosenladen gemacht, Rosanna.« Juta lächelt mich an und lässt ihren Zopf los. Sie zieht sich eine lilafarbene *Perrault* Rose aus der Vase vor sich und riecht an ihr. »Im *Fleurir* war es auch toll. Wir hatten die besten Rosen der Welt, zusammen mit hundert anderen Blumen, davon die Teuersten, die man nur bekommen kann. Jeden Tag genoss ich diese Geruchssymphonie, wenn ich den Laden betrat und dann überall diese wundervollen Farben und Formen … aber jetzt, im Nachhinein … der Laden war irgendwie so clean, so steril.«

Es ist das erste Mal, dass Juta über das *Fleurir* spricht. Und was sie sagt, verstehe ich von ganzem Herzen. Der Laden ist unglaublich und nicht umsonst werden dort europaweit Bouquets bestellt. Doch dem Geschäft fehlt die Blumenseele, es ist eben einfach nur ein Geschäft.

»Am Anfang fand ich das Konzept, alle Blumen in hohen Glasvasen aufzubewahren, wirklich spannend. Auf den Glasregalen schien es, als schwebten sie. Doch nachdem ich dich hier, nach deiner Ladeneröffnung mal besucht hatte, ging mir auf, dass die Blumen im *Fleurir* eingesperrt werden – wie Tiere im Zoo. Und Blumen sollten frei sein. Sie brauchen Luft und Raum, wie bei dir im *Baccara*.«

Ich räuspere mich leise, denn ich weiß gerade so gar nicht, was ich zu Jutas kleiner Rede sagen soll. Und plötzlich passiert es. Die Rosanna, die ich für jeden anderen bin, übernimmt die Kontrolle. Sie spürt Jutas Leidenschaft im Herzen schlagen und im Bauch kribbeln und sie lächelt ihr Lächeln, welches nur sie und Julia Roberts können. Und sie geht drei Schritte auf sie zu und umarmt sie fest.

Gibt es etwas Schöneres als den Frühling? Ich glaube, so wie ich mich gerade fühle, fühlen sich Katzen im Winter auf der warmen Ofenbank. Ich sitze zusammen mit Juta vor dem *Baccara* auf einer Holzbank, die in Form einer Rose geschnitzt ist und strecke mein Gesicht der warmen Aprilsonne entgegen. In den Händen halte ich eine Tasse, in der die italienische Schokolade aus dem Café *Sahneklecks* von nebenan vor sich hin dampft. Da die cremige Leckerei noch zu heiß zum

Trinken ist, labe ich mich einstweilen an ihrem kakaoigen Duft.

»Eigentlich müsstest du aussehen wie ein doppelt aufgegangener Hefeklops.«

Ich kann regelrecht hören, wie Juta neben mir den Kopf schüttelt. Was ihre Ernährung – auch die flüssige – angeht, versteht meine Cousine keinen Spaß. Und mit Spaß meine ich Zucker, Koffein und so ziemlich alles, wofür man Butter, Sahne und, erwähnte ich schon Zucker, benötigt.

»Nicht jedem schmeckt grüner Tee mit einer biologisch-dynamisch verhätschelten Scheibe Ingwer.«

Juta verpasst mir einen Rippenstoß. »Sei du nur froh, dass du so gute Gene hast, Prinzesschen.«

»Du aber auch. Sonst wärst du nämlich schon längst verhungert.«

»Na Ladies, überzeugt ihr euch mal wieder gegenseitig von euren konträren Ernährungskonzepten?« Auf meiner anderen Seite lässt sich Florentina, die Zuckerbäckerin aus dem *Sahneklecks*, auf die Bank plumpsen. »Ich kann euch sagen, spart euch die Mühe. Soweit ich das beurteilen kann, ist dies der einzige Punkt, an dem ihr unterschiedlicher nicht sein könntet. Und deine Mama, Rosanna, hat mich noch immer nicht überzeugt, dass ihr beide nicht als Zwillingsschwestern auf die Welt gekommen seid.«

Juta grunzt nur und ich tue es ihr nach. Seitdem ich mit Juta an einem Strang ziehe, geht es mir bedeutend besser. Diese Einstellung passt auch viel besser zu mir. Selbst meinen Mitbewohnerinnen Cinda und Viktoria geht es besser, denn meine gute Laune und Frühlingsenergie ist doch um einiges angenehmer zu ertragen als mein skeptisches Gemosere. Frau, was willst du mehr?

»Holla die Waldfee!« Flos Ausruf lässt mich aus meinem Tagtraum erwachen und ich schaue in die Richtung, in die ihr Blick geht. Auch Juta beugt sich interessiert vor.

Vor dem *Libretto*, dem alten Buchantiquariat schräg gegenüber auf der anderen Seite der Fußgängerstraße, poltert Gustav Granter umher. Soweit gehört dies zum alltäglichen Stadtbild. Neu ist jedoch das Bild eines Mannes neben ihm. Mittelgroß, schwarze kurze Haare und ein durchtrainierter Körper, der sich unter einem weißen Hemd eher schlecht als recht versteckt.

»Was für ein Anblick! Ich wusste gar nicht, dass David Beckham in Berlin weilt.« Wie ferngesteuert zieht sich Flo zwei Spangen aus den mokkabraunen Haaren und im Nu umrahmt ihre Haarpracht ihr Gesicht und die Schultern.

»Und wie geht es Oliver so?«, stichelt Juta. »Die letzten Wochen vor der Geburt eures Kindes sind doch sicher aufregend, nicht wahr?«

Flo läuft tiefrot an und streicht sich über ihre Riesenkugel, die sie seit Wochen vor sich herträgt. »Das sind doch nur die Hormone! Ich sage euch Mädels, während der Schwangerschaft brauen die echt gefährliche Kombinationen! Ich fühle mich nicht nur außen ständig heiß.«

»Na dann hoffen wir, dass nur dein Oliver in den Genuss deiner Explosionen kommt.«

»Jetzt hört aber auf! Ich will das nicht hören.« Ich zwicke beide in den Oberschenkel. Nun aber wirklich, das ist doch total privat.

»Unsere süße romantische Rosanna«, grinst Juta in meine Richtung und wendet sich dann über meinen Kopf hinweg an Flo. »Und wir beiden unterhalten uns mal ohne die Kleine hier, vielleicht kann ich ja noch etwas lernen, ohne gleich dafür schwanger werden zu müssen.«

»Das Taxi vorn an der Straße scheint für den alten Gustav zu sein.« Bin ich froh, dass vor dem *Libretto* etwas Interessantes passiert. Der Taxifahrer spaziert auf Gustav Granter und seinen Begleiter zu. Dieser holt einen uralten Lederkoffer aus dem Laden und zu dritt laufen sie zum Taxi zurück. Zu viele Einkaufsbummler versperren uns die Sicht und so sehen wir den Fremden erst nach ein paar Minuten allein zurückkommen. Er lässt die Ladentür des *Libretto* hinter sich offen und kurz darauf öffnen sich auch die Jalousien, die an den riesigen Fenstern immer halb heruntergelassen den Laden abdunkeln. Dann passiert nichts mehr.

»Die Show ist vorüber.« Flo macht aber keinerlei Anstalten aufzustehen.

»Bleibt nur noch die Frage, ob du oder ich«, murmelt Juta in meine Richtung und starrt weiter zum *Libretto* hinüber.

»Ich doch nicht!« Gegen meine Cousine hätte ich bei solch einem Mann sowieso keine Chance, denn auch wenn wir uns bis auf die Augenfarbe gleichen, so umgibt Juta eine Aura von Weiblichkeit, die jeden Mann betört. Ich dagegen bin eben das liebe Mädchen, sittsam und tugendhaft. Innerlich verdrehe ich die Augen. Juta zerrt echt nicht die besten Seiten an mir zu Tage.

»Er trägt eine Brille«, wirft Flo ein.

»Und?«, fragt Juta nach.

»Das heißt, er ist nicht der coole Herzensbrecher, den er äußerlich darstellt.«

»Sondern?«

»Ein sensibler, ehrlicher, rücksichtsvoller Mann.«

»Und das alles entnimmst du der Tatsache, dass er eine Brille trägt?«

»Jep, bei Oliver ist es schließlich auch so.«

Obwohl ich zugeben muss, dass mir Flos Theorie durchaus gefällt, bleibe ich dabei – bei keinem Mann würde ich mich mit Juta anlegen.

Mit Schwung springe ich auf und streiche den weißen Tellerrock glatt, der sanft um meine Knie schwingt. »Auf, auf, ihr Lieben, wir haben unsere Mittagspause lang genug überzogen.« Mit drei großen Schlucken trinke ich die mittlerweile kalte heiße Schokolade aus, drücke Flo die Tasse in die Hand und verschwinde im Rosenladen.

»Das heißt, du hättest nichts dagegen, wenn ich mich mit diesem Prachtexemplar ein wenig über Erik hinwegtrösten würde?« Juta schlendert hinter mir in den Laden und rückt nebenbei die bodentiefe Vase mit unseren *Mariegold* Rosen hin und her.

»Für mich ist so ein Mann nichts. Aber meinst du nicht, dass es falsch ist, aufgrund von Liebeskummer mit jemandem anzubandeln?«

»Ach, du kleines Lamm. Du wartest wohl immer noch auf deinen Prinzen, der dich wachküsst?«

Ehe mir eine Erwiderung einfällt, wirbelt ein junges Pärchen in den Laden.

»Ich hätte gern die allerschönste Rose für meine aller-schönste Freundin. Ach was – ich möchte alle allerschönsten Rosen für meine allerschönste Freundin.« Mit beiden Händen fährt sich der verliebte Romeo durch die braunen Locken. »Obwohl, das reicht auch nicht.« Bedächtig sinkt er auf ein Knie und greift nach der Hand seiner Freundin. Ihr Blick ruht auf ihm und ich glaube, sie nimmt im Augenblick nur ihn wahr.

»Eigentlich wollte ich dir heute eine Rose als Zeichen meiner Liebe schenken. Doch Rosen verwelken.« An dieser Stelle verschlucke ich mich etwas, denn daran, dass meine Rosen welken, mag ich gar nicht denken.

»Im Gegensatz zu unserer Liebe, denn diese blüht jeden Tag ein bisschen mehr. Darum frage ich dich, Frauke, würdest du mich zum glücklichsten Mann der Welt machen und mich heiraten?«

Die junge Frau vor uns sinkt ebenfalls auf ihre Knie, die, wie ich finde, recht gut gepolstert sind. »Ja«, flüstert sie ihm zum. »Ja, das will ich.«

Von dem Kuss, der nun folgt, wende ich nach ein paar Sekunden dezent den Blick ab, denn das meinte ich vorhin mit privat. Und der Kuss der beiden ist eindeutig sehr privat.

»Herzlichen Glückwunsch!« Beherzt geht Juta zwischen die Knutscherei, ehe wir Zeuginnen einer vorehelichen Vereinigung werden. Sie hilft den beiden wieder auf die Füße, die allerdings darauf stehen, als befänden wir uns auf einem Nordischen Folkeboot bei Sturmstärke Neun.

Ich ziehe drei unserer schönsten *Rosada* Rosen aus der Vase neben mir und überreiche sie dem glücklichen Paar. »Auch von mir alles Gute.« Ich kann mir nicht helfen, aber ich grinse über das ganze Gesicht. Die beiden sehen sich so verliebt an, das müsste für eine lange, glückliche Ehe reichen.

»Nun, wenn Sie schon hier sind, wie wäre es, wenn wir Ihnen unsere besonderen Hochzeitsrosen zeigen dürfen?« Juta ist echt unglaublich. Wie sie so dasteht mit ihrem madonnenhaften Lächeln, welches ihr Gesicht so strahlend schön macht. Vermutlich könnte sie selbst noch Dornröschen Rosen verkaufen. Zumal wir nicht einmal besondere Hochzeitsrosen haben, aber die Idee ist gut. Darüber werde ich mir bei Gelegenheit mal Gedanken machen.

Begeistert nimmt das verlobte Paar Jutas Vorschlag an und die drei tauchen in blumige Hochzeitsvorbereitungen ab.

Nachdem ich unsere Musterbücher für Hochzeitsbouquets für Juta bereitgelegt und allen Orangensaft serviert habe, gehe ich nach draußen, um die Rosen zu pflegen, die sich an Rankgittern um die Ladenfenster schlängeln.

Um zu überprüfen, wie es sich heute so unter den Rosen vor dem Fenster steht, stelle ich mich darunter, den Blick auf die Einkaufsstraße gerichtet. Ganz und gar zufällig genau in die Richtung des *Librettos*, wo der Fremde gerade eine größere Lieferung in Empfang nimmt.

Wo der alte Gustav wohl hingefahren ist? Leider redet er ja nicht mit uns, zumindest nicht über Themen, die jenseits seiner Bücher liegen. Und wer ist der Fremde? Warum werkelt er in Gustav Granters Laden?

Leider nutzt mein Starren nichts, denn es erscheinen keine Antworten in Form von Überschriften über dem *Libretto*. Viel eher wird es peinlich, denn der Fremde lächelt mich plötzlich über den Weg hinweg an und nickt zu einem kleinen Gruß. Ich nicke zurück, dabei wird mein Kopf so heiß, als hätte ich mir ein Heizkissen darüber gestülpt.

Schnell drehe ich mich um und steige auf die Bank vor den Rosengittern. Mit einer Hand stütze ich mich an der Rankhilfe ab, während ich mit der anderen anstrebe, die Zweige über mir zu richten. Ich weiß nicht genau, ob es an den vielen Törtchen aus dem *Sahneklecks* liegt oder an den Gummibärchen der letzten Tage, aber auf einmal neigt sich das Rankgitter mit Schwung zum Ladenfenster hin, und ich mit ihm! Mühsam halte ich das Gleichgewicht und versuche mich wieder vom Fenster weg zu ziehen. Ein paar Zentimeter gelingt mir dies auch, doch dann hänge ich genau in der Schwebe.

»Kann ich helfen?« Die Stimme hinter mir lässt mich augenblicklich meine unbequeme Lage vergessen und ich drehe mich um. Dies nimmt das Rankgitter zum Anlass, sich nun endgültig fallen zu lassen – noch immer mit mir daran festgekrallt.

29

R wie Rosen

Ranunkel

Die Ranunkel besticht durch den Charme ihrer
Vielblätterigkeit und huldigt Deinem Liebreiz.
Nimm das Kompliment aus ganzem Herzen an und
gib es weiter mit einem Lächeln.
Denn, ein geteiltes Kompliment verdoppelt sich und
zaubert wie die Ranunkel viel Farbe in unser aller
Welt.

***

Nein! Ich will nicht sehen, wie ich in die Fensterscheibe knalle. Alles, was ich noch sehe, bevor ich die Augen schließe, ist ein muskulöser, leicht gebräunter Arm.

»Sie können jetzt herunterklettern.«

Als ich statt des erwarteten Knalls nur diesen Satz höre, öffne ich die Augen wieder. An meiner Seite steht der Fremde aus dem *Libretto* und hält das Rankgitter fest, an dem ich mich noch immer festklammere.

Unglaublich – seine dunkelblauen Augen erinnern mich an den Himmel zur Zeit der Mitternachtssonne, weit oben im Norden. Wie ich dieses Spektakel liebe!

Okay, Norden, oben, runterkommen, genau, ich will ja hier runterklettern. Ich sollte endlich wieder festen Boden unter die Füße bekommen. So elegant wie möglich hüpfe ich von der Bank herunter und wende mich meinem Retter zu. Wie süß er mit seinen verstrubbelten schwarzen Haaren und der runden Brille aussieht.

Jetzt wird er sogar ein wenig rot. Vielleicht sollte ich aufhören, ihn so anzustarren. Los Rosanna, sag doch irgendetwas Unpeinliches. Nur was? Sie haben die schönsten Augen, die ich je gesehen habe. Blödsinn! Glauben Sie auch an die Liebe auf den ersten Blick? Grrr … sag einfach *danke!*

Genau, danke ist gut.

»Danke sehr. Ich meine, danke, dass Sie mich aufgefangen haben. Also nicht mich, sondern das Rankgitter mit mir daran. Also doch irgendwie mich.« Halt bloß den Mund Rosanna!

»Das war doch selbstverständlich.« Kann man diese Stimme in kleine Fläschchen abfüllen und bei Bedarf daran nippen? Allerdings klingt *selbstverständlich* ziemlich neutral.

Vielleicht verbirgt sich dahinter *Es war mir eine Herzensangelegenheit* oder *Darauf habe ich mein ganzes Leben gewartet.*

Das Rot seiner Wangen vertieft sich noch, als ich hörbar seufze. Er dreht sich von mir weg und begutachtet die Stelle, an der sich das Rankgitter vom Pflanzgefäß gelöst hat.

»Das ist nicht weiter wild. Ich hole schnell mein Werkzeug und bringe es wieder in Ordnung.«

Schon stehe ich allein vor der Bank und zupfe mir ein paar Rosenblätter aus den Haaren, die sich bei dem Gerüttel gelöst haben.

Kurz darauf kommt er wieder zurück und stellt einen Werkzeugkoffer neben uns ab.

»Ich möchte mich gern erst einmal vorstellen.« Ui, wie herrlich altmodisch. Mir steigt Saharahitze ins Gesicht, vermutlich samt der dazugehörigen Farbe. »Mein Name ist Philip Beso. Ich vertrete Herrn Granter in seinem Bücherantiquariat während seiner Abwesenheit.«

Seine Hand, die sich um meine schließt, bringt auf der Stelle tausend Glöckchen in mir zum Schwingen. Dabei sieht er mir in die Augen und ganz ehrlich, ich glaube, ihm geht es genauso. Und das nicht nur, weil ich es mir wünsche.

Der Anstand erfordert es jetzt, dass auch ich mich vorstelle. Schließlich bin ich anständig erzogen. Egal, ganz kurz noch möchte ich weiter die Mitternachtssonne in seinen Augen betrachten.

»Gut, dann sehen wir uns in zwei Wochen wieder. Wir freuen uns, Ihre Hochzeit mit Rosen schmücken zu dürfen.« Jutas Stimme katapultiert mich durch eine ganze Galaxie zurück ins Hier und Jetzt.

Philip Beso lässt auf der Stelle meine Hand los und wieder zieht sich diese charmante Röte über sein gebräuntes Gesicht.

»Wie nett, unser neuer Nachbar«, Juta hüftschwingt auf ihn zu und reicht ihm nun ihrerseits die Hand. »Ich bin Juta, Rosannas Cousine.«

»Meine dreizehnte«, werfe ich, warum auch immer, dazwischen.

»Sehr erfreut. Mein Name ist Philip Beso. Ich vertrete Herrn Granter während dessen Abwesenheit in seinem Antiquariat.«

»Das heißt, wir werden uns hier hoffentlich öfter sehen.«

Jutas Hand liegt noch immer in seiner und in mir wächst ein grünes Neidgefühl heran, reichlich gedüngt durch ihren Augenaufschlag in seine Richtung und dieses Schlafzimmerlächeln auf ihrem Kussmund. Komisch, wenn ich solch einen blutroten Lippenstift trage wie sie, sehe ich aus wie eine aufgeplatzte Kirsche.

Schließlich bekommt Philip Beso, mit Röte im Gesicht, die ihm mittlerweile bis an die Ohrspitzen reicht, seine Hand wieder frei. Er bückt sich nach dem Werkzeugkoffer und verschwindet hinter dem Rankgitter.

»Du meine Güte«, murmelt Juta, »wie kann so ein Mannsbild nur so schüchtern wie eine Jungfrau vor dem Tore sein?« Kopfschüttelnd zieht sie mich zurück in den Laden. »Ich verzichte. Aber wenn ich deinen Silberblick richtig deute, hast du dein kleines, reines Herz gerade eben verschenkt.«

Habe ich das? Denn da, wo normalerweise mein Herz ruhig schlägt, ist im Moment nur Kribbeln und Krabbeln zu fühlen.

Und es ist durch nichts zu stoppen – nicht durch die Rokokosträuße, die ich für das Schloss Köpenick anlässlich einer Feier binde, und auch nicht durch einen meiner ältesten Stammkunden, Herrn Hüpoch, der mir redselig fünfundvierzig Minuten lang von seinem Furunkel erzählt.

Dass Philip Beso Juta und mir zwischendurch durch die offene Ladentür zuwinkt und uns mitteilt, dass das

Rankgitter nun wieder fest sei, verstärkt das Kribbeln und Krabbeln nur noch. Es hat sich sogar mittlerweile aus meinem Herzen in alle vier Himmelsrichtungen in meinem Körper auf Wanderschaft begeben.

Schließlich nimmt mir Juta die Blumenschere aus der Hand und betrachtet mit oberlehrerhaft hochgezogenen Augenbrauen die Wunden an meinen Fingern.

»Wildrosen besitzen nun mal viele Dornen und lieben es, sie gekonnt einzusetzen«, verteidige ich mich.

»Stacheln.«

»Ja, ich weiß. Aber glaubst du im Ernst, ein Kind würde heutzutage noch Dornröschen kennen, wenn es Stachelröschen hieße? Übrigens, durch eine Stachelhecke hätte sich auch kein Prinz getraut. Außerdem würdest du auch keinen Stachelfelder trinken!« Die Dornenargumente liegen eindeutig auf meiner Seite.

»Dann solltest du statt eines Rosenladens lieber einen Kakteenladen führen. Da hättest du dann Dornen im Überfluss.«

»Sehr witzig.«

»Ich denke, du und deine dornigen Stachelfinger, ihr solltet für heute Schluss machen und nach Hause gehen. Deine Trefferquote ist an normalen Tagen schon beachtlich, aber heute grenzt sie an Selbstverstümmelung.«

Am nächsten Morgen setzt das fiese Aprilwetter meiner Laune ein Krönchen verkehrt herum auf. Mit gesenktem Kopf schiebe ich mich gegen den Wind und den schräg fallenden Regen in Richtung Eingangstür des *Sahneklecks*. Meine Sicht ist durch die Kapuze, die ich mir fast bis zu den Augen zugezogen habe, sehr eingeschränkt. Daher sehe ich Philip Beso erst, als er mir die Tür aufhält. Regentropfen hängen in seinen Haaren, doch er strahlt mich an. Scheint nicht gerade sogar die Sonne durch den Regenguss hindurch?

»Guten Morgen«, hauche ich ihm entgegen.

»Guten Morgen. Darf ich Ihnen die nasse Jacke abnehmen?«

Allein für dieses Angebot würde ich mich noch einmal für eine Stunde in den Regen stellen.

Ich linse auf die Uhr in Form eines Cupcakes über dem Eingang zur Backstube. Durch mein frühes Aufstehen heute Morgen habe ich noch etwas Zeit, ehe ich das *Baccara* aufschließen muss.

»Oh Entschuldigung. Sie müssen natürlich Ihren Laden aufsperren.« Da ist er wieder, dieser wunderbare rötliche Ton in seinem Gesicht, der ihn so anziehend für mich macht. Ich brauche keinen Draufgänger, der mir zeigt, wo es langgeht. Ich kenne meinen Weg ziemlich genau und wenn ich mich dennoch einmal verlaufe, finde ich über den einen oder anderen Umweg von allein zurück.

»Nein, nein, alles okay.« Hastig schäle ich mich aus der Jacke und drücke sie ihm in die Arme. Ups, das war vielleicht ein wenig zu forsch. Doch er lächelt nur höflich, nein, eigentlich erfreut und hängt sie auf einen Bügel an die Garderobe neben der Tür.

»Guten Morgen.« Schwungvoll rauscht Florentina aus der Backstube zu uns ins Café. Ihr dunkles Haar trägt sie zu einem Chignon gebunden und der eine oder andere weiße Mehltupfer hat bereits seine Spuren hinterlassen.

»Was darf ich euch bringen?« Flo zwinkert mir zu und ich sehe rasch zu Philip Beso, ob er dies auch gesehen hat.

Doch entweder, das war nicht der Fall, oder er ignoriert es wie ein Gentleman.

»Für mich bitte eine dunkle, heiße Schokolade.«

»Was auch sonst?« Flo wendet sich lachend von mir ab und sieht meinen Begleiter fragend an.

»Ich hätte gern einen Kaffee.«

»Welcher darf es denn sein? Cappuccino, Latte macchiato, Espresso ...«

»Am liebsten einen normalen Kaffee.«

»Aber gern. Einmal heiße Schoki und einen schnöden Kaffee, kommt sofort.«

»So«, sagen wir beide und lächeln uns an.

Komm schon Rosanna, muntere ich mich auf, stell dich bloß nicht wieder so teenagermäßig an wie gestern. Du bist eine erwachsene Frau, benimm dich gefälligst auch so.

»Ich habe mich gestern gar nicht richtig vorgestellt. Mein Name ist Rosanna van Flauer, mir gehört das *Baccara* nebenan.« Na siehst du, das war doch schon mal ein guter, vollständiger Satz, bewundere ich mich selbst.

»Sie haben einen wunderbaren Laden, finde ich. Wenn ich die vielen Kunden sehe, die bei Ihnen ein und aus gehen, so wissen das offenbar zahlreiche Menschen zu schätzen.«

Ich glaube, ich brauche die heiße Schokolade gar nicht mehr. Die Wärme, die in mir zirkuliert, kann es mit jeder geschmolzenen Schoki auf der Welt aufnehmen.

»Mein Rosenladen ist mein Ein und Alles. Nicht, dass ich nicht auch noch Platz für etwas anderes in meinem Leben hätte«, schiebe ich schnell hinterher.

»Ich weiß, was Sie meinen. Eigentlich bin ich von Beruf Buchrestaurator. Jedes Buch, welches ich retten darf, verschafft mir eine Zufriedenheit, wie es kaum etwas anderes vermag.«

»Wie kommt es, dass Sie Herrn Granter in seinem *Libretto* vertreten?«

»Wir sind uns über die Jahre bei vielen Buchauktionen über den Weg gelaufen. Irgendwann sprach ich ihn mal an. Sein Ruf in der Branche ist einzigartig. Und seitdem sind wir Freunde.«

»Darf ich fragen, warum er wegmusste?«

»Er hat irgendeine geheimnisvolle Buchspur aufgenommen. Mehr weiß ich allerdings auch nicht. Sie kennen ihn doch sicherlich ein wenig. Alles, was nichts mit seinen Büchern zu tun hat, existiert nicht für ihn, also werden darüber auch keine Worte verloren.«

Ich grinse ihn an. Oh ja, Gespräche mit Gustav Granter verlaufen immer in Richtung Bücher – selbst, wenn sie beim Thema des Balzverhaltens des Wattwurmes starten.

Ganz im Gegensatz zu unserem Gespräch. Von einer Sekunde auf die andere ist fast eine Stunde herum. Das Café hat sich mittlerweile gefüllt, die Wolkendecke draußen ist aufgerissen und ein paar Sonnenstrahlen erreichen meine gefüllte Tasse. Unglaublich, ich habe nicht einen Schluck von meiner Lieblingsköstlichkeit getrunken.

Gleichzeit tauchen Philip Beso und ich aus unserem Mikrokosmos auf und bemerken, wie spät es mittlerweile ist.

»Ich glaube, ich muss dann mal ganz schnell den Laden aufschließen gehen. Nur gut, dass ich heute keine Lieferung erwarte.« Ein wenig ungelenk erhebe ich mich.

»Das gilt auch für mich. Wenn das der Gustav wüsste! Der würde auf der Stelle seine Jagd abbrechen und mich dafür davonjagen.«

Wir kichern wie Schüler, die den Unterrichtsbeginn versäumt haben, während wir uns unsere Jacken schnappen.

»Es ist mir eine große Freude, Sie kennengelernt zu haben, Frau van Flauer.«

Wer verwendet denn heutzutage noch solche Sätze? Dieser Mann ist wirklich aus meinem persönlichen Lieblingsmärchenbuch entstiegen.

»Rosanna«, erwidere ich und reiche ihm die Hand.

»Philip.«

Stück für Stück hebt mich ein Glückswölkchen empor und ich schwebe hinüber ins *Baccara*.

Dort angekommen, beginne ich mit meiner liebsten Morgenroutine. Zuerst erhalten alle Rosen frisches Wasser, ich pflücke welke Blätter ab und besprühe anschließend alle zarten Blütenköpfe mit frisch entkalktem Wasser. Im Hintergrund shaked Taylor Swift und ich tanze voller Schwung mit.

Bald trudeln die ersten Kunden ein und ich könnte jeden von ihnen einzeln abknutschen.

Um die Mittagszeit herum wird es ruhiger im Laden und als hätte sie es gewusst, ruft meine Mum an.

»Hello Love, wie geht es dir?« Trotz der Tatsache, dass meine Mum seit über dreißig Jahren in Deutschland lebt, pflegt sie ihren britischen Akzent mit Hingabe.

»Bei mir ist alles gut. Und bei dir?«

»Das Mädchen mit dem Spinnrad will mir nicht so recht aus dem Pinsel fließen, du weißt schon, für meinen Märchenzyklus. Aber sonst bin ich fein.«

»Dornröschen war immer mein Lieblingsmärchen.«

»I know my dear. Am Wegesrand, wie läuft es mit dir und Juta?«

»Es heißt nicht *am Wegesrand*, Mum. Im Deutschen heißt es nebenbei.«

»Dann sag mir nebenbei, wie du dich mit Juta verstehst.«

Ich zögere einen Moment, ehe ich antworte, denn spontan fällt mir nur ein, dass es gut mit uns läuft, sogar hervorragend.

Nur, ist es wirklich so?

»Wir arbeiten gut zusammen. Du hattest recht, Juta ist eine hervorragende Floristin und ...« Wieder zögere ich einen Moment. »Ihr liegt das *Baccara* genauso am Herzen wie mir.«

»Well done Love. Ich freue mich über mein Recht.«

»Ach Mumsi, wann hast du schon mal nicht recht? Ich muss jetzt aber Schluss machen, die Türglocke hat geläutet. Bye.«

»Bye Love.«

Ich lasse das Telefon in der Schürzentasche verschwinden und drehe mich um. In der Eingangstür steht Philip, in den Händen hält er mein Seidentuch von heute Morgen, das ich während unseres Gespräches abgenommen hatte. Noch ehe ich auf ihn zugehen kann, galoppiert mein Herz ihm entgegen. Wenn er nicht hergekommen wäre, hätte ich mir heute auch noch etwas ausgedacht, um ins *Libretto* zu gehen.

Philip reicht mir mein Tuch. »Hier, ich dachte, dass du es vielleicht vermisst.«

»Danke. Ich habe schon danach gesucht. Darf ich dich zum Dank dafür auf einen Tee einladen?«

»Ich würde mich sehr freuen, allerdings muss ich zurück ins Antiquariat.«

Meine Enttäuschung reißt meine Mundwinkel mit sich nach unten. Wie kann ich bloß glauben, dass meine Sehnsucht auch die Seine ist. Ich bin wirklich hoffnungslos romantisch.

»Aber ich schließe heute gegen achtzehn Uhr«, fährt er fort. »Dann würde ich gern unser nettes Treffen von heute Morgen fortsetzen.«

Schon schnellen meine Mundwinkel wieder nach oben. Glückshormone sind schon eine feine Sache, man muss nur genug davon haben.

»Achtzehn Uhr, passt perfekt.«

Er lächelt mich mit seinem ganz speziellen scheuen Philip-Lächeln an und verlässt dann den Rosenladen. Und ich weiß genau, dass dies der Anfang von etwas ganz Großem ist.

30

N wie Nähe

Nachtjasmin

Weiße, kleine Sterne, die nachts erblühen und mit ihrem Duft berauschen, verraten Dir ein entzückendes Geheimnis: Du bist zauberhaft und jeglicher Aufmerksamkeit sicher.

***

»Seht euch nur dieses gruselige Aprilwetter an, es regnet schon wieder.« Gespannt verfolge ich die Regentropfen, die sich an unserem Küchenfenster ein Wettrennen liefern.

»Sei froh, dass es nicht mehr so kalt ist wie in den letzten Tagen. Apropos kalt, wer möchte noch einen Nachschlag?« Ich drehe mich zu Cinda und Viktoria um, die am Küchentisch sitzen, umringt von Fotos eines ganzen Staatsarchivs. Cinda hält ihr leeres Glasschälchen hoch und grinst mich an.

»Wie es aussieht, hat dir deine Familienportion Erdbeereis noch nicht gereicht.« Ich gehe zu den beiden an den Tisch und schnappe mir Cindas und auch Viktorias Schale. »Magst du auch noch mehr?«

»Nein danke. Ich esse heute Abend noch im Calla, wenn die beiden Feiern im Hotel dann so weit laufen.«

»Zwei Feiern?«

»Eure Goldene Hochzeit im Erkersalon und vor ein paar Tagen kam noch ein fünfzigster Geburtstag von irgendeinem neureichen Geschäftsmann rein. Seine Frau hat den ganzen Ballsaal gemietet. Ihr könnt euch nicht vorstellen, wie die Angestellten des Calla rotieren.«

»Aber das Hotel steht doch mittlerweile richtig gut da, seitdem du die Geschäftsführung übernommen hast, oder? Und euer österreichischer Chefkoch lässt selbst Brigitte ihre Diät vergessen.«

»Ich glaube, das war auch der Grund, warum die Dame alles umgemodelt hat und zu uns gekommen ist. Der Ruf des Calla eilt ihm wieder voraus. Tja, Pech für all die anderen feinen Hotels in Deutschland. Das Calla spielt wieder ganz vorn mit.«

Zufrieden mit sich und der Hotelwelt schiebt sich Viktoria eine erdbeerblonde Locke hinters Ohr. Seitdem sie mit ihrem Freund Nik glücklich liiert ist und vor allem ihren tückischen Unternehmensberaterjob gegen die Anstellung im Calla getauscht hat, erwacht in Viktoria eine ganz neue, weiche Seite. Sie kann noch immer die toughe Businessfrau im anthrazitfarbenen Hosenanzug sein, gerade wenn sie ihren Lieblingssport Verhandeln betreibt, aber sie hält Strenge und Disziplin nicht mehr für das Maß aller Dinge. Statt sich mit einer Sechzig-Stunden-Woche abzurackern, arbeitet sie nur noch fünfzig Stunden, wie sie selbst vor ein paar Tagen zufrieden bemerkte, fast so, als arbeite sie nun in Teilzeit.

»Sind das jetzt eigentlich alle Fotos oder schickt uns deine Mutter noch mehr?« Cinda runzelt die Stirn und schiebt die Fotos vor sich auf dem Tisch mal nach rechts und mal nach links.

Viktoria antwortet mit einem Nasenkräuseln und Cinda und ich stöhnen gemeinsam auf.

»Wie kann ein einzelner Mensch nur so viele Fotos besitzen!« Heidi Klum könnte hier wirklich aus den Vollen schöpfen. Obwohl von den Motiven her wenig in ihren Kompetenzbereich fallen würde.

»Genau gesagt, sind es nicht nur Fotos von Patrizia, sondern auch von Patrick.«

»Die Hochzeitscollage war eine Schnapsidee!«

»Die beiden reisen eben viel. Und bis zur Hochzeit ist noch massig Zeit.«

»Du musst ja auch nicht noch das Hochzeitskleid fertig nähen«, brummt Cinda.

»Du musst es auch nicht«, gibt Viktoria zurück.

»Ich weiß, war ja auch nicht ernst gemeint. Ich liebe Patrizias Hochzeitskleid. Sie wird grandios aussehen!«

Cinda hat recht, sie hat Viktorias Schwester einen Kleidertraum aus weißer Atlasseide, unterlegt mit Kristallsatin, geschneidert. Mit Silbergarn stickt sie gerade Rosen auf das Miederoberteil, die sich über eine Seite der Schulter ranken. Allein für dieses Kleid würde ich sofort alles stehen und liegen lassen und ebenfalls heiraten.

Was Philip wohl gerade macht? Ob er auch an mich denkt? Heute Abend, wenn ich mit dem Ausschmücken der Goldenen Hochzeit im Calla fertig bin, will er mich zu einem Abendspaziergang abholen. Ich spüre schon seine warme Hand in meiner, seine Nähe, die mein

Herz im ganzen Körper schlagen lässt, sehe, wie er mich anblickt …

»Rosanna! Komm zurück.«

Ich blinzele und sehe in die lachenden Gesichter meiner beiden Freundinnen.

»Sieht sie nicht süß aus?«, wendet sich Viktoria an Cinda.

»Ihr entrückter Blick sagt doch alles.«

»Vermutlich galt ihre kleine Flucht aus unserer heimischen Küche einem gewissen Philip.«

»*Ha, ha,* ich lache dann später.«

»So langsam wollen wir deinen geheimnisvollen Verehrer aber auch mal kennenlernen.« Viktoria sieht mich erwartungsvoll an, gerade so, als würde ich Philip jeden Augenblick aus meiner Hosentasche ziehen.

»Er holt mich heute Abend im Calla ab. Vielleicht kann ich ihn dir dann kurz vorstellen.«

»Ohne mich?« Theatralisch stützt Cinda das Kinn in die Hände. Sie wendet sich an Viktoria. »Ihr habt doch bestimmt noch ein Plätzchen im Restaurant frei, für ein hungriges Freundinnenmäulchen, oder?«

»Für dich doch immer.«

»Mädels, er ist schüchtern. Ich kann ihn doch nicht gleich mit euch beiden …« Irgendwie will mir kein Wort einfallen, das nicht auf das Wort *konfrontieren* hinausläuft.

»… konfrontieren?«, beendet daher Viktoria schon meinen Satz.

»Ach, das passt schon, nicht wahr Viktoria?« Cinda legt den Arm schwesterlich um Viktoria und beide lächeln mich mit all dem Charme an, der ihnen zu eigen ist. Und das sind Körbe voll Charme!

»Gut, dann wäre das also gebongt«, fährt Cinda fort, ehe ich Protest einlegen kann und beginnt wieder, die Fotos vor sich nach irgendeinem System, welches selbst ihr nicht klar zu sein scheint, zu sortieren. »Wo wollt ihr denn heute Abend hingehen? So allein, im Dunkeln.«

»Na irgendwohin, wo sie ungestört knutschen können«, lacht Viktoria.

Die Hitze aus meinem gesamten Körper strömt auf einmal in meinen Kopf und an den Blicken meiner Freundinnen kann ich ablesen, welch phänomenale Gesichtsfarbe ich gerade präsentiere.

»Sag bloß, ihr habt euch noch nicht einmal geküsst?« Viktorias Augen werden kugelrund.

Ich schüttele den Kopf.

»Du schwärmst uns seit gut zwei Wochen von diesem Traummann vor, triffst dich fast jeden Tag mit ihm ...«

»Manchmal auch mehrmals am Tag«, wirft Cinda wenig hilfreich ein.

»... von mir aus auch mehrmals und ihr habt euch während der ganzen Zeit noch nicht geküsst?«

Wieder schüttele ich den Kopf.

»Nicht ein einziges Mal, nicht ein winziges Küsschen?«

Und wieder nur Kopfschütteln meinerseits.

»Das ist ein Ding!« Verblüfft lässt sich Viktoria auf dem Stuhl nach hinten fallen.

»Nun seht mich nicht so an!«, pflaume ich. »Was kann ich denn dafür, dass er so schrecklich höflich und schüchtern ist? Aber genau das ist es, was mich an ihm anzieht!«

»Schätzchen, du kannst eine Menge dafür, dass du von ihm noch ungeküsst bist. Es sei denn, er schmust lieber mit Männern und ist so etwas wie dein bester Freund geworden, nur dass du es noch nicht bemerkt hast.«

Viktorias Meinung gefällt mir nicht und eigentlich weiß ich auch, dass sie Unsinn redet, aber trotzdem überlege ich einen Moment. Was ist, wenn es nicht nur Zurückhaltung seinerseits ist? Mag er lieber Männer? So ein Quatsch, was ich mir hier zusammen denke! Nein, er ist mein Traummann und lediglich schüchtern!

»Wie war es denn bei euch?« Neugierig sehe ich Cinda an.

»Es war eine zauberhafte Sommernacht und ich ging mit David im Gutspark meiner Großeltern spazieren. Ich war traurig, dass ich sie wieder verpasst hatte und David war da, so lieb und tröstlich, und irgendwie glaube ich, dass ich da schon sehr in ihn verliebt war, obwohl wir uns erst so kurz kannten. Und dann ist es eben einfach passiert. Wir haben uns angesehen und ich habe ihn geküsst.« Cindas Kornblumenaugen strahlen und sie lächelt entrückt.

»Und bei dir und Nik?« Gespannt schaue ich zu Viktoria.

»Nik und ich waren im Calla essen, nachdem er mich endlich zu einer Verabredung überredet hatte. Wir saßen allein im Kaminzimmer und haben lange geredet. Und – auch wenn ich es damals vor mir selbst noch nicht zugeben wollte, wusste ich, dass Nik der Eine für mich ist. Ich habe ihn einfach geküsst.« Nun rückt auch Viktorias Blick in die Ferne.

Ich will das auch!

Beide haben den ersten Schritt, beziehungsweise den ersten Kuss gewagt, und beide haben es im richtigen Moment getan. Vielleicht war bei Philip und mir dieser Moment bisher einfach noch nicht gekommen. Allerdings gibt es gegenwärtig kaum etwas, was ich lieber täte als Philip zu küssen.

Beide merken es, denn beide lächeln mich an, dabei streicht mir Cinda über die Hand. »Es passiert, wenn der richtige Moment da ist. Dabei ist es völlig egal, ob das heute ist oder erst in hundert Jahren.«

»Dann nehme ich doch lieber heute«, schmunzele ich.

»Na, das ist doch mal ein Plan! Also, lasst uns gehen. Du hast nämlich vorher noch eine Goldene Hochzeit mit deinen goldenen Rosen auszustatten, meine Liebe. Und ich muss spleenige Wünsche einer despotischen Ehefrau erfüllen, die ihre spitze Nase auf Höhe des Fernsehturms trägt.«

Viktoria hat recht. Das Calla Hotel ist aus seinem Dornröschenschlaf erwacht. Die Eingangshalle, die schon immer das Prunkstück des Hotels war, funkelt in all seiner Pracht. Seitdem der riesige Kristalllüster wieder seinen Platz in der Mitte über dem Marmorspringbrunnen eingenommen hat, ist die Eleganz des alten Hauses zurückgekehrt. Die Mitarbeiterinnen in ihren Fünfzigerjahre-Etuikleidern mit den kirschroten Gürteln und die Herren in ihren eleganten Anzügen komplettieren das Bild. Die Gäste auf den cremeweißen Sofas murmeln entspannt und hin und wieder perlt ein herzhaftes Lachen durch die Lobby.

Der Erkersalon hat einen direkten Zugang zum kleinen Hotelgarten. Umgeben von Tulpen in allen Regenbogenfarben blüht dort ein Kirschbaum. Die Flügeltüren stehen weit offen und lassen nach dem Regenguss von heute Vormittag die milde Frühlingsluft mit ihrem süßen Duft hereintanzen.

»Hier sieht es unglaublich aus! Seit wann bist du schon hier?«

Juta wuchtet gerade ein Prunkgesteck aus goldenen *Andersen* Rosen auf die Mitte der runden Festtafel. Ich sprinte zu ihr hin, um beim Ausrichten der schweren Schale zu helfen.

»Auch noch nicht so lange. Wir hatten den Blumenschmuck ja bestens vorbereitet.« Sie wischt sich die Hände an der Schürze ab, die sie um ihr weißes Wickelkleid trägt. Ein kleines grünes Gefühl nagt in meinem Bauch bei ihrem Anblick. Das Kleid umwickelt ihren kurvigen Körper wie eine zweite Haut und obwohl ihr Dekolleté an den richtigen Stellen züchtig bedeckt ist, sieht es selbst für mich zum Anbeißen aus. Ihr Haar trägt sie zu einem lockeren Knoten geschlungen, der von einer silbernen Spange gehalten wird, genau das gleiche Silber findet sich in ihren meterhohen High Heels wieder.

Da ich mich ziemlich groß finde, stecken meine Füße wie meistens in Ballerinas. Allerdings sind es hübsche Lackballerinas, die hervorragend zu meinem burgunderroten Tellerrock passen. Zusammen mit meiner weißen Lieblingsbluse, die auch recht effektiv meine Vorzüge betont, fühlte ich mich bis eben noch sehr gut angezogen.

Juta drückt mir zur Begrüßung ein Küsschen auf die Wange und umarmt mich.

»Wofür habe ich das denn verdient?« Ganz schnell stopfe ich das kleine grüne Gefühl in die hinterste Ecke meiner Bauchgegend.

»Einfach so. Schau dich mal um, was wir hier zustande gebracht haben.« Jutas rechter Arm ist locker um meine Taille gelegt, während sie mit dem linken in den Erkersalon weist. Unsere Gestecke aus *Andersen* Rosen harmonieren perfekt mit dem weißen Porzellan mit feinem Goldrand.

Die Erkerfenster werden von Säulen flankiert, auf denen sich *Trodo* Rosen aus Schalen bis knapp über den Boden ergießen.

Jutas moderne Art, Sträuße und Gestecke zu binden, ergänzt sich nahtlos mit meiner verspielt romantischen. Das Ergebnis hätten wir nie allein so schaffen können.

»Ich bin froh, dass du bei mir im *Baccara* bist«, höre ich mich flüstern.

»Danke, dass du mir eine Chance gegeben hast. Ich weiß, es war nicht leicht für dich.«

Woher weiß sie das denn? Ich habe ihr das nie erzählt. War ich echt so offensichtlich irritiert von ihr? Wie peinlich!

»Ich bin gerührt!«

Mein Herz dreht sich für einen Augenblick um sich selbst. Und auch Juta greift sich an ihres, während wir uns zur doppelflügeligen Glastür umdrehen, die zum Flur hin offen steht.

»Hast du doch noch jemanden gefunden, der dich mit ein paar Unkräutern spielen lässt? Sehr reizend.«

Ein Mann mit tiefschwarzem Haar steht im Eingang. Er rückt sich die goldenen Manschettenknöpfe an seinem blendend weißen Hemd zurecht, während er Juta anstarrt. Seine hellgrauen Augen erinnern mich an einen Wolf, dem ich einmal in einem Wildgehege gegenüberstand. Der Timberwolf damals hat mich tief in meiner Seele berührt, doch dieser Mann da vor mir entfacht jegliche Antipathie, derer ich fähig bin. Und ich wünschte, ich hätte noch Kubikmeter mehr davon.

»Hast du nicht genügend Angestellte, die du hin und her kommandieren kannst?« Jutas Stimme klingt eine Oktave tiefer als sonst und ich kann die Hitze, die aus ihrem Körper strömt, an meinem nackten Arm fühlen. Ich komme mir vor, als müsste ich in einem Theaterstück mitspielen, dessen Drehbuch ich nicht kenne.

»Manche Dinge ändern sich doch nie. Deine frechen Antworten haben dich schon so manchen Kragen gekostet.«

»Na hören Sie mal!«, platzt es aus mir heraus. »Wie reden Sie mit meiner Cousine? Sie haben Juta und übrigens auch gleich mich mit Ihrer Bemerkung über Unkräuter beleidigt!«

»Cousine? Ach, Familie ist doch etwas Schönes.« Sein Blick richtet sich auf mich. Was im Grunde genommen nicht ganz korrekt ist, denn sein Blick richtet sich eher unter meine Kleidung.

»Wie schade, dass wir uns nicht schon früher vorgestellt wurden. Mit euch beiden zusammen geht es bestimmt richtig zur Sache. Obwohl«, er wendet sich wieder an Juta, »sie wirkt ein wenig steif und verklemmt. Aber unter deiner sachkundigen Führung. Nun gut.

Vorbei ist vorbei. Ein Gentleman genießt und schweigt.«

Mein Magen verliert seine Beherrschung und will Protest ankündigen. Mit Mühe unterdrücke ich das Würgen, welches sich seinen Weg bahnt. Oder vielleicht sollte ich es lieber zulassen und meinen Mageninhalt mitten in sein feistes Grinsen hinein speien.

»Die Damen! Ich empfehle mich. Und wenn ihr wahre Kunst erleben wollt, ihr findet mich im großen Ballsaal. Ich und Joanna haben dort ein neues Meisterwerk erschaffen.« Nach einer angedeuteten Verbeugung dreht er sich um und verschwindet aus unserem Blickfeld.

Ich wirbele zu Juta herum. Sie geht ruhig zu dem Beistelltisch mit den einzelnen *Trodo* Rosen, die wir noch auf den Platztellern verteilen wollen. Doch ihre Augen glänzen und ihre Wangen leuchten scharlachrot, geradeso, als wäre sie krank.

»Wer war das?«, krähe ich ihren Rücken an.

Sie antwortet mir nicht. Ich gehe ein paar Schritte auf sie zu und frage erneut.

Juta wirft eine unglückliche *Trodo* zu Boden, die nicht so wollte, wie sie. »Mistding.«

»Wer war das?« Dieses Mal flüstere ich.

»Erik.«

31

R wie Rabenfreund

Rhododendron

Blüten, üppig wie eine Diva, verschwenderisch zur Schau gestellt, prachtvoll und nicht zu übersehen: Du, meine Schöne, wir werden uns wiedersehen.

***

Nachdem Juta und ich schweigend die letzten Rosen verteilt und den Erkersalon aufgeräumt haben, gehen wir zusammen in den Besprechungsraum neben Viktorias Büro. Juta lässt sich auf die kleine Ledercouch fallen und spielt mit einem Fläschchen Mineralwasser. Ab und zu trinkt sie einen Schluck. Ich setze mich auf die Kante des Sessels neben ihr und beobachte sie.

Ich habe Juta noch nie so gesehen. Sie hat sich, zumindest in meiner Gegenwart, noch nie so passiv verhalten wie vorhin mit diesem Ekel.

»Magst du mir nicht langsam mal erzählen, was passiert ist?«

Ein nanowinziges Nicken von Juta ist die einzige Antwort, die ich bekomme. Doch irgendwann räuspert sie sich und beginnt zu erzählen.

»Erik ist der Sohn von Richard Steinberg. Du weißt schon, dem alten Steinberg gehört das *Fleurir*.« Juta sieht mich an und ich nicke. »Erik war vom ersten Tag an hinter mir her. Doch ich fand es nicht gerade die beste Idee, mit dem Sohn vom Chef ins Bett zu steigen. Ich bin davon ausgegangen, dass Sex alles war, was Erik von mir wollte. Aber er gab nicht auf und war immer so charmant und zuvorkommend zu mir.« Bei dem Wort *charmant* schnellen meine Augenbrauen in die Höhe und Juta kann sich ein Minilächeln nicht verkneifen.

»Er kann auch anders, Rosanna. Wie auch immer, da ich einem kleinen Abenteuer in der Regel nicht abgeneigt bin, ließ ich mich auf eine Affäre mit ihm ein. Und wie es aussah, war Erik doch in mich verliebt und ich mittlerweile auch in ihn. Wir beide hatten eine tolle Zeit, wir surften auf einer Welle und im Laden waren wir unschlagbar.«

Juta stellt mit einem leisen Klirren die Flasche auf dem Glastisch vor sich ab.

»Ich träumte mittlerweile von einem eigenen Blumenladen. Das war ungefähr zu der Zeit, als ich das erste Mal dein *Baccara* gesehen hatte. Es wäre ein Leichtes für mich gewesen, alles noch besser zu machen. Doch anscheinend langweilte sich Erik durch meinen Arbeitseifer. Da ihm das Blumenimperium seiner Eltern quasi als Altersvorsorge mit unter den ersten Weihnachtsbaum gelegt worden war, mangelt es ihm doch hin und wieder an Ehrgeiz.«

Für einen Moment schließt Juta die Augen, ich sitze ganz still und erwartungsvoll da.

»Eines Abends wollte ich noch ein Hochzeitsgesteck
aus Papageienblumen fertig arrangieren, doch zwei der
Blumen brachen mir ab und so musste ich auf die Lieferung am nächsten Morgen warten, um es perfekt zu
machen. So ließ ich alles stehen, kaufte auf dem Heim-
weg ein Flasche Champagner und freute mich auf heißen Spontansex mit Erik. Offensichtlich hatte er die
gleiche Idee und auch schon mal ohne mich damit angefangen. Nur leider nicht allein, sondern mit Joanna,
unserer Praktikantin.«

Ich fasse nach Jutas Hand und drücke sie leicht. Warum machen Kerle das immer wieder? Da haben sie
eine der hübschesten Frauen zu Hause, clever und
charmant und wonach steht ihnen der Sinn?

»Ich habe echt nichts gegen einen netten Porno ab
und zu, aber so live und in Farbe dabei zuzusehen, wie
mein Freund ein Miststück auf unserem Küchentisch
beglückt … Sie haben nicht mal aufgehört, als ich rein-
kam! Baby, komm schon, zieh dich aus, hat er gesagt,
zeig ihr, wie du es gern hättest.« Juta hält einen Augenblick inne. »Ich habe es den beiden dann auch gezeigt!
Ich habe alles in ihre Richtung gepfeffert, was ich greifen konnte. Leider war das in unserer selten genutzten
Hightech-Küche nicht allzu viel.«

Juta springt auf und läuft zum Fenster. Die Sonne
scheint ihr direkt ins Gesicht und lässt ihr Haar changieren wie Perlmutt. Mit einem Lächeln (!) dreht sie sich
zu mir um. »So etwas gibt es in deiner Welt nicht, kleines Cousinchen, habe ich recht?«

Ich schüttele nur stumm den Kopf, ich glaube mein
Mund steht ziemlich weit offen. Ich weigere mich echt,
so etwas zu glauben. Aber hier steht Juta vor mir und

dieser Schund scheint nicht nur in Seifenopern zu passieren.

»Ich bin dann zurück ins *Fleurir* gefahren und habe dort die Nacht verbracht. Am nächsten Tag kamen Erik und Joanna Arm in Arm in den Laden spaziert. Für mich war das der Schlusspunkt. Dieser Kerl verlor jegliche Bedeutung für mich. Ich stürzte mich in meine Arbeit und war mehr denn je davon begeistert, meinen eigenen Blumenladen zu eröffnen. Erik kam mit meiner Ignoranz ihm gegenüber nicht klar und erzählte seinem Vater von all meinen Plänen und als Sahnehäubchen log er ihm vor, dass ich all meine Stammkunden mitnehmen würde. In kürzester Zeit kündigte mir der alte Steinberg. Mir wurde Veruntreuung von Geld vorgeworfen und dieses Gerücht wird auch in allen Blumenläden in Berlin und Umgebung für wahr befunden.«

»Es tut mir so leid für dich, Juta.«

»Das braucht es nicht. Es ist passiert und nun geht es weiter.« Sie lächelt mich an. »Dank dir.«

Nun halte ich es nicht mehr aus und stehe auf, um sie in den Arm zu nehmen.

Ein leises Klopfen an der Tür unterbricht dieses Vorhaben und kurz darauf steckt Frau Müller, die erste Hausdame des Calla, ihren sorgsam frisierten Kopf zur Tür herein. »Herr Beso ist für Sie da, Frau van Flauer. Er wartet unten in der Lobby auf Sie.«

Juta schiebt mich von sich. »Na geh schon. Mir geht es gut und dir heute Nacht hoffentlich auch.«

Ich zögere kurz, doch Juta steht völlig entspannt vor mir und scheint zu meinen, was sie sagt.

Zu dritt fahren wir mit dem Aufzug nach unten und mit jedem Meter, den ich mich Philip nähere, prickelt die Vorfreude wie hundert Brausebonbons in mir.

Leider war ich so begierig darauf, in die Lobby zu kommen, dass ich meine Handtasche in Viktorias Büro vergessen habe.

Was soll's.

Aber da ist alles drin – mein Geld, meine Papiere, mein Wohnungsschlüssel. Vielleicht brauche ich den ja heute gar nicht mehr. Oh Rosanna, geh hoch und hole die Tasche!

»Ich fahre noch mal nach oben, ich habe meine Tasche vergessen. Sagst du Philip bitte Bescheid, dass ich gleich da bin?«

»Dann beeil dich mal lieber. Der Gute sieht heute echt wieder zum Anbeißen aus.« Juta spitzt die Lippen und schaut zu Philip hin, der von den Bridgeladies des Hotels umringt, neben dem Springbrunnen steht. Er trägt eine schwarze Jeans und dazu, in der Farbe seiner Augen, ein blaues Polohemd. Als er aufsieht, erblickt er mich und durch sein Lächeln flattert mein Herz wie ein Kolibri.

Mit einigem Druck gelingt es Juta, mich zurück in den Aufzug zu schieben, sonst wäre ich wahrscheinlich für den Rest aller Zeiten einfach dort stehen geblieben, zufrieden nur mit Philips Lächeln.

Sollte es mit meiner Rosenkarriere einmal stocken, melde ich mich bei den Olympischen Spielen an. Ich bin so schnell wieder zurück, dass ich mich fast selbst überhole.

In freudiger Erwartung auf Philips Lächeln, das ich noch immer in meine Richtung vermute, schreite ich aus dem Fahrstuhl.

Pustekuchen. Juta steht vor ihm, verführerisch drapiert wie die Venus von Milo, nur mit Armen – und ein wenig mehr an. Philips Aufmerksamkeit gilt nur ihr. Sollte er jetzt nicht spüren, dass ich wieder zurück bin und auf ihn zugehe?

Bevor ich bei den beiden angelangt bin, haken sich rechts und links von mir Viktoria und Cinda unter.

»Euch habe ich ja total vergessen«, brummele ich.

»Das dachten wir uns schon. Deswegen haben wir auch Observierungsmaßnahmen ergriffen.« Viktoria grinst über meinen Kopf hinweg Cinda an.

»Das ist er doch bestimmt, oder?« Cinda nickt in Richtung Philip. »Deine Cousine scheint ihn auch nicht ganz unattraktiv zu finden. Und ihm scheint es zu gefallen.«

»Tut es nicht! Er ist nur höflich.« Unwirsch ziehe ich die eingehakten Arme aus Viktorias und Cindas.

Wieder nagt dieses grüne Monster mit den spitzen Zähnen in mir.

Mit einem Räuspern mache ich mich bei Philip und Juta bemerkbar. Philip sieht zu mir und mit seinem warmen Blick verpufft die Neidkugel in meinem Bauch.

Nun ist es an Viktoria hinter mir, sich zu räuspern, denn ich habe sie und all die anderen um mich herum gedanklich verbannt.

»Hallo Philip. Ich möchte dir gern meine Mitbewohnerinnen Viktoria und Lucinda vorstellen.« Mein Kopf fühlt sich knallheiß an und meine Knie zittern mit meiner Stimme um die Wette. Auch Philips Gesichtsfarbe nimmt bis zu den Ohrspitzen hin einen rötlichen Ton an, als meine beiden Freundinnen ihn, mit mehr Schalk im Nacken als nötig, begrüßen. Ich hoffe nur, er deutet ihre Anspielungen nicht zweideutig.

»Wir müssen nun endlich los«, befreie ich Philip und mich aus dieser geselligen Runde.

»Wo soll es denn hingehen?« Juta zwinkert mir, vor Philip verdeckt, zu.

»Das ist eine Überraschung.« Er sieht fragend zu mir hinunter. »Ich hoffe, das ist dir recht?«

»Ich liebe Überraschungen.«

»Tust du gar nicht«, wispert Cinda hinter mir und knufft mich in die Seite.

Bloß weg hier!

Ich schnappe mir Philips Hand und ziehe ihn mit mir zu der gläsernen Drehtür, die uns schließlich nach draußen schiebt.

Philips alter Passat parkt in einer Seitenstraße und nachdem Philip mich galant hat Platz nehmen lassen, düsen wir dem Sonnenuntergang entgegen. Zumindest bewegen wir uns vorwärts, von düsen kann nämlich im Berliner Feierabendverkehr keine Rede sein.

»Wir sind da.« Philip lässt das Auto ausrollen, nimmt den Gang raus und schaltet den Motor aus. Die Gegend kommt mir vage bekannt vor. Vor uns liegt eine Art Park, der von Bäumen und hohen Büschen begrenzt wird.

Nachdem er mir beim Aussteigen geholfen hat, nimmt er meine Hand und schlendert mit mir auf den Zaun zu, der sich an den Bäumen entlangschlängelt. An einem kaum erkennbaren Törchen hält er an und schließt es auf.

»Wo führst du mich hin?« Schnell schlüpfe ich durch das Tor und sehe mich um. »Wir machen doch nichts Verbotenes?«

Philip lacht. »Du weißt bestimmt gleich, wo wir sind.«

In der Tat, im Dämmerlicht erkenne ich die bekannten Wege wieder. »Wir sind im Botanischen Garten!« Ich drehe mich zu ihm um. »Aber das ist doch gar nicht der Besuchereingang und außerdem wird der Garten gleich geschlossen, wenn er nicht sogar schon zu ist.«

»Ich habe für die Botanische Bibliothek so manchen Bücherschatz gerettet. So wurde mir heute herzlich gewährt, mit dir hierher zu kommen. In diesen Nächten gibt es etwas ganz Wundervolles zu sehen, was dir hoffentlich gefallen wird.« In Philips Vorfreude, mir eine Überraschung zu bereiten, klingt Unsicherheit durch. Ich drücke seine Hand etwas fester und spüre, wie er sich entspannt. Ich könnte jauchzen vor Glück. Philips Hand in meiner fühlt sich warm und fest an, die milde Luft duftet nach Frühling und meine Füße, Herz und Kopf schweben vor Leichtigkeit.

Wir schlendern an den krautigen Pflanzen vorbei und durch den Arzneimittelgarten.

»Unglaublich, wie nah Nutzen und Schaden bei Pflanzen oft beieinanderliegen.« Ich weise auf eine Herbstzeitlose vor uns. »Diese hier zum Beispiel hilft bei Gicht, doch in anderer Dosis bekommt sie einem nicht so gut.«

»Wenn ich all die Schönheit hier sehe und dann daran denke, wie giftig dieser Schein sein kann, bin ich doch sehr froh, dass du einen Rosenladen führst.«

»Täusch dich mal nicht. Es gibt auch giftige Rosen.«

Philip sieht mich mit großen Augen an. »Wirklich? Das wusste ich noch gar nicht.«

Ich drehe mich zu ihm und grinse ihn an. »Im Märchen.«

Er braucht einen Moment, um meinen Scherz zu verarbeiten, bis er mit mir mitlächelt. Sein Blick dringt dabei bis tief in meine Seele, der Park um uns herum verschwindet und ich greife mit meiner freien Hand nach seiner. Seine Lippen auf meinen zu spüren, ist das Einzige was ich mir gerade wünsche. Und so beschenke ich mich selbst, indem ich mein Gesicht dem seinem entgegenneige, die Augen schließe und ihn küsse.

Unser Kuss hebelt jegliche Zeitgesetze aus und welcher Kuss auch je, wo auch immer, beschrieben wurde, unser Kuss schmeckt besser!

Irgendwann ringen wir beide lachend nach Luft, unsere Schüchternheit löst sich in einem Liebesrausch auf. Philip schlingt die Arme um mich und drückt mich fest an sich. Unsere Körper passen perfekt zusammen.

Wieder und wieder küssen wir uns und nach jedem Mal will ich noch mehr davon. Ich glaube, ich brauche nie wieder etwas anderes.

Schließlich bahnen wir uns einen Weg aus den Giftpflanzen heraus und Philip führt mich zu den Gewächshäusern. Wir brauchen sehr lange dorthin, denn man kann Wege zügig oder langsam gehen oder man kann sich, wie in unserem Fall, einen Weg entlang küssen.

Ich spüre die Wärme des Kakteenhauses heute gar nicht, denn alles an mir und in mir und um mich herum glüht schon von ganz allein.

An einer Picknickdecke hält Philip an und gemeinsam kuscheln wir uns darauf zusammen. Vor uns beginnt eine *Königin der Nacht* zu erblühen. Langsam öffnet sich ihre gelbweiße Knospe wie ein Stern und ihr süßer Vanilleduft wird mich für immer an diesen einzigartigen Moment mit Philip erinnern.

Philip hält meine Hände fest in seinen und küsst mich auf die Stirn. »Für dich. Weil du das ganz Besondere in meinem Leben bist.«

Lange sitzen wir eng umschlungen vor der Blume, nur hin und wieder unterbrochen von zarten Küssen. Wir haben alle Zeit der Welt, denn unsere Liebe wird nicht nur für eine Nacht blühen.

32

Ö wie Öde

Ölweide

Sanfter Duft, der durch den Garten weht, süßes Gelee aus roten Früchten, zartgrüne Blätter, die in einer leichten Brise rascheln.
Bescheiden wächst die Ölweide und gibt uns doch so viel.

***

In den nächsten beiden Wochen gleite ich durch mein Leben. Nichts hält mich auf, kein schlechtes Wetter, keine unfreundlichen Kunden, kein verpasster Bus. Mir gehört die Welt und der Regen da draußen ist wichtig für die Pflanzen, die spitzen Bemerkungen von Frau Eller über meine *Holler* Rosen gelten eigentlich ihrem Enkelsohn, der sie selten besucht, aber sie häufig um Geld beschwatzt und außerdem ist es viel gesünder, zu Fuß zu gehen, als mit dem Bus zu fahren.

Mein verliebtes Herz hat die Größe eines Heißluftballons und mein verliebter Kopf gönnt sich eine Auszeit vom wahren Leben.

Philip und ich sind unzertrennlich. Zumindest fast. Zwei, manchmal drei Tage in der Woche fährt er zu

Terminen, um bei Kunden deren antiken Bücher zu retten. Jedes Mal, wenn wir uns danach treffen, ist Philip aufgedreht wie ein Fünfjähriger nach seiner ersten Achterbahnfahrt. Dann erzählt er in einem Schwall von seinen Projekten, sodass ich kaum dazu komme, ihn zu küssen. Geschweige denn, ihn zu mehr zu verführen.

Nicht, dass ich immer nur das Eine von unseren Treffen im Sinn habe, schließlich gehört zu einer Beziehung auch das gegenseitige Zuhören und Anteilnehmen an den Interessen des anderen. Aber jetzt, mit unserer Verliebtheit, mit der wir gerade durch das Leben trudeln, will ich gar nicht die Hände von ihm lassen – er aber scheinbar auch nicht von seinen Büchern.

In mir wirbelt schon wieder die Sehnsucht nach Philip. Nach seiner sanften Stimme, seiner Wärme, seinem Lachen.

»Na, träumst du schon wieder?« Ein Schwall Wasser schwappt aus der Badewanne, in der ich bis eben vor mich hingeträumt habe, als ich mich ruckartig zur Badtür umdrehe. Cinda steht dort und hält mein Telefon in der Hand. »Entschuldige, ich dachte, du hast mich klopfen gehört. Hier für dich, deine Mutter.«

Cinda reicht mir das Telefon und verschwindet mit einem *Ahoi* wieder aus dem Bad.

»Hey Mum.« Mit spitzen Fingern halte ich mir den Hörer ans Ohr.

»Hello Love, wie geht es dir?«

Wenn ich jetzt sagen würde, mir geht es sausuper, pudelelefantastisch, grandios, hervorragend, absolut und total phänomenal, würde sie wahrscheinlich gleich nachfragen, warum. Da sie aber noch nichts von Philip weiß, weil ich es ihr heute bei einem Tässchen Tee persönlich erzählen möchte, muss ich jetzt gelassen bleiben und tiefstapeln.

»Mir geht es gut.«

»Oh dear, was ist falsch mit dir?«

»Ich verstehe nicht.«

»Du hast gesagt, es geht dir gut. Aber your voice klingt so, so, so ...«

»Ach das«, falle ich ihr ins Wort, um ihrem mütterlichen Instinkt zuvorzukommen. Nur was?

Ach, ich hab's. »Ich war gestern Abend bei einer Massage und seitdem bin ich so entspannt, dass du das wahrscheinlich sogar durch das Telefon merkst.« Sie muss ja nicht wissen, dass Philip mich massiert hat und dass die Art der Massage in keinem seriösen Wellnessinstitut auf der Angebotskarte zu finden ist.

»Massage, soso. Seit wann gehst du zur Massage?«

»Seit Kurzem. Ich bin manchmal ein wenig verspannt von der Arbeit und so. Aber sag, wie geht es dir?«

»I'm fine, love. Aber leider muss ich unseren Tee absagen, dein Daddy braucht mich heute. Er hat sich eingeklemmt einen Nerv, in seiner Schulter. Ich möchte heute bei ihm bleiben, um zu sorgen für ihn.«

»Oh je.« Abrupt setze ich mich in der Badewanne auf.

»Soll ich vorbeikommen? Braucht ihr etwas?«

»No, no. Wir sind fine. Ein wenig Wärme und Salbe und love und er ist wieder fit. Du weißt ja, wie dein Daddy ist.«

Oh ja, das weiß ich. Aus einem Schnupfen macht er eine bettlägerige Krankheit und bei Knieschmerzen – nach dem Joggen wohlgemerkt – gleich eine Arthrose.

»Schade, ich hätte dir so viel zu erzählen«, rutscht es mir doch heraus.

»Love, ich glaube, das weiß ich. Wir holen unser Treffen ganz bald nach.«

Und nun? Der Sonntag liegt plötzlich verlassen vor mir. Philip hütet einen seiner Buchschätze, Viktoria schaltet und waltet bei einer Veranstaltung im Calla und Cinda sitzt inmitten zwölf Quadratmetern Seide auf dem Boden ihres Zimmers und werkelt an Patrizias Hochzeitskleid. Meine Freundin Felina genießt ein Wochenende in Warnemünde und Juta ... Juta geht mich privat nichts an. Oder doch? Nein!

Da das Wasser durch das Herumsitzen in der Wanne nicht wärmer wird, steige ich heraus. Ich trockene mich in aller Ruhe ab, verabreiche meinem Körper eine Extraportion Bodylotion und föhne meine Haare in großzügige Wellen. Dann gönne ich meinen von Dornen malträtierten Fingern noch eine Extraportion Heilsalbe.

Und nun?

Nachdem ich auch die letzten Brötchenkrümel in der Küche ausfindig gemacht habe und alle Arbeitsflächen blitzblank geputzt sind, setze ich einen Topf Nudeln für Cinda und mich auf. Doch auch diese zu kochen, samt dazugehörigem Frischkäsesößchen mit Kirschtomaten, dauert nicht lange.

Mit zwei übervollen Spaghettitellern beladen tapse ich in Cindas Zimmer und lasse mich an ihrem Schreibtisch nieder.

»Deine Unruhe heute ist echt bemerkenswert.« Cinda lässt sich von dem herrlichen Nudelduft nicht stören und näht mit exakten Stichen weiter Silberperlen an das Miederoberteil in ihrem Schoß. Ich zucke nur mit den Schultern und genieße die cremige Pasta.

»Die Liebe macht uns manchmal ganz schön kirre, nicht wahr?« Cinda hält mit der Nadel inne und lächelt mich an. »Hin und wieder bin ich echt froh, dass David und ich diese erste Zeit der Verliebtheit hinter uns haben. All die Zillionen Glückshormone können einen ganz schön auf Trab halten, nicht wahr?«

Ein Seufzer tief wie der Marianengraben bahnt sich seinen Weg. »Ich kann nur noch an ihn denken.«

»Und das ist auch gut so. Ihr seid ein wundervolles Paar. Und du sei froh, dass du heute mal einen freien Tag für dich hast.«

Meditativ kaue ich auf den Nudeln herum. »Ich glaube, ich fahre ins *Baccara*. Anfang Mai findet die Hochzeit von diesem Pärchen statt, welches sich im Rosenladen den Antrag gemacht hat. Ich wollte schon längst mal die Bestellung für den Großmarkt mit den Entwürfen abgleichen.«

»Das verstehe ich aber nicht unter freiem Tag.« Cinda befreit sich aus der schneeweißen Stoffwoge, die sie umgibt und setzt sich auf die Fensterbank, um ihre Nudeln zu verspeisen.

»Aber deine Betätigung!« Mit beiden Händen deute ich auf Cindas Näharbeit. »Und was Viktoria heute mit ihrer sonntäglichen Freizeit im Hotel anfängt, fällt wahrscheinlich in die gleiche Kategorie. Aber im Ernst, ich habe Lust drauf. In den letzten Wochen war ich nicht immer bei der Sache im *Baccara*. Ich bin echt froh, dass Juta mithilft.«

»Ach übrigens, Juta. Erinnerst du dich noch an den Abend im Calla, als du uns Philip vorgestellt hast?«

Ich nicke und stelle meinen leer geputzten Teller zur Seite.

»Viktoria hat mir erzählt, dass sie Juta im großen Ballsaal gesehen hat, kurz bevor die Geburtstagsfeier dort anfing. Sie hat wohl ziemlich nervös gewirkt.«

»Der Blumenlieferant von der Geburtstagsfeier ist Jutas Ex-Freund. Die beiden sind nicht gerade im Guten auseinandergegangen. Ich hoffe, sie hat sich nicht noch weiter von ihm beleidigen lassen.«

»Mittlerweile läuft es ganz gut mit dir und deiner Cousine, oder?«

»Ich habe mich wieder eingekriegt. Komisch, dass ich all die Jahre ihr gegenüber so negativ war.« Und manchmal überkommt es mich noch immer. Nun ja, alte Gewohnheiten lassen sich schwer abschütteln. Das bestätigt mir jeder Chocoholic.

Nanu, hatte ich gestern Abend nicht abgeschlossen?

Das *Baccara* ist unversperrt, als ich ankomme. Zur Sicherheit lasse ich die Ladentür weit offen und pirsche mich hinein. In der Teeküche höre ich meine antike Kaffeemaschine blubbern und Beethovens Fünfte schickt ihre dramatischen Töne hinterher. Nun gut, ein Einbrecher wird sich kaum die Mühe machen, einen Kaffee zu kochen. Obwohl der exquisite Kaffee aus meiner alten Lady einen Einbruch durchaus rechtfertigen würde. Aber dazu Beethovens Drama?

»Hast du mich erschreckt!« Juta fasst sich an die Brust, nachdem sie zu mir herumgewirbelt ist. Offensichtlich habe ich mich zu leise angepirscht.

Entschuldigend hebe ich die Hände. »Tut mir leid, ich wusste nicht, dass du hier bist.«

»Ich habe die Entwürfe für die Meyer Hochzeit nicht aus dem Kopf bekommen. Irgendetwas stimmt noch nicht. Und was machst du hier? Ist Philip auch da?« Sie linst um mich herum in den Laden.

Ich schüttele den Kopf und schenke mir dunkelschwarzen Kaffee in eine Rosentasse. Wie der duftet! Allein dafür könnte ich den ganzen Tag Kaffee kochen. »Ich bin auch wegen der Hochzeit hier.«

Wir lächeln uns beide an und gehen dann zum Ladentisch. Dort liegen ausgebreitet unsere Bouquet-Entwürfe. Gemeinsam vertiefen wir uns darin. Jutas Idee, die *Neverei* Rosen gegen *Fadaescuro* auszutauschen und mein Gedanke, statt der schneeweißen *Whitesnow* cremefarbene *Cendrillon* zu nehmen, münden schließlich in Entwürfen, die uns vor Freude jauchzen lassen. Die Bouquets und Gestecke sowie der Tischschmuck und die Rosengirlanden für den Empfangssaal sind nun perfekt auf das alabasterfarbene Kleid der Braut abgestimmt. Dass sie mit ihren braunen Haaren und der doch eher rundlichen Figur darin aber aussieht wie eine überdimensionierte Makrone mit Haselnussdekor können auch wir mit unserer Kunst nicht ändern. Aber ihr Brautstrauß wird definitiv ein Hingucker.

»Fertig.« Juta umarmt mich und drückt mich kurz an sich. Mit einem Kuss auf die Wange lässt sie mich wieder los.

Mir wird von der Freude über unser Ergebnis und Jutas Freundschaftsbekundung saunaheiß und ein kleiner Fluchtimpuls setzt ein. »Wie wäre es zur Feier des Tages mit einem Zimtkuchen?« Ich fingere die Geldbörse aus der Tasche unter dem Ladentisch und sause

zur Tür, die noch immer offen steht und die süße
Aprilluft hereinlässt.

Vor dem Laden bleibe ich so abrupt stehen, dass ein
Ruck durch mich hindurchgeht. Und bei diesem Ruck
bleibt es nicht. Was ich sehe, zerreißt mein Herz und
durchschneidet meinen Magen. Mein kochendes Blut
rauscht mir in den Ohren und mein Umfeld verliert alle
Farbe ins Graue – bis auf zwei Flecken, die mir rot ent-
gegenleuchten.

33

S wie Schlaf

Sonnenblume

Mach es wie die Sonnenblume – also quasi wie die sonnigste aller Sonnenuhren – und zähl die heiteren Stunden nur(en).

***

In Zeitlupe stakse ich drei Schritte zurück und lehne mich an den schützenden Türrahmen. Ich will nicht gesehen werden und ich will auch nichts sehen. Und doch muss ich hinschauen und zulassen, wie sich dieses Bild in meinen Blick, mein Gedächtnis, meine Seele einbrennt.

»Was ist mit dir?« Juta steht plötzlich neben mir und greift nach meinen Händen. Ich ziehe sie weg und deute mit einer minimalen Kopfbewegung auf die Straßenseite gegenüber. Dort stellt Philip gerade eine zierliche Frau mit einer granatroten Lockenflut zurück auf den Boden. Kurz vorher war sie wie in einem Kitschfilm in seine Arme gerannt und er hatte sie hochgehoben und herumgewirbelt. Nun halten sich beide fest und nichts, absolut gar nichts, schon gar nicht ich, passt dazwischen.

Ist das das Buch, bei dem er regelmäßig ist? Kam er deshalb jedes Mal so euphorisch zu mir, berauscht von dieser Frau? Selbst von hier aus kann ich sehen, wie unglaublich schön sie ist. Dieses Seidenhaar, eine Figur zum Niederknien, das Gesicht wie aus einem kostbaren Gemälde.

»So ein Hallodri! Das gibt es doch nicht!« Juta plustert sich auf wie eine Katze vor einem Hund.

»Vielleicht ist es seine Schwester«, piepse ich dagegen an.

»Ja, genau. Sie ist ganz zufällig in der Gegend. Wo wohnt sie noch mal?«

»Neuseeland.«

»Hat er dir erzählt, dass seine offensichtlich mehr als geliebte Schwester zu Besuch kommt?«

»Nein.« Ich muss mich räuspern, denn mir fehlt der Ton in meiner Stimme. »Dann könnte sie doch seine Cousine sein, oder?«

Juta zieht ihre Augenbrauen bis fast zu ihrem Haaransatz hoch. »Hat er denn eine Cousine?«

Mein Schulterzucken überzeugt nicht einmal mich.

Auf der anderen Seite der Fußgängerstraße gehen die beiden unterdessen Arm in Arm ins *Libretto* hinein. Nachdem Philip die Ladentür geschlossen hat, dreht er das Geschlossen-Schild nach vorn.

Ich starre weiter auf die Stelle, an der mein Freund soeben mit einer anderen Frau verschwunden ist.

Komm schon, Rosanna. Es gibt bestimmt eine gute Erklärung dafür. Gehe hin und kläre das.

Und was ist, wenn herauskommt, was ich befürchte?

Langsam lasse ich mich aus meiner Deckung heraus zu Boden sinken. Juta kniet sich neben mich und nimmt meine Hand in ihre.

»Ich sollte rübergehen und mit ihm reden, nicht wahr?« Meine Augen prickeln als ich Juta ansehe.

»In der Tat, das solltest du.«

»Aber?«

Juta hat es nicht ausgesprochen, dennoch höre ich es überdeutlich.

»Aber es ist nicht schön, die hässliche Wahrheit – wenn es denn eine gibt – mit eigenen Augen ansehen zu müssen.«

»Du meinst, wie bei dir und Erik?«

Juta nickt und verzieht ihr Gesicht zu einer Grimasse zwischen Zahnweh und Spott über Zahnweh. Sie scheint schon ziemlich gut über den miesen Betrug ihres Freundes hinweggekommen zu sein.

Wir hängen beide für eine Weile unseren Gedanken nach und ich will gerade aufstehen, da kommt Juta mir zuvor. »Soll ich für dich hinübergehen?«

Eigentlich will ich *Nein* sagen, aber ich schaffe es nicht. Die eine Seite von mir zieht es zu Philip und die andere will sich einfach unter einer siebenlagigen Bettdecke verkriechen.

Ehe ich mich entscheide, läuft Juta aus dem *Baccara* hinaus, überquert mit großen Schritten die Straße und nähert sich dem *Libretto* von der Seite. Vorsichtig linst sie durch die Schaufensterscheibe. An Juta ist wirklich eine kleine Spionin verloren gegangen.

Was auch immer Juta sieht, veranlasst sie, ihre versteckte Position aufzugeben und ins *Libretto* hineinzugehen. Sie öffnet die Tür, aber nur einen Spalt, wahrscheinlich, um zu verhindern, dass die altmodische Ladenglocke Alarm schlägt und schlüpft so hinein.

Es kribbelt in meinen Beinen, weil ich Juta hinterherlaufen möchte. Was denke ich mir eigentlich dabei, andere vorzuschicken, um meinen Kram zu erledigen?

Mit einem Satz bin ich auf den Beinen. Dass sie noch nicht wieder herausgekommen ist, kann doch nur heißen, es ist alles in Ordnung, oder? Sicherlich unterhalten die drei sich gerade nett und stellen einander vor.

Am liebsten würde ich jetzt an meinen Nägeln knabbern oder an meinen Fingern rumpulen. Aber nichts davon ist eine schlechte Angewohnheit von mir.

Wenn ich jetzt auch hinübergehe, könnte es vielleicht peinlich für mich werden. Unter Garantie ist die Frau von eben nur Philips Schwester oder Cousine oder allerbeste Freundin – wobei ich diesen Titel zukünftig dann doch schon gern für mich beanspruchen würde, aber ich bin ja großzügig. Das, was Philip und mich verbindet, fühlt sich doch so echt, so einzigartig an. Unsere Seelen sind miteinander verflochten.

Ich halte es nicht mehr aus und öffne gerade die Ladentür, als Juta mir gegenüber im *Libretto* das Gleiche macht.

Sie rennt über die Straße auf mich zu und schließt die Tür zum *Baccara* hinter sich.

Ich sehe kein Lächeln in ihrem Gesicht und ich höre auch kein *Alles gut.* Stattdessen streichelt Juta über meinen Arm und schüttelt den Kopf.

»Was hat er gesagt?« Meine Augen werden feucht, doch noch wehre ich mich.

»Wenn Philip mein Freund wäre und eine andere Frau so küssen würde, wie er es gerade mit dieser

Rothaarigen getan hat, wäre er ganz schnell nicht mehr mein Freund.«

Ich schlucke schwer an dem Brocken, den mir Juta serviert.

»Sie haben nicht einmal gemerkt, dass ich im Laden war!«, empört sie sich.

Eine Träne kullert mir über die Wange und ich wische sie mit aller Kraft weg. Ich werde nicht wegen eines solchen Kerls heulen! Schon gar nicht vor Juta.

Wenn mein Herz nur nicht so brennen würde.

Juta nimmt mich in den Arm und wir legen die Köpfe aneinander.

»Vergiss ihn Rosanna. Sei froh, dass du seine Spielchen so schnell herausgefunden hast und nicht erst nach ein paar Jahren. Du bist eine kluge, liebenswerte Frau. Lass dich nicht von ihm ablenken. Stürz dich in die Arbeit, das hat bei mir auch geholfen.«

Irgendwie hat sie ja recht. Philip und ich kennen uns erst eine kurze Zeit, aber ... da ist schon wieder ein *Aber*. Spielt es eine Rolle, wie lange man sich kennt? Zusammen haben wir uns so rund angefühlt, ohne Anfang, ohne Ende. Genau wie ich es mir immer herbeigesehnt hatte.

Vielleicht habe ich zu viel gesehnt? Doch bei Lucinda und David und bei Viktoria und Dominik funktioniert es doch auch.

Ach Philip.

»Komm, ich bringe dich nach Hause.« Juta holt unsere Taschen und Jacken und schließt hinter uns das *Baccara* ab.

Schweigend fährt sie mich durch den strahlenden Sonnenschein nach Hause. Ich merke nur, wie sie mir ab und zu einen Seitenblick zuwirft.

Weder Cinda noch Viktoria sind daheim, sodass ich ungesehen in mein Zimmer abtauchen kann. So wie ich bin, rolle ich mich auf dem Bett ein und zwinge meine Lider, sich über den Augen zu schließen. Doch kein Schlaf holt mich ab.

Spät am Abend kommt erst Viktoria nach Hause, dann Cinda. Beide schleichen an meiner Tür vorbei, um mich nicht zu stören. Nach einer Weile ist es wieder still in der Wohnung. Das Ticken der alten Porzellanuhr meiner Urgroßmutter dehnt die Stille nur noch mehr. Noch nie hat eine Nacht so lang gedauert.

Als es endlich hell wird, entlasse ich mich aus meinem Bettgefängnis. Ohne Frühstück verlasse ich kurze Zeit später die Wohnung und fahre ins *Baccara*.

Diesen Montag ist Juta mit der Fahrt auf den Blumengroßmarkt dran. Somit würde sie erst später in den Laden kommen und ich habe noch ein wenig Ruhe.

Lustlos entdorne ich ein paar Rosen, damit sich die Kunden nicht piksen. Immer wieder wandert mein Blick hinüber zum *Libretto*. Das Geschlossen-Schild hängt immer noch da. Was um die Uhrzeit nicht verwunderlich ist.

Irgendwann beginnen die Kunden, ins *Baccara* zu strömen. Doch zum ersten Mal in meiner Floristinnen-Karriere möchte ich jedem am liebsten nur einen Eimer mit Grünzeug in die Hand drücken und dann vor die Tür setzen.

»Sie haben die Rosen aber sehr schräg angeschnitten«, moniert sich eine Dame in Anzug mit Männerkurzhaarfrisur.

Ich schnappe mir ein Mini-Beil, mit dem ich sonst dickeren Rosenstämmen zu Leibe rücke und hacke den Strauß unten gerade.

»Bitte schön. Das macht siebenundzwanzig Euro und sechzig Cent.«

Die korallenrot gemalten Lippen der Dame, die ohne Lippenstift quasi nicht vorhanden wären, formen ein perfektes Oval.

»Ich möchte sofort Ihren Chef sprechen.« Auf ihrem Gesicht gesellen sich nun zwei rote Flecken dazu, die nicht zu ihrem Lippenstiftrot passen.

Ehe ich ihr freudestrahlend mitteilen kann, dass es hier keinen Chef gibt, sondern nur mich, übernimmt Juta die Konversation. Sie legt ein Bündel mit edlen *Fadaescuro* Rosen vor mich auf den Ladentisch und wendet sich dann an die erzürnte Kundin.

»Darf ich Ihnen als Entschädigung einen Ersatzrosenstrauß binden, selbstverständlich auf Kosten des Hauses?« Juta navigiert die Dame weg von mir und temperiert sie runter. Muss sich bei meiner Cousine immer alles um die Kunden drehen?

Ich schiebe die Rosen an den Rand des Tisches und pikse mich gleich mehrfach an deren festen Dornen. So schön diese Rosensorte auch ist, so bissig ist sie auch.

Da Fluchen nicht in meiner Natur liegt, trete ich gegen das Tischbein. Dieses fügt aber meinem psychischen Schmerz lediglich noch physischen hinzu. Humpelnd verkrümele ich mich in die Teeküche, um wieder mal meinen Pflastervorrat zu dezimieren. Die Dornen der Fadaescuro haben es echt auf mein Blut abgesehen.

Philips Stimme vorn im Laden lässt mich auf der Stelle erstarren. Ich atme nicht einmal mehr.

»Hey, Juta. Ist Rosanna hier?«

»Nein, tut mir leid.«

»Ich habe gleich zwei Neuigkeiten für sie. Du glaubst nicht, wer wieder da ist!«

»Ich fürchte, das wirst du wohl für dich behalten müssen.« Jutas Stimme kommt näher und sie schließt fest die Tür zwischen uns beiden.

Wie ein Reh im Scheinwerferlicht rühre ich mich weiterhin nicht. Ich kann nur noch Gemurmel verstehen und auch das entfernt sich rasch.

Irgendwann öffnet Juta die Tür wieder. Sie nimmt mir die Pflaster, die ich noch nicht verklebt habe, aus der Hand. Mittlerweile brauche ich sie auch nicht mehr. Zumindest nicht für die Wunden an meinen Fingern. Und auf meiner blutenden Seele würde sowieso kein Pflaster halten.

»Er ist weg. Komm nach vorn zu mir in den Laden und hilf mir mit den Rosen für die Meyer Hochzeit. Das wird dir guttun.«

»Wo ist er hin?« Ich will Philip hinterherlaufen.

»Der alte Gustav kam gestern Abend überraschend zurück. Er ist bei seiner Buchmission auf ein Riesending gestoßen und schickt jetzt Philip mit einem Stapel Bücher nach Salzburg, in irgend so eine alte verstaubte Bibliothek.«

Ich dränge mich an Juta vorbei nach draußen. Doch von Philip ist nichts zu sehen. Mit einem Sprint hetze ich über die Einkaufsstraße zum *Libretto* und stürme hinein. Gustav Granter sitzt in seinem Schaukelstuhl neben dem Ladentisch und lässt bei meinem Überfall das Buch von seinen Knien fallen.

»Frau van Flauer!« Seine borstigen Augenbrauen ziehen sich zu einem Tornado zusammen. Schnell hebe ich ihm das Buch auf und verlasse den Laden so eilig wie ich ihn betreten habe, um nicht von dem Sog seines Wutanfalls umgerissen zu werden.

In den nächsten Tagen ignoriere ich alles um mich herum. Meinen Mitbewohnerinnen teile ich das Nötigste mit und bitte sie ansonsten, mich in Ruhe zu lassen. Es fällt ihnen schwer und immer wieder tauchen entweder Cinda oder Viktoria oder beide bei mir auf. Meist lasse ich sie einfach stehen. Mein Handy und das Ladentelefon habe ich ausgeschaltet und in einer Schreibtischschublade vergraben. Ich fahre frühmorgens ins *Baccara* und komme spätabends zum Schlafen wieder heim, so habe ich keine Minuten, in denen ich auf die Idee kommen könnte, Philip hinterher zu heulen.

Juta hat noch mehr von den *Fadaescuro* Rosen besorgt, die wir für die Meyer Hochzeit binden. Meine Finger sind mittlerweile ziemlich perforiert, aber es ist mir egal, denn tief in mir fühle ich mich nicht anders und so passt alles hervorragend zusammen.

»Guten Morgen, Fräulein van Flauer.«
Mein Blick gleitet von den Rosen in meiner Hand, die ich eigentlich gerade gar nicht gesehen habe, nach oben. Ein Herr steht vor mir am Ladentisch und lupft seinen Hut, dabei strahlt er über das ganze

zerknautschte Gesicht. Mist, ich habe seinen Namen vergessen. Das ist mir noch nie passiert, wir kennen uns doch schon seit Jahren!

»Guten Morgen. Wie geht es Ihnen heute?« Sehr gut, Rosanna. Konversation ist immer gut.

»Bestens, Verehrteste, bestens. Der Flieder blüht, die Maisonne lacht und meine Angebetete erweist mir gleich ihre geschätzte Gunst.«

»Oh, Sie Charmeur.« Ich bin etwas aus der Übung, doch meine Mundwinkel schaffen es tatsächlich ein wenig nach oben.

»Aber Sie sehen müde aus, meine Teuerste, wenn ich mir diese Bemerkung erlauben darf.«

Diesen Satz höre ich dieser Tage regelmäßig. Wo soll der erholsame Schlaf auch herkommen? Ich gehe spät ins Bett, damit ich möglichst nicht ins Grübeln gerate und stehe zeitig auf, um abends auch recht müde zu sein.

»Es ist gerade viel zu tun im Laden.«

»Und ich glaube auch in Ihrem Herzen, meine Liebe.« Seine Fältchen entknautschen sich ein wenig, als er mich ernst ansieht. »Nicht immer ist es ratsam, seinen Kummer herunterzuspielen und wegzustecken. So manches Mal sollte man sich ihm hingeben, um ihn dann leichter loslassen zu können. Glauben Sie ruhig einem alten Zausel wie mir.«

»Sie sind kein alter Zausel.«

Er wiegt nur bedächtig den Kopf hin und her und schenkt mir dann sein berühmtes Strahlelächeln. Und ich wette, für dieses Lächeln hat sich ihm so manche Angebetete hingegeben.

Nachdem ich ihm einen Strauß der schönsten *Aurora* Rosen gebunden und ihn an der Ladentür verabschiedet habe, schlurfe ich zurück zu meiner angefangenen Arbeit auf dem Ladentisch. Mein Werk gefällt mir selbst nicht und ich rupfe die Blumen wieder auseinander. Sieben dieser Ikebana Sträuße müssen bis heute Abend fertig sein und ich bin immer noch mit meinem Ersten zugange. Wo bleibt nur Juta?

Vielleicht muntert mich ein wenig frische Luft auf. Mit einem großen Becher Kaffee lasse ich mich draußen auf die Bank vor dem Laden fallen. Die Sonne blendet mich und ich schließe die Augen, nur für einen Moment …

»Rosanna!« Mein Arm wird gerüttelt und ich sehe auf. Juta beugt sich über mich und sieht absolut not amused aus. »Langsam reicht es! Gestern das Desaster mit dem falschen Gesteck für die Travers, vor drei Tagen die unfertige Bestellung. Jetzt schläfst du hier vor dem Laden, wo dich alle Kunden sehen können! Liebeskummer ist ja schön und gut, aber nicht auf Kosten deines Lebensunterhaltes.«

Kann sie bitte endlich mit ihrer Tirade aufhören? Mit großen Schlucken stürze ich den Rest des kalten Kaffees hinunter. Diesen nimmt mein Magen unter Protest zu Kenntnis. Schon seit Tagen sind wir zwei nicht die besten Freunde. Schnell renne ich ins Bad, ehe die Bescherung sich vor dem Laden verteilt.

»Du solltest nach Hause gehen und dich mal gründlich ausschlafen! Im Übrigen könnte es dir auch nicht schaden, mal wieder etwas Ordentliches zu essen.« Juta erwartet mich, gegen den Ladentisch gelehnt. Sie hat die Arme vor der Brust verschränkt und mit ihrem typischen Juta-Blick mustert sie mich mit zusammengekniffenen Augen.

»Ich habe keinen Hunger. Und nebenbei geht dich das absolut nichts an.«

»Es geht mich sehr wohl etwas an, wenn du deinen Laden, in dem auch ich arbeite, aus purem Selbstmitleid heraus schleifen lässt.«

»Ich bin doch nur ein wenig müde.«

»Dann geh zum Arzt.«

»Wozu? Es wird irgendein blöder Virus sein, den ich aussitzen muss.«

»Wie du meinst. Und übrigens gibt es noch einen Grund, warum mich das alles hier etwas angeht. Wir sind eine Familie.«

Juta verlässt ihren Platz am Tisch, kommt auf mich zu und nimmt mich fest in die Arme. »Ich rate dir, endlich einmal wieder mehr als fünf Stunden zu schlafen. Soll ich dich heimbringen?«

Ich schüttele den Kopf. Aber sie hat recht, eine kleine Pause würde mir guttun. »Danke, ich fahre allein.«

»Willst du heute wirklich ins *Baccara* gehen?« Cinda kommt eben in unsere Küche gelaufen, wo ich mich an einem Kamillentee mit Honig festhalte. Sie setzt sich auf den Stuhl neben mir und greift nach meiner Hand. »Deine Augenringe reichen bis in deine Kniekehlen.«

Ich weiß, sie will mich damit aufheitern. Aber die Wahrheit ihrer Worte verletzt mich. Und Schmerz auf Schmerz ergibt einen unschönen Cocktail. Deshalb entreiße ich ihr die Hand, stehe auf und laufe aus der

Küche. Doch dieses Mal lässt sie sich nicht einfach abfertigen.

Cinda verfolgt mich bis an die Wohnungstür. »Rosanna, das muss endlich aufhören! Sag mir, was wir für dich tun können.«

Ich schlüpfe in Ballerinas, greife nach dem Wohnungsschlüssel am Haken und hänge mir einen Rucksack über die Schulter. Meine Augen brennen, als hätte ich mir Chili hinein gerieben und mein Kopf fühlt sich dumpf an, als würde ein Teil meines Gehirns aus Stahlwolle bestehen.

»Rosanna!«

Zwei Stufen auf einmal nehmend springe ich die Treppen hinunter und raus aus dem Haus. Die schwere Haustür kracht hinter mir ins Schloss und beendet Cindas Rufen.

»Hey, Rosanna.« Florentina steckt den Kopf zur Ladentür des *Baccara* herein. »Magst du eine meiner neuesten Kreationen mal kosten? Ich bin mir nicht sicher, ob die dunkle Ganache so recht mit dem Aroma der Sommerkaki im Kuchen darunter funktioniert.«

Langsam klettere ich vom Hocker neben dem Ladentisch. »Hat dich Juta geschickt, damit du auf mich aufpasst?«

Flo runzelt die Stirn und räuspert sich. »Magst du nun?« Sie hält mir den Teller mit dem Minitörtchen entgegen.

»Nein danke. Ich habe gerade gegessen.«

Wie einfach Lügen sein kann, wenn einem alles gleichgültig ist.

»Dann vielleicht später?« Sie stellt den Teller auf den Ladentisch. »Hast du vielleicht Lust auf eine heiße Schokolade?«

Ein paar Haarsträhnen haben sich aus dem Dutt an meinem Kopf gelöst. Entnervt reiße ich die Spange heraus und verknote alles wieder neu. Haare waschen müsste ich dringend auch mal wieder.

Flo beobachtet jede meiner Gesten bis ich mich von ihr abwende und nach der Gießkanne hinter einem Blumengestell greife. Verdammt, ist die schwer, dabei ist sie halbleer. Kann Juta nicht mal das Wasser auffüllen, wenn sie es verbraucht! Immer muss ich alles selbst machen.

»Ich muss wieder ins *Sahneklecks*. Es gehen gerade Gäste hinein. Rosanna ...« Flo wartet, bis ich ihr einen halben Blick gönne. »Komm bald rüber, ja? Ich bin für dich da.«

Ich nicke ihr zu und schütte dann wieder Wasser in die Vasen vor mir. Eigentlich müsste ich das alte Wasser vorher ausleeren und die Rosen neu anschneiden.

Ach, es wird schon mal so gehen. Juta legt morgen bei ihrer Inspektionsrunde sowieso Hand an die Rosen.

Die leere Gießkanne baumelt in meiner Hand und da ich keine Lust habe, mit Wasser zu pritscheln, stelle ich sie wieder zurück an ihren Platz.

Ich gähne und reibe mir die Augen. Gut, dass ich mir abgewöhnt habe, Wimperntusche zu tragen.

Zurück an meinem Platz am Ladentisch starre ich auf den Haufen *Fadaescuro* Rosen vor mir. Ihr süßer Sommerduft steigt mir in die Nase und ich inhaliere ihn tief. Ich stütze die Ellenbogen auf und lege das Kinn in die

Hände. Für einen Augenblick gestatte ich meinen Augen, sich zu schließen.

Meine Müdigkeit verwebt sich mit dem Duft der Rosen. Die englische Vokabel *to fall asleep* dringt als Gedanke durch meinen Geist, als ich sie wörtlich umsetze. Ich spüre noch, wie mein Kopf aus den Händen rutscht, nach unten fällt und Rosendornen in meine Wange stechen.

34

C wie Contenance

Chrysantheme

Hm, wie soll ich es nur diplomatisch formulieren? Also, durch die Blume gesprochen, gewissermaßen, ist Dein Herz nun wieder frei, es einem anderen zu schenken, wenn Du dies zerrupfte Blümelein gerade von Deinem (Ex)Freund geschenkt bekommen haben solltest.

***

Irgendetwas zieht an mir. Kurz darauf fühle ich mich leicht. Mir ist kalt. Stimmen surren um mich herum. Etwas Nasses drückt an meiner Wange. Jetzt fühlt sich alles weich an. Mir ist warm.

»Rosanna?«
Diesen Namen kenne ich.
»Hey, Süße.«
Die Stimme hört sich nett an.
»Lass, Viktoria. Wir sollten sie schlafen lassen.«
Oh, noch eine zweite Stimme. Ein wenig höher vom Klang, aber auch nett anzuhören.

»Sie schläft jetzt seit sechzehn Stunden. Sie muss doch mal etwas trinken.«

Trinken? Wer muss etwas trinken?

»Ich glaube, der Schlaf tut ihr gut. Und Nik hat doch nach ihr gesehen. Wenn selbst dein Doktor sagt, Schlaf ist die beste Medizin, so wollen wir ihm das ruhig glauben.«

»Er ist Chirurg.«

Jetzt hört sich die Stimme nicht mehr nett an, eher spöttisch. Oder besorgt. Von wem reden die beiden nur?

»Komm schon, wir lassen die Zimmertür offen und sehen nachher wieder nach ihr.«

Oh gut, vielleicht komme ich dann mit.

»Rosanna?«

Ja, so heiße ich.

»Cinda, sie öffnet die Augen!«

Vor mir erscheinen zwei Gesichter. Zweimal zwei unterschiedlich blaue Augen sehen mich an. Bei denen, die wie Kornblumen aussehen, schwimmen Tränen darin.

»Rosanna. Hey, Schlafmützchen.«

»Guten Morgen«, murmele ich.

»Guten Morgen ist gut.« Viktoria lächelt mich an. »Du schläfst seit vierundzwanzig Stunden!«

So lange? »Und wenn ihr nichts dagegen habt, würde ich gern noch ein paar Stündchen dranhängen.« Wohlig kuschele ich mich tiefer unter die Decke und schmiege meine Wange ans Kopfkissen.

»Aber du musst doch trinken und mal etwas essen!« Cindas Augen sehen kugelrund und besorgt aus. »Hier, ich habe dir Orangensaft gepresst und es gibt sogar schon süße Erdbeeren.«

»Danke, das ist lieb. Stell es bitte hin, ich nehme es mir später.« Ich gebe den Widerstand gegen meine Augenlider auf und gleite auf direktem Weg zurück ins Traumland.

»Rosanna?«
Was ist denn nun schon wieder? Leichter als beim letzten Mal tauche ich aus meinem Schlaf auf und schwimme an die Oberfläche. »Ja?«

»Juta ist hier.« Cinda verschwindet aus meinem Blickfeld und meine Cousine setzt sich zu mir aufs Bett.

»Na du? Du hast mir vielleicht einen Schrecken eingejagt, als ich dich im *Baccara* zusammengesunken auf dem Ladentisch inmitten unserer guten Rosen gefunden habe.« Sie streicht mir sanft eine Haarsträhne aus der Stirn. »Ich kenne ja deine Vorliebe für zerstochene Finger, aber musste es wirklich auch noch deine Wange sein?«

»Ich wollte mal etwas Neues ausprobieren.«

»Das nächste Mal gehe bitte rechtzeitig ins Bett, okay?«

»Mit Sicherheit.« Wir schweigen eine Weile, während Juta meine Hand in ihrer mit dem Daumen streichelt. »Es tut mir leid, dass du jetzt den ganzen Laden allein führen musst.«

»Mach dir keine Sorgen. Schlaf du nur in Ruhe deinen Stachelröschenschlaf zu Ende. Ich kümmere mich um alles.«

»Danke, Juta.«

Sie steht vom Bett auf, winkt mir zu und verlässt das Zimmer. Ist es wirklich erst ein paar Wochen her, dass ich vor Juta fast schon Angst hatte? Wie dumm von mir.

Für einen Moment kämpfe ich mit mir, ob ich ins Bad gehe oder nicht.

Ich lasse das *oder nicht* gewinnen.

Ich träume von Philips Lippen auf meinen. So warm und fest berühren seine meinen Mund. Voller Sehnsucht fasse ich nach seinem Gesicht. Wie wirklich sich die Unwirklichkeit anfühlt.

»Rosanna.« Philip flüstert meinen Namen in unseren Kuss. Tränen steigen mir in die Augen, denn ich spüre, wie ich erwache. Ich will in diesem Traum bleiben. Fest kneife ich die Augen zusammen.

Philips brummendes Lachen schleicht sich in meinen Traum. »Du kannst die Augen gern öffnen.«

Blinzelnd hebe ich die Lider und rette die Unwirklichkeit hinüber in die Wirklichkeit. Philip sieht mich an, mit einem Lächeln auf den Lippen und ganz viel Wärme im Blick.

»Philip.«

»Guten Abend, Dornröschen.«

Ich setze mich im Bett auf und sehe ihn dabei unverwandt an. »Was machst du hier?«

»Ich habe es nicht länger ausgehalten, dir aus dem Weg zu gehen. Du fehlst mir so. Also habe ich all meinen Mut zusammengenommen, in Salzburg alles stehen und liegen gelassen und bin hergekommen.«

»Aber wieso gehst du mir aus dem Weg? Ich habe dich doch aus meinem Leben ausgeschlossen.«

Philip neigt den Kopf und zieht die Augenbrauen zusammen. »An dem Montag, nachdem Gustav Granter so überraschend wiederkam, war ich bei dir im Laden. Juta hat mir erzählt, dass du mich nicht mehr sehen willst. Es sei dir zu anstrengend, mit so einem Mann wie mir zusammen zu sein und du würdest dich mit einem anderen treffen. Danach hast du auf keinen meiner Anrufe reagiert.«

»Ich verstehe nicht.« Irgendetwas muss er falsch verstanden haben. Philip ist mir nicht zu anstrengend, ganz im Gegenteil und ich treffe mich auch nicht mit einem anderen Mann. »Warum hast du ihr geglaubt?«

»Warum nicht?«

Tja, warum eigentlich nicht? Mit den Fingern streiche ich die Kontur seines Gesichtes nach. Und in seinen Augen lese ich nur Liebe und Zuneigung – für mich.

»An dem Sonntag davor ...«, ich stocke.

»Ja?«

»Ich war an dem Sonntag im *Baccara*.«

»Und?«

»Du hast dich mit einer fremden Frau getroffen. Ihr habt sehr vertraut miteinander gewirkt. Ich dachte ... also ich habe geglaubt ... Ach, ich weiß auch nicht. Juta ist zu euch ins *Libretto* gegangen und sie hat beobachtet, wie du die Frau geküsst hast.«

»Und du hast ihr geglaubt?«

Ich deute ein Nicken an und plötzlich greifen alle Rädchen ineinander. »Sie hat uns gegeneinander ausgespielt! Wieso?«

»Das wird nur sie wissen. Ich aber weiß, dass es nur dich für mich gibt.«

»Aber die andere Frau gibt es auch wirklich. Die habe ich selbst gesehen.« Meine Wangen brennen und ich sehe hinunter auf die Bettdecke, die, wenn sie nicht einfarbig orange wäre, mit Sicherheit ein interessantes Muster gehabt hätte.

»Valentina ist meine Schwester.« Philip hebt mein Gesicht an, sodass ich sein breites Grinsen sehe.

»Die aus Neuseeland?«

»Genau die. Es war auch für mich eine Überraschung. Und in der Tat, bin ich meiner Schwester sehr zugeneigt. Im Übrigen wollte ich gerade zu dir, als ich von deinem feinen Cousinchen ausgebremst wurde.«

»Wir beide sind ganz schön dumm, gell?«

»Ich würde eher sagen, ziemlich leicht zu manipulieren. Vielleicht sind wir auch einfach nur zu gutmütig. Aber weißt du was?« Philip zwinkert mir zu und sieht keineswegs zerknirscht aus. »Lieber so als hinterhältig.«

Warum hat Juta das getan? Wie konnte ich mich nur so von ihr täuschen lassen? Mein mulmiges Gefühl war von Anfang an berechtigt. Warum bin ich bloß immer so gutgläubig?

»Hey, hör auf zu grübeln. Es ist vorbei.« Philip rutscht näher zu mir heran und nimmt mich fest in die Arme. Sein unwiderstehlicher Philip-Duft umfängt mich und ich schmiege die Wange an seinen Hals.

»Das sehe ich nicht so«, murmele ich. »Aber zuerst möchte ich etwas essen. Ich habe Platz für ein Brontosaurus-Steak in meinem Magen.«

»Sag bloß, du hast endlich ausgeschlafen?«

Ich schaue um Philip herum zu Viktoria, die an den Türrahmen gelehnt dasteht und mich anlächelt. »Wie praktisch, dass ich aus dem Calla ein paar Schmankerl habe mitgehen lassen. Dinosaurierbraten stand heute zwar nicht auf der Karte, aber vielleicht tut es ja auch ein Wiener Schnitzel mit Erdäpfel-Gurkerl-Salat.«

»Perfekt.« Mit Schwung schlage ich die Bettdecke zurück und hüpfe aus dem Bett.

»Meinst du, es ist sinnvoll, nach so langer Zeit gleich so viel auf einmal zu essen?« Neben Viktoria taucht Cinda auf und mustert mich mit zusammengekniffenen Augen von unten bis oben.

»Na klar, wenn sie Appetit darauf hat«, winkt Viktoria ab.

»Wie lange habe ich denn geschlafen?« Ich halte auf dem Weg zum Bad inne und sehe die drei fragend an.

Viktoria blickt auf ihre Armbanduhr und sieht aus, als würde sie rechnen.

Na so lange wird es ja wohl nicht gewesen sein. Vielleicht eine Nacht und einen Tag oder so.

»Hundert Stunden!«

Jetzt beginnt auch Cinda nachzurechnen und kommt zu dem gleichen Ergebnis. »Na, das nenne ich mal ein Schläfchen.«

»Sie hat hundert Stunden geschlafen?« Philip stellt sich neben mich und nimmt meine Hand. »Bist du dir sicher, dass es dir gut geht?«

»Sie hat ja nicht die ganze Zeit durchgeschlafen. Ab und an schlurfte sie ins Bad und anschließend in die Küche, um etwas Wasser zu trinken und eine Banane oder einen Apfel zu essen«, beruhigt Viktoria ihn.

»Obwohl es eher nach Schlafwandeln ausgesehen hat. Ich bin echt froh, dass Nik immer wieder mal hier war und nach dir Murmeltier geschaut hat.« Cinda nickt so nachdrücklich, dass ihr Zopf hin und her wackelt.

»Aber jetzt geht es mir wirklich gut. Ich fühle mich völlig entspannt und ausgeruht. Das war nur irgendein Virus, den ich ausschlafen musste. Ich merke regelrecht, wie frische Energie in mir sprudelt.« In meinem Schwung gebe ich jedem einen dicken Kuss auf die Wange. »Danke, ihr Lieben. Jetzt gehe ich duschen und gönne meinen Haaren eine Extraportion Shampoo. Wir sehen uns danach zum Futtern.«

Im Flur drehe ich mich noch einmal kurz um. »Was habt ihr denn meiner Mutter gesagt? Sie hat doch bestimmt angerufen?«

Cinda und Viktoria sehen sich an und schließlich antwortet mir Viktoria. »Wir wollten ihr keine Sorgen bereiten und haben daher nichts weiter gesagt. Nur, dass du wegen der ganzen Mai-Hochzeiten im Laden völlig ausgebucht bist und keine Zeit hast.«

»Da sie wohl genug mit deinem Vater und seinem eingeklemmten Nerv zu tun hat, waren wir uns ziemlich sicher, dass sie nicht ins *Baccara* reinschneien würde«, fügt Cinda hinzu.

»Das habt ihr fein gemacht. Sie wäre sonst wahrscheinlich hier eingezogen und hätte uns alle drei stündlich mit Lebertran gefüttert. Ich rufe sie nachher gleich mal an.« Mit Schwung drehe ich mich um und marschiere ins Bad.

Nach einer heiß-kalten Wechseldusche esse ich mit den Mädels und Philip frisch und munter all die Schnitzel, Salate und Apfelstrudel, die Viktoria mitgebracht hat. Eigentlich wollte ich im Anschluss zu Juta fahren, aber die anderen überreden mich, das Gespräch auf morgen zu verschieben. Da es mittlerweile schon recht spät ist, willige ich ein.

Aber Philip und ich reden in dieser Nacht noch lange, ehe wir Arm in Arm gemeinsam einschlafen.

Eine strahlende Maisonne weckt uns und da heute Sonntag ist, frühstücken wir alle gemeinsam ausgiebig. Ich fühle mich so erholt, dass ich nicht einmal Koffein in Form von doppelgebrühtem Kaffee benötige und so tue ich mich an warmen Croissants mit Wildblütenhonig sowie Obstsalat und einem Rest Schnitzel von gestern Abend gütlich.

Ich verabschiede Philip, der zum Flughafen fährt, um nach Salzburg zurückzufliegen. Nachdem ich ihm ungefähr siebenhundert Mal versichert habe, dass ich wieder völlig hergestellt bin und lieber allein mit meiner Cousine über ihren Betrug reden möchte, steigt er dann doch ins Taxi. Nicht ohne mir mindestens genauso oft zu versichern, ganz oft nach Berlin zu kommen, solange er in Salzburg mit den kostbaren Büchern beschäftigt ist.

Zurück in der Wohnung trödele ich ein wenig hin und her, denn das Gespräch mit Juta liegt wie eine doppelte Wurzelbehandlung ohne Narkose vor mir.

Was hat sie sich nur dabei gedacht? Immer wieder kreiselt die Frage in meinem Kopf herum und ich kann sie nicht mit einer Antwort einfangen.

Schließlich bleibt nichts mehr zu tun und ich trete den Kampf in die Arena an. Ich will eben nach meinem Rucksack unter der Garderobe greifen, da schlingt Viktoria ihren Arm durch meinen. Nach einem Blick in

Richtung Cindas Zimmer zieht sie mich durch die Wohnungstür nach draußen in den Flur.

Sie sieht furchtbar ernst aus. Ich glaube, dieser strenge Gesichtsausdruck ist ein Überbleibsel aus der Zeit ihrer Unternehmensberaterzeit. Sie hatte den Anzugherren damals ordentlich Gegenwind ins Gesicht geblasen.

Vorsichtshalber gehe ich schon mal in Abwehrhaltung. Ich verschränke die Arme vor der Brust – so wie ich es von Viktoria gelernt habe – und spreche mit fester Stimme. Zumindest ist das meine Intention, denn sie klingt ein wenig wackelig ob der Dinge, die Viktoria wohl gerade durch ihren erdbeerblonden Schopf surren. »Mir geht es wieder gut, ich bin gesund.«

»Rosanna, ich zweifele ein wenig an der Virus-Theorie. Mag ja sein, dass du dir irgendetwas eingefangen hattest, aber das allein kann es nicht gewesen sein.«

»Was meinst du?« Eine Gänsehaut prickelt meinen Rücken hinauf.

»Ich finde, du darfst dich nicht so abhängig machen von einem Mann, dass du krank wirst. Was ich sagen will, Liebeskummer ist in Ordnung und jeder geht anders damit um, aber«, Viktoria zuckt mit den Schultern, »das war irgendwie zu viel.«

Ich nicke leicht und schiebe pikiert die Unterlippe vor. Ich selbst habe darüber auch bereits nachgedacht und das war auch eines der Themen, die ich letzte Nacht mit Philip besprochen habe. Aber dieser Ansatz will nicht so ganz zu meinen Gefühlen der letzten Wochen passen. Im Nachhinein erkenne ich da noch mehr. »Ich glaube, das trifft es auch nicht ganz.«

»Was dann?«

Ich zögere eine Weile, denn es fällt mir entsetzlich schwer, es auszusprechen. Aber ich weiß, dass es raus muss, wenn ich nicht wieder in diese müde Spirale hineingezogen werden will. »Ich weiß es noch nicht genau. Aber vielleicht ... vielleicht habe ich mich mit dem *Baccara* übernommen.«

Viktoria sieht mich schweigend an, während sie meinen Gedanken verarbeitet. Schließlich nickt sie und streicht mir über die Wange. »Wir werden sehen. Und du kannst dir sicher sein, ein zweites Mal lassen wir dich nicht so verlottern.«

Ich entscheide mich, zuerst ins *Baccara* zu fahren, denn seit Juta und ich zu zweit im Laden sind, haben wir alle zwei Wochen auch sonntags geöffnet. Vermutlich behält sie das in ihrem Eifer auch allein so bei.

Ich habe recht. Der Laden ist geöffnet. Einladend steht die Tür weit offen. Am Rankgitter daneben haben sich die ersten Blütenköpfe der *Varianela* Rosen geöffnet und ihr Duft nach reifen Aprikosen umströmt mich, als ich daran vorbei in den Laden gehe.

Im *Baccara* stapeln sich die Kunden und eine unbändige Lust, die herrlichen Rosen zu berühren und zu Kunstwerken zu binden und meinen Kunden damit ein Strahlen ins Gesicht zu zaubern, erfasst mich.

Als Juta aufblickt und mich sieht, lächelt sie. Mit der einen Hand winkt sie mir zu und mit der anderen überreicht sie gerade dem Schnösel, den sie vor ein paar Wochen so zahm gemacht hatte, einen regenschirmgroßen Strauß aus feinsten *Jacowil* Rosen.

Wieso Juta, wieso?

Doch vorerst schiebe ich das Fragespiel noch ein wenig auf und schwinge mich mitten unter die Kunden. Hand in Hand erfüllen Juta und ich die unterschiedlichsten Wünsche. Egal ob eine einzelne Rose für ein kleines Mädchen mit Taschengeldbudget oder einen quietschbunten Strauß für einen offensichtlich farbenblinden Studenten, sie alle bekommen die schönsten aller Rosen.

Ich lache und scherze mit meinen Kunden und es fühlt sich so richtig an. Nur hin und wieder pikt ein mieser Gedanke hinter meiner Stirn und will mich warnen.

Nur, brauche ich wirklich diese Warnung vor dem, was ich liebe und gut kann?

Am späten Nachmittag ebbt der Kundenstrom ab und wir stellen das Geschlossen-Schild in die Tür, die weiterhin offen steht, um die herrliche Frühlingswärme hereinzulassen. Gemeinsam räumen wir die Schnipsel der gekürzten Rosen weg, arrangieren die Übriggebliebenen in ihren Kristallvasen und versorgen alle mit frischem Wasser.

Schließlich hole ich aus dem *Sahneklecks* eine heiße Schokolade für mich und einen Ingwertee für Juta. Auf der Bank vor dem *Baccara* lassen wir uns nieder, denn ich hoffe, dass es uns so leichter fällt, Contenance in dem hässlichen Gespräch zu wahren, welches jetzt unmittelbar vor mir liegt.

»Es freut mich, dass es dir wieder gut geht.« Juta lächelt mich über ihren dampfenden Tee hinweg an. Die Sonne lässt ihr Haar wie Perlen schimmern und ihre grauen Augen blicken mich klar an.

»Danke.« Ich räuspere mich.

»Du bist genau zum richtigen Zeitpunkt gekommen. Der Ansturm heute wäre kaum allein zu bewältigen gewesen.«

Dieses Mal nicke ich nur. Los, Rosanna, raus mit der Sprache!

Wieder räuspere ich mich. »Juta ...«

»Ja?«

Ich sehe hinunter auf den Schaum der heißen Schokolade, dann gebe ich mir einen Ruck und blicke Juta direkt in die Augen. »Philip kam gestern zu Besuch.«

Nun ist es an Juta zu nicken. »Ich verstehe.«

Sie trinkt einen Schluck vom Tee. »Vermutlich habt ihr euch ausgesprochen und du willst jetzt wissen, warum ich das getan habe, richtig?«

Ich halte kurz den Atem an und warte darauf, dass sie weiterspricht.

»Ich bin eifersüchtig.« Juta stellt die Teetasse neben sich auf den Boden und faltet die Hände im Schoss zusammen.

Das war es? So einfach ist das?

Offensichtlich erwartet sie keinen Kommentar von mir und spricht weiter. »Nachdem ich durch Eriks Betrügerei alles verloren habe, fiel es mir verdammt schwer, hier als Bittstellerin vor dir zu stehen. Seit wir aus unseren Windeln raus sind, heißt es zu Hause immer nur – die gute Rosanna hier und die tolle Rosanna dort, nimm dir ein Beispiel an der lieben Rosanna. Und was für einen Erfolg deine wundervolle Cousine doch mit ihrem Rosenladen hat.«

Vor Schreck verschlucke ich mich an der Schokolade. Hustend ringe ich nach Luft. Als ich wieder einigermaßen sprechen kann, platzt es aus mir heraus. »Weißt du, was ich mir immer von meiner Mutter anhören musste?« Ich grinse Juta trotz allem an, doch sie schaut nur mit verzogenen Augenbrauen zurück. »Bei mir hieß es immer *Love, nimm dir example an deiner cousin. So strebsam, so fleißig, mit den most perfect flowers. Und sie hat einen Mann.*« Gekonnt ahme ich den britischen Akzent meiner Mum nach und jetzt stiehlt sich auch ein Lächeln auf Jutas Gesicht.

»Wir hätten viel früher miteinander reden sollen.« Ich stelle ebenfalls meine Tasse ab und wende mich Juta zu.

»Rosanna, es tut mir so schrecklich leid, was ich getan habe. Als ich gesehen habe, wie sehr dich der Kummer um Philip getroffen hat, war ich kurz davor, dir alles zu beichten. Aber ich war zu feige.« Da schimmert doch tatsächlich so etwas wie ein Tränchen in Jutas Auge.

»Kannst du mir verzeihen?«

Ihre Worte rotieren in mir, denn damit hatte ich nicht gerechnet. Ich war gefasst auf Widerspruch und Ausreden und Zank und Streit. Aber nicht auf so viel Ehrlichkeit.

Kann ich ihr verzeihen?

Ich antworte nicht gleich und Juta erhebt sich. »Entschuldige, es ist natürlich vermessen von mir zu glauben, dass du mir so einfach vergibst. Ich habe dir sehr wehgetan. Wenn es dir recht ist, helfe ich dir die nächste Woche über noch im Laden, bis du völlig fit bist und dann packe ich meine Sachen und überlasse dir wieder deinen wunderbaren Rosenladen.«

»Warte, nein.« Ich gehe Juta hinterher. »So war das nicht gemeint.« Juta dreht sich zu mir um. Los Rosanna, denk nach. Was willst du eigentlich?

Bei mir passiert auf einmal so viel, ich bin völlig wirr. Aber ich kann Juta verstehen, irgendwie. Auch wenn mir Viktoria nachher das Fell über die Ohren ziehen wird, denn sie meint schon seit wir uns kennen, dass meine Empathie mich irgendwann mal Kopf und Kragen kosten wird. Aber hier geht es um Freundschaft, um Familie, um jahrelange Missverständnisse. »Juta, ich will nicht, dass du gehst. Vielleicht brauche ich eine Weile, um deine Entschuldigung voll anzunehmen, aber in der Zwischenzeit hätte ich dich gern bei mir im *Baccara* an meiner Seite.«

Jutas Augen funkeln auf. Ihre Schultern senken und ihre Hände entspannen sich. Es sieht aus, als hätten meine Worte eine riesige Last von ihr genommen.

»Danke«, flüstert sie und verschwindet im Laden.

35

H wie Hadern

Hibiskus

Selbstverständlich sind wir die zarte Schönheit, die er in uns sieht.
An manchen Tagen sehen wir das zwar nicht ganz genauso, aber bitte, können diese Männeraugen gepaart mit diesem wundervollen Strauß voller Zartheit lügen?

***

Tanzend vor Tatkraft und einem Kopf voller Rosenideen kehre ich nach meinem Dornröschenschlaf ins *Baccara* zurück. Ich begrüße jede Rose einzeln und freue mich über jeden Kunden, der den Laden betritt. Selbst über die Griesgrämigen, die weder *Guten Tag* noch *Auf Wiedersehen* und schon gar nicht *Bitte* und *Danke* in ihrem beschränkten Wortschatz kennen.

Juta und ich begegnen uns dieser Tage mit neuem Verständnis. Wir gehen kameradschaftlich miteinander um und ergänzen uns in unserer Arbeit aufs Beste.

Ich bemühe mich darum, mein Misstrauen ihr gegenüber im Zaum zu halten, kann mich aber nicht ganz von dem mulmigen Gefühl vom Beginn unserer Zusammenarbeit freimachen.

Mittlerweile sind die Gestecke aus den *Fadaescuro* Rosen, die ich vor meinem Infekt gezaubert habe, getrocknet. Vorsichtig überziehe ich die Rosen, die üppig aus den weißen Porzellanschalen quellen, mit Klarlack und streue großzügig granatroten Glitzer darauf. Mit mir und der Rosenwelt zufrieden, trete ich einen Schritt zurück und bewundere das funkelnde Werk.

Ein Blick in den Kalender zeigt mir, dass wir mit unserem Zeitplan in Verzug sind. Einerseits aufgrund meiner Auszeit und andererseits infolge der vielen Kunden, die uns immer wieder von unseren Gesteck-Arbeiten für die vielen Mai-Hochzeiten wegholen.

Die Meyer Hochzeit würde am nächsten Sonntag stattfinden, somit blieben uns noch zweieinhalb Tage. Und zwei Nächte.

Verstohlen gähne ich in die Hände und ernte prompt einen fragenden Blick von Juta, die eben zu mir an den Ladentisch tritt, um sich eine Rosenschere zu holen.

»Alles gut.« Nicht ganz ungenervt verdrehe ich die Augen. Die Fürsorge meiner Mitmenschen rührt mich ja wirklich, aber so langsam übertreiben sie es ein wenig. Ich fühle mich fit wie ein Turnschuh, nun ja, zumindest wie ein Sneaker. Und ein Gähnen wird wohl noch erlaubt sein, oder?

Um Juta zu zeigen, dass mit mir alles in Ordnung ist, sause ich nach hinten in den Kühlraum und schnappe mir so viele Bündel mit *Fadaescuro* Rosen wie ich nur in die Arme bekomme.

Autsch, schon wieder die Dornen! Egal, bloß keine Schwäche zeigen!

Ich lege die Blumen auf dem Ladentisch ab und streife bei einer nach der anderen die Dornen ab.

So sorgfältig ich auch arbeite, hin und wieder beißt sich ein Dorn dabei in meine Finger. Schade, sie waren gerade so schön verheilt. Tja, das gehört eben zum Berufsrisiko. Philip hat mir das letzte Mal als er mich besuchte, eine speziell angerührte Salbe von einer Salzburger Kräuterfrau mitgebracht. Und in der Tat, abends aufgetragen, ist morgens kaum noch etwas von den Piksern zu sehen.

Mit schmerzendem Rücken richte ich mich auf. Der Ladentisch und der Boden vor mir sind über und über mit Rosendornen bedeckt. Seufzend fege ich alle zu einem großen Haufen zusammen und entsorge diesen in unserer Komposttonne, die alle zwei Tage von einer Großgärtnerei abgeholt wird.

Ich finde, ich habe mir etwas Schönes verdient, mein Magen fühlt sich ein wenig flau an. Vermutlich, weil ich den ganzen Nachmittag noch nichts gegessen habe.

Juta erklärt gerade einem hageren Jüngling, der aussieht wie ein ewiger Student der Philosophie, warum seine Freundin zu Recht beleidigt auf einen Strauß Tiefkühlröschen von der Tankstelle reagiert hat, die er ihr anlässlich ihres ersten Jahrestages geschenkt hatte. Sonst ist es im Laden ruhig und so gönne ich mir einen Abstecher ins *Sahneklecks*.

Am Fenster ist mein Lieblingsplatz frei und ich strecke erleichtert die müden Beine von mir. Nachdem Florentina zwei Kunden dabei geholfen hat, sich zwischen Mohnschnecke und Zimtgugelhupf zu entscheiden, watschelt sie zu mir herüber und stellt zwei Tassen mit dampfender Schokolade und einen Teller mit bunten

Macarons auf den Tisch. Seufzend lässt sie sich samt ihrem gigantischen Bauch auf einen Stuhl plumpsen und steckt sich ein himbeerrotes Macaron in den Mund.

»Greif zu«, ermuntert sie mich.

Ich suche mir ein kiwigrünes Stück heraus und nibbele am Rand herum. »Ich glaube, die Sahnesoße heute Mittag war nicht mehr ganz in Ordnung.«

»Magst du einen Kamillentee?«

Ich schüttele den Kopf und schnuppere an meinem Kakao.

Aber so recht kann ich mich nicht überwinden, das süße Getränk zu trinken. Mir war gestern Abend schon ein bisschen mulmig.

Florentina legt ihren Kopf schief und mustert mich.

»Gönnst du dir auch genug Pausen?«

»Ja, Mami. Heute war ich erst nach neun im Laden und gestern bin ich sogar schon um halb zehn schlafen gegangen. Eine Spur Frühjahrsmüdigkeit darf ja wohl noch sein!«

»Hat man die normalerweise nicht am Anfang des Frühlings?«

Ich winke ab und beiße die Hälfte von meinem Macaron ab. Ich muss es mit den Süßigkeiten schließlich nicht übertreiben.

»Bei euch im Rosenladen ist viel los in letzter Zeit, oder?«

»Oh ja. Wir haben derzeit viel Laufkundschaft und bei den Massen an Hochzeiten lassen sich die Leute auch nicht gerade lumpen.«

»Dachte ich mir schon. In letzter Zeit brannte ja noch um Mitternacht Licht.«

»Ich weiß auch nicht wie Juta das schafft. Sie ist fast jeden Tag im Laden, von morgens bis abends und ab und zu bindet sie noch nachts ein paar Gestecke. Dabei scheint sie nie müde zu sein, sie sieht immer aus, als käme sie geradewegs aus einer Wellnessoase.«

»Superwoman halt.« Flo grinst mich an. »Aber ganz ehrlich, solche Frauen machen mir Angst. Da bist du müdes, normales Mädchen mir doch um Längen lieber. Wenigstens sind deine Augenringe genauso hart erarbeitet wie meine.«

»Na, danke auch. Aber du machst doch auch Nachtschichten.«

»Wenn eine geniale Backidee in meinem Köpfchen gärt, kann ich mich eben nicht bremsen.« Flo schiebt mir den Teller mit den Macarons näher und ich greife nach einem sandfarbenen. Ich koste es und lege dann die übrig gebliebene Hälfte auf die Untertasse meiner heißen Schokolade.

Flo folgt meinen Bewegungen mit ihren Blicken und will gerade etwas sagen, als ein älteres Paar durch die geöffnete Ladentür schreitet.

»Kümmere dich um dich, Rosanna«, sagt sie und steht auf, um ihre Gäste zu bedienen.

Nach ein paar Schlucken vom Kakao gebe ich auf und gehe zurück ins *Baccara*. Wahrscheinlich ist es besser, meinem geplagten Magen eine Pause zu gönnen.

Schweigend widme ich mich den Gestecken für die Meyer Hochzeit. Ohne so recht hinzusehen, bastele ich die Blumen aneinander. Sie lassen sich schwer verarbeiten und so richtig Lust habe ich auch nicht. Es ist doch echt zum Blattläusemelken! Wohin bitte schön, ist mein Schwung verpufft?

»Was tust du denn da?«

Ich zucke heftig zusammen und köpfe mit dem scharfen Messer in der Hand eine der Rosen vor mir.

Juta steht mir am Ladentisch gegenüber und funkelt mich an.

»Was?«, blaffe ich zurück.

»Du hast den Rosen alle Blätter abgerupft, du sollst sie doch mit Grün stecken!«

»Quatsch! Wir haben gesagt, es werden halbrunde Schalen nur mit dichten Rosenköpfen.«

»Ja haben wir! Aber für die Baumert Hochzeit! Und mit den *Whitesnow*!«

»Oh.«

»Ja, oh!« Juta entwindet mir das Messer und legt es weit weg an das Ende des Tisches. Vorsichtig nimmt sie die Schale mit den blattlosen Rosen hoch und betrachtet sie von allen Seiten. »Wie viel hast du davon schon gemacht?«

Ich sehe auf den Boden hinunter, wo die bereits fertigen Schalen auf ihren Einsatz warten. »Das ist die fünfte.«

»Gut, dass du so langsam bist«, murmelt Juta und sucht sich aus dem grünen Blätterhaufen auf dem Tisch die besten Exemplare heraus, um sie dann um die Rosenköpfe zu drapieren. »Das sieht unmöglich aus!«

»Meine Güte, dann lassen wir es eben so und ich stecke die Restlichen anders.« Meine Stimme überschlägt sich, meine Nase kribbelt und krabbelt und ich spüre, wie sich Tränen ihren Weg bahnen. Ich schlucke heftig und stoppe so die Nässe in den Augen.

Juta blickt auf. In ihren Augen funkelt noch immer Unmut, doch nun formt sich ihr Mund zu einem

Lächeln. »Entschuldige, so schlimm ist es natürlich nicht. Ich bin eben auch etwas angespannt. Unsere Tage sind anstrengend, nicht wahr?«

Ich nicke und nehme mir die Schale von ihr zurück, um sie fertigzustellen. Auf der Hochzeit schauen sowieso alle nur auf die Braut.

»Weißt du was«, Juta kramt aus dem Fach unter dem Ladentisch ihr Telefon hervor, »ich versuche, Jacques zu überreden, uns heute noch ein paar frische *Fadaescuro* Rosen vorbeizubringen. Dann können wir die vermurksten Gestecke morgen neu machen.«

»Jacques macht keine Extrawürste.«

»Bei mir schon, mein Liebe.« Fröhlich, als wäre dieser ganze Fauxpas zu ihrem Vergnügen, wendet sie sich von mir ab und geht nach draußen zum Telefonieren.

Erneut pocht der Gedanke in mir, falsch im *Baccara* zu sein. Ich will nicht sagen überfordert, aber definitiv auch nicht richtig am Platz. Wenn ich mir Jutas Leichtigkeit ansehe, wird mir meine eigene Trägheit nur umso bewusster.

Die letzten Vorbereitungen für die Meyer Hochzeit verlaufen ohne Zwischenfälle, wenn man von der einen oder anderen falsch geschnittenen Rose absieht. Juta ist heute Morgen direkt von ihrer Wohnung aus in das schlossähnliche Hotel gefahren, um mit den Vorbereitungen zu beginnen. Ich sitze gerade in meinem VW Bus vor dem *Baccara* und sehe Jutas Liste durch, um ja nichts zu vergessen. Akribisch hake ich die einzelnen Punkte doppelt ab. Jutas hektische Anrufe zwischendurch sind nicht unbedingt Balsam für meine Konzentration. Mindestens viermal fragt sie mich allein nach dem Brautstrauß, den die Braut nach der Trauung werfen will, da sie ihren eigenen behalten will. Nun ja, vielleicht hatte ich ihn nicht gleich beim ersten Mal eingepackt, dann aber nach der zweiten Ermahnung.

Der Berliner Sonntagsverkehr meint es gnädig mit mir und so schnurre ich nach einer guten Stunde auf den Parkplatz des Hotels. Die Umgebung könnte für eine Hochzeit nicht kitschiger sein, genau wie das himmelblaue Wetter.

Voller Sehnsucht denke ich an Philip. Für einen Moment schließe ich die Augen und träume von seinem lieben Gesicht. Nächste Woche würde ich für drei Tage zu ihm nach Salzburg fliegen. Ach, wäre ich nur schon da! Als erstes würden wir bestimmt ganz lange zusammen ausschlafen und uns nach einem Bummel durch die Stadt zu einem dekadenten Nachmittagsschläfchen zurückziehen.

»Hey, Träumerchen. Auf die Plätze, fertig, los. Hier wollen gleich zwei liebesblinde Menschen den Bund fürs Leben schließen und das am liebsten inmitten teurer Luxusrosen.«

Juta schnipst mit den Fingern vor meinem Gesicht herum. In ihrem lichtblauen Kostüm sieht sie aus wie die Eiskönigin als Geschäftsfrau.

»Wohnt eigentlich auch nur das winzigste Krümelchen Romantik in dir?«

»Nope. Und nun ran an die Arbeit.« Sie reicht mir eine Schürze und bindet sich ebenfalls eine um. Zwei Hotelangestellte helfen uns beim Ausladen und Arrangieren der Gestecke. Jutas Augen verzehnfachen sich und ihre

Anweisungen schallen in alle Richtungen. Und wir alle folgen ihr wie Entenküken der watschelnden Mutter.

Mittlerweile hat es auch die zitternde Braut in ihre Suite geschafft und bibbert ihrem Auftritt entgegen. Dem Bräutigam geht es nicht besser und ich hoffe für ihn, dass sich noch jemand findet, der ihm die verstrubbelten Haare glättet und sein falsch geknöpftes Hemd korrigiert.

Die Sträuße für die zwei Brautjungfern, das Bouquet für die Brautmutter und der Wurfbrautstrauß liegen bereit. Die Gäste sitzen nett aufgereiht auf Stühlen mitten auf dem Rasen vor einem kleinen Teich. Ein Streichquartett spielt *Ave Maria* in Endlosschleife und die anwesenden Kinder versuchen alle Nase lang von den Schößen ihrer Mütter, Väter, Tanten und Omas zu krabbeln, um die Enten rund um den Teich zu jagen.

Mit der Übergabe der Handsträuße sind Juta und ich fertig und können dann nach Hause fahren. Unter einem Baldachin neben der Hochzeitsgesellschaft warten wir auf die Damen, die uns entgegenstaksen. Ihre Stilettos scheinen mir einen Tick zu hoch für den weichen Rasen.

»Oh, wie entzückend.« Eine zartrosa Brautjungfer nimmt ihren gleichfarbigen Strauß in Empfang. »Sieh nur Elli, Rosen ohne Dornen.«

»Stacheln«, murmelt Juta.

Von wegen ohne Dornen. Es stecken noch mindestens ein Dutzend irgendwo in meinen Händen. Doch sowohl Juta als auch ich lächeln tapfer den nett gemeinten Kommentaren entgegen.

Endlich gesellt sich ein monumentaler Sahnetuff in Gestalt der Braut zu uns. Ach du meine Güte, das ist mal eine Menge Stoff auf einem Haufen.

Juta stupst mich von der Seite an den Arm und nachdem ich mich unwillig von dem Brautanblick gelöst habe, sehe ich ihren fragenden Blick. Zum ersten Mal spüre ich schmerzhaft die Wahrheit in der Redensart, jemanden mit seinem Blick zu durchbohren.

»Was?«, forme ich lautlos.

»Wo ist der Brautstrauß?« Es dauert einen Moment, bis ich aus Jutas Zischen den Inhalt erfasse, dann zeige ich auf den Rosenstrauß hinter mir.

Juta lächelt entschuldigend der schnatternden Damenriege zu, nimmt mich am Arm und zieht mich ein Stück zur Seite. »Ich meine nicht den dämlichen Wurfstrauß. Wo ist der richtige Brautstrauß?!«

Eiswasser ersetzt schlagartig mein Blut und jegliche Gedanken bis auf einen frieren in meinem Kopf ein.

Ich! Habe! Keinen! Brautstrauß! Eingepackt!

Juta lässt mich auf der Stelle stehen. Sie flüstert der Braut etwas zu und ich höre die Meute lachen. Dann hastet sie in Richtung Parkplatz davon. Etwa zehn Minuten später kommt sie zurück, packt mich am Arm und zieht mich zu der Braut.

»Da dies ein besonderer Tag ist und Sie eine besondere Braut sind, wollten wir Ihnen nicht einen gewöhnlichen Hochzeitstrauß binden. Wir haben Ihnen den buntesten Strauß gebunden, mit unseren buntesten Wünschen für eine Liebe voller bunter Wunder.« Mit diesen bunten Worten überreicht Juta der Braut ein fließendes Bouquet aus bunten Rosen. Diese Rosen stammen definitiv nicht aus dem *Baccara.* Im Gegenteil

– ich meine, diese Rosen an den wunderschönen Hecken gesehen zu haben, die den Park rings um das Hotel säumen.

Die ersten Tränen rollen bei Braut und Brautmutter und nach vielen Küsschen hin und vielen Küsschen her schreitet die Braut am Arm ihres Vaters der Trauung entgegen.

Juta und ich gehen zu meinem VW Bus. Dort nimmt sie mich in den Arm. »Ich denke, du solltest eher nach Salzburg fliegen. Die Pause wird dir guttun.«

Wo hatte ich bloß meine Gedanken? Eine Hochzeit ohne Brautstrauß? Warum vernachlässige ich meine Arbeit so entsetzlich? Wieder war es Juta, die mir aus der Bredouille geholfen hat.

Kopfschmerzen puckern hinter meiner Stirn und ausgelaugt lasse ich mich auf den Sitz meines Autos fallen.

Juta will gerade die Tür schließen, als ich sie zurückhalte.

»Wo hattest du denn den Ersatzstrauß so schnell her?«

»Nachdem ich mit meiner Arbeit hier fertig und du noch nicht da warst, habe ich mir ein paar der herrlichen Heckenrosen gemopst und den Strauß gebunden. Ich hatte einfach so wahnsinnige Lust darauf. Just for me. Das kennst du doch, oder?«

Ich nicke und schließe die Autotür.

Kenne ich das? Nicht wirklich. Wenn, dann kannte ich es mal.

Aber das ist vorbei.

36

E wie Echo

Erdbeerblüte

Oh! Dieser Duft, diese Ahnung von Sommer in der Luft.
Doch Achtung!
Mit Erdbeerblüten im Strauß bist Du vielleicht nicht mehr, als ein unreifes Früchtchen für ihn.

***

Eine Wolkendecke, die fast bis zum Boden hängt, begrüßt mich in Salzburg. Doch meine persönliche Sonne überstrahlt alles. Mit Schwung wirbelt mich Philip im Kreis herum und etwas schwindelig komme ich auf dem Boden wieder auf.

Während des Fluges hat mein Magen revoltiert und so klammere ich mich an Philip. Seltsam, Fliegen hat mir noch nie etwas ausgemacht, bisher habe ich es immer sehr genossen, über den Wolken hinwegbrausen zu können.

»Wohin darf ich dich zuerst führen?« Philip küsst mich auf die Stirn. »Oder wollen wir lieber erst in meine Pension gehen? Du siehst müde aus.«

»Der Flug war etwas unruhig.« Das war er auch, zumindest in meinem Magen. Ich weiß, Philip würde mir jetzt am liebsten die Stadt zeigen, von der er mir schon so begeistert erzählt hat. Allem voran *seine* Bibliothek St. Peter in der Erzabtei und auch das Schloss Mirabell und Mozarts Wohnhaus und so viel mehr. Doch in mir lechzt alles nach einer Pause.

Also machen wir es uns in seinem großzügigen Zimmer bequem und bald schon gleite ich in seinen Armen ins Traumland.

Das Erwachen gelingt mir ebenso leicht wie das Einschlafen und ausgeruht wie schon seit Tagen nicht mehr recke und strecke ich mich. Philip sitzt neben mir im Bett und linst über den Rand seines antiken Buches zu mir herunter.

»Sag bloß, du hast ausgeschlafen?«

Ich blinzele in die Sonne, die durch das geöffnete Fenster ins Zimmer scheint. Wieder strecke ich mich genüsslich. »So ein Mittagsschläfchen ist doch herrlich. Das sollte man sich zur Gewohnheit machen.« Ich krabbele unter der Decke hervor und schmiege mich an Philip. Meine Hände lasse ich unter sein T-Shirt wandern und meine Beine umwickeln seine.

»Wenn aber das Mittagsschläfchen satte«, Philip schaut auf seine Armbanduhr, »zwanzig Stunden dauert, wird es eventuell etwas schwierig, dies in den Alltag zu integrieren.«

Ich richte mich auf. Das kann doch wohl nicht wahr sein! Ich bin extra nach Salzburg geflogen, um Zeit mit Philip zu verbringen und jetzt verschlafe ich schon wieder die ganze Zeit. Na, die Stunden werde ich aufholen.

Und ich fange sofort damit an, indem ich Philip fest umschlinge und ihn küsse. Er will etwas sagen, doch ich lasse ihn nicht zu Wort kommen und ein paar Augenblicke später lässt er sich von mir mitreißen ins Land der Leidenschaft.

Auch an diesem Tag bekomme ich nichts von Salzburg zu sehen, denn das Einzige was ich sehen will, ist Philip. Zufrieden in unserem kleinen Liebesuniversum schlafe ich am frühen Abend, halb auf Philip liegend, ein.

Als ich aufwache, ist es bereits hell. Doch Philip schläft noch. So dürfte ich wahrscheinlich nicht wieder einen Tag verschlafen haben.

Ich schließe für einen Moment die Augen, aber sie springen wieder auf und ich aus dem Bett.

Nachdem ich geduscht habe, ist auch Philip wach und zieht mich zu sich ins Bett. Doch mein Magen knurrt hungrig und mir steht nach allem der Sinn, nur nicht danach, mich wieder hinzulegen.

Gemeinsam schlendern wir über den Residenzplatz zur Getreidegasse und machen es uns an einem der einladend gedeckten Tische im Café Mozart gemütlich. Ich höre in mich hinein, doch mein Magen teilt mir lediglich mit, dass ihm dringend der Sinn nach Frittatensuppe und Salzburger Nockerln steht.

Kaum stehen die Teller mit den Leckereien vor mir, lasse ich mir auch schon das erste Nockerl auf der Zunge zergehen.

Köstlich! Definitiv, mein Bauch ist wieder in Ordnung.

»Warum schaust du so?« Ich tupfe mir mit einer Serviette den Almdudler-Bart ab und sehe Philip fragend an. Ein Lächeln umspielt seine Lippen, doch seine Augen sehen ernst aus.

»Ich mache mir Sorgen um dich, Rosanna. Du bist häufig so müde und erschöpft. Ganz ehrlich … ich möchte gern, dass du mal mit einem Arzt darüber sprichst.«

Ich lege meine Hand auf Philips. Mein erster Impuls ist es, auf den Tisch zu hauen und ihm zu sagen, dass ich davon nichts wissen will. Aber ich spüre den wunden Punkt, den er trifft und reiße mich zusammen. Und – ich merke auch, wie gut es mir hier geht – weit weg vom *Baccara*.

»Du hast recht, ich fühle mich erschöpft. Und ich weiß auch warum.« Ich halte inne, denn die Worte auszusprechen ist noch schwerer als sie zu denken. »Ich habe die Nase voll vom *Baccara*. Ich habe keine Lust mehr, Blumen zu binden und Kunden zu bedienen. Es langweilt mich. Jeder Handgriff fällt mir schwer. Sobald ich auch nur den Laden betrete, wickelt mich eine Müdigkeit ein, die mir alle Energie abzwackt. Ich mag morgens gar nicht mehr aufstehen, weil mir jeder Schritt hin zur Arbeit wie Blei in den Füßen vorkommt und abends will ich nichts mehr, als in mein Bett kriechen, die Augen schließen und schlafen.«

Philip verzieht keine Miene und ich erkenne nicht im Ansatz, was er über meine kleine Rede denkt.

»Das glaube ich nicht.«

»Wie bitte?«

»Ich denke, es steckt noch mehr dahinter. Ich bin überzeugt davon, wenn du ganz tief in dich hineinhörst, gibt es da irgendwo noch ein Echo deiner Leidenschaft für deinen Rosenladen. So etwas geht nicht einfach verloren.«

Ich bin versucht aufzuspringen, aus dem Café hinaus und über die sonnige Straße wegzulaufen. Philip scheint es zu merken, denn er greift nach meinen Händen auf dem Tisch und zwingt mich mit seinem Blick, ihn anzusehen. »Bitte Rosanna, versprich mir, dass du keine voreiligen Schlüsse ziehst. Ich glaube, ich weiß, was sich in deinem Köpfchen zusammenbraut.«

Ich sehe ihn nur herausfordernd an.

»Juta ist nicht die Richtige für das *Baccara*, Rosanna! Das bist nur du.«

Fest presse ich die Lippen aufeinander, denn in der Tat habe ich mir noch nicht einmal selbst erlaubt, diesen Gedanken zu denken. Und ganz ehrlich, hier, am helllichten Tag im Sonnenschein, umgeben von fröhlichen Menschen, neben Philip, satt mit Liebe und einem herrlichen Frühstück, verstehe ich meine Bedenken selbst nicht.

Vor mir steht eine Vase mit Anemonen und Ranunkeln und wie magisch angezogen ziehe ich die samtenen Blüten heraus und ordne sie neu an. Wie zart sich die Pflanzen in meinen Händen anfühlen, wie befriedigend es ist, sie so zusammenzubringen, dass das Auge gern darauf ruht. Ich kann doch eigentlich gar nicht ohne Blumen sein.

Oder kann ich doch?

Nein, kann ich nicht.

»Du hörst das Echo, nicht wahr?« Philip küsst zart meine Stirn. Und ich fasse einen Entschluss.

Zurück in Berlin fühle ich mich ausgeruht wie meine dreijährige Nichte Linda nach dem Mittagsschlaf. Die letzten müden Wochen kommen wir vor wie ein schlechter Traum. Allerdings ging es mir Anfang Mai nach meinem Infekt schon einmal so. Doch jetzt scheine ich ihn endlich wirklich auskuriert zu haben. Ich hätte mir gleich eine längere Auszeit nehmen sollen, manchmal braucht der Körper etwas mehr Zeit, sich selbst zu heilen. Das *Baccara* weggeben! Welch eine dumme Idee!

Dennoch steht mein Entschluss fest. Sollte mich meine Arbeit in nächster Zeit wieder so auslaugen, sodass ich kaum geradeaus denken kann und mir schlecht wird, werde ich handeln und meinen Rosenladen … nicht mehr selbst führen. Wie auch immer das dann aussehen wird.

Anfang August fahren Viktoria, Cinda und ich zusammen mit Nik, David und Philip zu Patrizias Hochzeit. Bis dahin wirbelt entweder die alte Rosanna im *Baccara* oder eine andere, aber keine Rosanna.

Ich werde weder mit Philip noch mit Cinda oder Viktoria über mein Experiment reden, zumindest vorerst nicht, denn ich will nicht beeinflusst werden. Dass Philip in Salzburg auf mich eingewirkt hat, war das letzte Mal. Und es war gut so. Aber ab jetzt nehme ich die Sache selbst in die Hand.

Erholt und randvoll mit Energie fege ich einen Tag später ins *Baccara*.

Juta ist eben dabei, die einzelnen Rosen nach welken Blütenblättern abzusuchen. Ihre Blumenpflege grenzt manchmal schon an Verbissenheit und hin und wieder, wenn ich sie dabei beobachte, beschleicht mich das mulmige Gefühl vom Anfang unserer Cousinenzeit. Ich liebe auch jede einzelne meiner Rosen, doch ich würde nie so weit gehen, sie nachts mit in mein Bett zu nehmen, wie ich es bisweilen bei Juta vermute.

»Guten Morgen«, trällere ich ihr entgegen.

»Rosanna! Salzburg scheint dir bekommen zu sein.« Juta mustert jeden Zentimeter an mir. »Man könnte fast meinen, das süße Leben schmeckt dir besser als deine Arbeit.«

Ich weiß, sie meint es als Scherz. Aber die Pointe will so gar nicht zünden, denn sie pfeffert genau in meine offene Wunde. Jetzt bloß nicht verrückt machen lassen. Ich schaffe das!

Mit einem Lächeln, welches ich mit Mühe in mein Gesicht male, schnappe ich mir eine Schürze. »Wie lief es hier? Alles gut?«

Juta nickt und weist mit der Rosenschere in der Hand auf den Ladentisch. »Unten in der Schublade habe ich den Ordner mit den offenen Rechnungen hingelegt. Die müsstest du bitte bald mal durchgehen. Ich habe ja keine Vollmacht für das Ladenkonto. Und es fehlen auch ein paar Unterschriften auf Bestellungen, die du als Inhaberin selbst unterzeichnen musst.«

Sie schaut mir eine Weile zu, wie ich den Ordner durchblättere und als ich nichts sage, wendet sie sich wieder den Rosen zu.

»Guten Morgen, die Damen!« Herr Ludwig vom Calla Hotel läuft gediegenen Schrittes in den Laden. Im Schlepptau einen jungen Auszubildenden, der erst seit fünf Minuten die Grundschule beendet zu haben scheint. Mit glasigen Augen starrt er Juta an, die Herrn Ludwig die Hand reicht.

»Wie immer pünktlich. Und die Gestecke sind selbstverständlich auch fertig.«

»Ich habe nichts Anderes von Ihnen erwartet, Frau Bilsen.«

Um nicht völlig nutzlos danebenzustehen, eile ich in den Kühlraum und hole den Rollwagen mit den Gestecken für das Hotel. Zwar sind die meisten Blumen im Hotel Calla in der Tat Callas, doch dazwischen befinden sich als Auflockerung immer auch einige von unseren Rosengestecken. Dieses Mal hat Juta herrliche *Ervilha* Rosen gewählt, die sie mit *Rosignolo* zusammengebunden hat. Allein der Duft nach frischem Karamell ist eine Sinnenfreude.

Herr Ludwig bestaunt die Meisterstücke mit gebührendem Respekt und scheucht dann seinen Auszubildenden samt Rollwagen nach draußen, um die Blumen einzuladen.

»Für die zierlichen Gestecke musst du Stunden gebraucht haben.« Ich kann mich nicht ganz zwischen Bewunderung und Augenrollen ob ihres Ehrgeizes entscheiden und so gerät mein Satz tonal ein wenig schief.

Und ich bin mir sicher, sie merkt es, will es mir aber nicht zeigen. »Ach, das ist schon okay. Allerdings würde ich gern an den Pfingsttagen freinehmen. Ich weiß, es wird schrecklich viel zu tun sein und ich würde dich auch gar nicht darum bitten, wenn es nicht so wichtig wäre. Aber ich dachte mir, jetzt, nachdem du wieder fit bist, macht es dir nichts aus.«

»Klar, ich halte hier die Stellung.«

Was sie wohl so Wichtiges vorhat? Es scheint ja ein großes Geheimnis zu sein.

Ich könnte sie fragen.

Nee.

»Die Bestellungen für die Pfingsttage sind alle fertig. Ich habe sogar Jacques überredet, uns die Rosen zu liefern, so musst du nicht raus zum Großmarkt fahren.«

Mir würde Jacques nicht einmal Unkraut liefern, wenn ich es in Gold aufwiege.

Sogar an die Bestellungen hat sie schon gedacht. Wo will sie bloß hin?

»Nun schau mich nicht so an mit deinen Kulleraugen. Ich darf in Bonn bei *Blumond* auf Probe arbeiten. Sie suchen eine Floristin und Jacques hat mich empfohlen, der lässt sich von Erik und seinen Handlangern nicht so einfach einschüchtern.«

»Das ist ja großartig«, konstatiere ich. Ist es großartig? Ist es doch, oder? Das war es, was ich von Anfang an wollte.

»Ich werde dich vermissen.«

»So weit ist es noch lange nicht.« Juta lächelt mich an. »Und nun an die Arbeit, ehe wir hier völlig rührselig werden.«

»Zu Befehl, Madam. Den Papierkram nehme ich mit nach Hause. Was ist sonst heute noch dran? Mir juckt es in den Fingern, endlich wieder an meinen Rosen werkeln zu dürfen.«

»Dein Verlangen soll gestillt werden. Im Kühlraum liegen noch massig frische Rosen, die entstachelt werden müssen, in den letzten Tagen war hier so viel los, dass ich es nicht geschafft habe.«

Der Pfingstmontag setzt all den vorangegangenen Tagen noch einen Berg drauf. Es ist abends, kurz vor acht. Das *Baccara* ist verwüstet, als hätte eine Horde Teenager eine Woche darin gewohnt. Von meiner Frisur ist nichts mehr übrig, in meinem Kopf hämmert eine Spechtfamilie und mein Magen benimmt sich sehr unhöflich. Am liebsten würde ich mich hier und gleich und sofort auf dem Ladentisch zusammenrollen und schlafen. Der Gedanke, noch nach draußen gehen zu müssen und heimzufahren, um dann morgen früh wieder hier antreten zu müssen, lässt mich regelrecht aufschluchzen.

Mein Schwung aus Salzburg – weg.

Meine Zuversicht – weg.

Mein Lebenstraum – weg.

Mitten im Laden setze ich mich auf den Boden, die Knie ziehe ich nah zu mir heran, das Kinn lege ich darauf. Mit den Armen umschlinge ich mich selbst. Und für einen Moment schließe ich meine brennenden Augen … nur für einen Moment.

Auf meiner Wange krabbelt etwas und ich versuche, danach zu greifen. Warme Finger umschließen meine und selbst in meinem unruhigen Halbschlaf erkenne ich sie.

»Philip«, murmele ich und öffne die Augen.

Ich sehe in sein Gesicht, welches sich über mich beugt. Und ich sehe Sorgen darin, viele Sorgen. Sorgen um mich. Mir wird kälter als mir ohnehin schon ist und ich zittere immer stärker. Meine Zähne schlagen mittlerweile aufeinander. Philip fasst an meine Stirn, doch an der Wärme seiner Hand spüre ich, dass sie kalt ist, genauso kalt wie der Rest meines Körpers.

Philip hebt mich hoch und trägt mich zu dem kleinen Sofa in der Teeküche. Dort nimmt er mich auf den Schoß und hält mich so lange fest, bis das Zittern nachlässt und ich seine Wärme in mich aufgenommen habe.

»Da lasse ich dich nur mal kurz aus den Augen und schon schläfst du mir wieder ein, du Murmeltier.« Sein Ton soll gewiss leicht klingen, aber seine Worte fühlen sich gebirgsschwer an in meinem Herzen.

Und die Entscheidung ist gefallen.

37

N wie Neu

Nelke

Gelb? Rot? Weiß?
Alle Nelkenfarben in einem Strauß?
Das geht doch nicht!
Das verstehe ich nicht!
Das widerspricht sich doch alles!
Weißt Du was, frag ihn doch einfach selbst, denn –
ganz im Vertrauen – versteckt sich zwischen all den
Blüten vermutlich gar keine tiefschürfende Bot-
schaft von ihm, denn er möchte Dir lediglich eine
Freude machen, mit ein paar bunten Blümchen, die
er so aus Lust und Laune zusammensammelte.
Und das Beste daran, Du hast es verdient!

***

»Ich werde das *Baccara* aufgeben.«

Cinda lässt den Teddy fallen, den sie sich eben von meinem Bett auf ihren Schoß gesetzt hat. Viktoria sieht zu Philip hin, der hinter mir auf dem Bett sitzt. »Wie bitte?«

Offensichtlich bin ich keine adäquate Ansprechpartnerin mehr für Viktoria.

»Ich glaube, ich habe mir diesen ominösen Virus nur eingeredet, um mir nicht eingestehen zu müssen, dass ich mit dem Rosenladen überfordert bin.«

Ich höre eine dreistimmige Erwiderung.

»Glaubst du?« Viktorias Beitrag Nummer eins.

»Das fällt dir ganz plötzlich, nach fünf Jahren ein?« Cindas Kommentar Nummer eins.

»Das ist es nicht.« Philips Erwiderung Nummer eins.

»Nun schaut nicht alle so erschrocken.« Ich schicke ein beruhigendes Lächeln in die Runde. »Es geht mir gut. Es ist einfach an der Zeit für mich, etwas Neues anzufangen. Vielleicht mit weniger Verantwortung.«

Wieder die Dreiergruppe.

»Wieso siehst du dann so aus, als kneifst du dich gerade selbst?« Viktorias Beitrag Nummer zwei.

»Und was bitte soll das sein?« Cindas Kommentar Nummer zwei.

»Irgendetwas stimmt da nicht.« Philips Erwiderung Nummer zwei.

»Ich möchte nicht mehr auf allen Vieren zur Arbeit kriechen, um dann nur noch einbeinig nach Hause zu humpeln. Versteht mich doch! Ich habe mir in Salzburg eine Frist gesetzt und ich habe noch nicht einmal richtig angefangen, schon wachsen mir die ganzen Rosen wieder über den Kopf!«

Ein drittes Terzett.

»Mumpitz!« Viktoria, die Dritte.

»Humbug!« Cinda, die Dritte.

»Schmarren!« Philip, der Dritte.

»Wie ihr wollt! Mir war klar, dass ihr dagegen reden würdet. Aber wisst ihr was, es ist mir egal!«

»Es ist dir nicht egal. Und uns auch nicht.« Cinda steht auf und setzt sich neben Viktoria zu mir aufs Bett, auf dem ich im Schneidersitz hocke. Sie reicht mir ein Taschentuch und nimmt meine Hand. »Du kannst dich bestimmt noch an letztes Jahr erinnern, als ich zu den siebzigsten Geburtstagen meiner Großeltern nach Grafenburg gefahren bin?«

Ich nicke und wische mir eine Träne aus dem Augenwinkel.

»Asta, Ricarda und meine Mutter gaben sich die allergrößte Mühe, mich zu vergraulen. Ich war verzweifelt und müde und fühlte mich tief elend. Und fast hatten sie es geschafft, ich hatte sogar schon meine Tasche gepackt. Doch es war nicht richtig, das habe ich gespürt und meine Intuition hielt mich dort fest. Und ich war erfolgreich damit.«

»Ich habe aber keine Stiefschwestern, die mir Böses wollen«, erwidere ich bockig.

»Aber eine Cousine.«

Wir wenden uns alle gleichzeitig zu Viktoria um, die ihre Augenbrauen weit nach oben zieht.

»Was meinst du damit?«

»Bevor Juta in den Laden kam, war alles bestens bei dir. Und nun ...«

»Ohne Jutas Hilfe im *Baccara* hätte ich den Rosenladen schon vor Wochen schließen müssen. Gestern und heute ist sie schon wieder allein im Laden.«

Viktoria zuckt mit den Schultern. »Ich meine ja nur. Denk mal, wie es bei mir letzten Herbst war. Als ich meinen Job hingeschmissen habe. Wie sehr habe ich mich die Wochen davor gequält und das nicht nur bei der Arbeit. Bei dir ist es irgendwie anders. Sobald du ausgeschlafen und etwas gegessen hast, ist alles wieder gut und du kannst nicht schnell genug zurück zu deinen Rosenbabys kommen. Das passt für mich alles nicht zusammen.«

Ich gerate ins Grübeln. Da ist etwas dran. In dem Moment, in dem ich mich wieder ausgeschlafen fühle, will ich nichts lieber, als in meinem Laden wirbeln. Aber ich habe es doch schon mit mehr Schlaf versucht.

Verflixt! Wie ich es auch drehe und wende, ich kann mein Seelenknäuel nicht entwirren.

»Vielleicht tropft Juta dir ja Baldrian in den Kaffee«, scherzt Cinda.

»Unwahrscheinlich, da ich meinen Kaffee selbst mache.«

»Dann reicht sie dir eventuell immer mal wieder eine schöne rote Apfelhälfte?« Viktoria macht eine entsprechende Geste mit ihrer Hand in meine Richtung.

Ich schüttele den Kopf. »Auch das nicht. Meist hole ich uns etwas aus dem *Sahneklecks*. Und nun redet mir nicht noch ein, dass Florentina mit Juta im gleichen Märchen steckt!«

»Ihr seid mir schon ein magisches Trio.« Warm umfangen mich Philips Arme und ich lehne mich an ihn. »Echte Märchenfrauen.«

Der leichte Ton meiner Freunde hilft mir bei meiner schmerzhaften Grübelei. Es ist lästig, entweder fühle ich mich bereit zum Jauchzen oder ich will mich verkriechen, am besten unter der dicksten Bettdecke, die ich finden kann. Solche Gefühlsschwankungen kannte ich nicht einmal als Teenager.

Schweigend hängen wir Vier unseren Gedanken nach, als das Telefon klingelt. Mit einem Satz sitzen wir aufrecht. Cinda angelt nach dem Telefon auf meinem Schreibtisch und reicht es mir.

»Hey Mum.« Ich winke den Mädels und Philip kurz zu, die aufstehen und aus dem Zimmer gehen.

»Hello Love. Von dir höre ich so lange nichts mehr. How are you?«

Soll ich ihr meinen Kummer beichten? Aber wozu sie aufregen? Sie ist weit weg von mir in London zu einer Ausstellungseröffnung ihrer neuesten Gemälde.

»So weit ist alles beim Alten. Und bei dir?«

»Fabulous. Aber stelle dir vor, in Auntie Tiffanys Wohnung wurde eingebrochen worden. Das ganze Haus wurde beraubt, mittig im Tag. Wir sind so froh, weil wir sind zusammen in good old London.«

»Au wei! Hoffentlich war Juta nicht gerade da. Wurde die Wohnung arg verwüstet?«

»No, no. Die Diebe wollten nur the modern technic. Aber warum sollte your cousin denn gewesen sein dort?«

»Ich denke, sie wohnt bei Auntie.«

»But dear, redet ihr nichts miteinander? Juta wohnt längst wieder in ihrer alten Wohnung.«

»Warum hast du mir das nicht erzählt?«

»Why? Ist es interessant?«

Ich weiß nicht, ist es interessant? Was verschweigt mir Juta noch so alles?

»Mum, danke für den Anruf. Ich möchte nicht unhöflich sein, aber ich muss jetzt los.«

»It's fine. Bye, Love.«

Meinem ausgeschlafenen Hirn lässt diese Information keine Ruhe. Langsam tausche ich meine bequeme Kleidung gegen eine Jeans und einen leichten Pullover.

Meine Mum meinte, Juta wohne wieder in ihrer alten Wohnung. Bei Erik? Und wie kommt sie ausgerechnet auf einen Blumenladen in Bonn? Warum gerade an den arbeitsreichen Pfingsttagen?

Wieso fühle ich mich überall wohl und habe Sehnsucht nach meinem Rosenladen, nur nicht, wenn ich dort bin? Und warum hatte ich solche Aussetzer nicht schon in den Jahren davor?

Ich habe schon immer viel im *Baccara* gearbeitet. Gerade zu Beginn, als ich es neu eröffnet hatte. Und immer ging es mir völlig easy von der Hand, eigentlich fühlte es sich gar nicht wie Arbeit an. Ist das jetzt die Rechnung dafür? Vielleicht ein Burn-out? Oder Bore-out?

Ich googele schnell nach den beiden outs. Doch die Ergebnisse decken sich nicht einmal im Ansatz mit meinen Empfindungen. Selbst mit viel gutem Willen komme ich nicht in die Nähe eines Burn-outs. Oder Bore-outs.

Zur Sicherheit suche ich noch schnell nach einem ominösen Virus, der einen periodisch – vor allem bei der Arbeit – schachmattmüde und übel im Magen macht. Bis auf den Begriff *akute Arbeitsunlust* finde ich auch hier nichts Brauchbares.

Ich schlendere in die Küche, in der Cinda, Viktoria, Dominik und Philip bei einem späten Abendessen zusammensitzen. Ihr Gemurmel endet abrupt mit meiner Ankunft. Zum ersten Mal in den letzten Tagen lache ich herzhaft auf. Und das tut so richtig, richtig gut.

Cinda, Dominik und Philip stimmen mit ein. Nur Viktoria setzt ihre gesetzte Beratermiene auf und findet das Thema zu ernst für unsere Albernheit.

Über Philip hinweg angele ich mir ein Stück Bauernbrot und Tiroler Speck vom Tisch. »Ich fahre kurz ins *Baccara*. Irgendetwas zieht mich hin.« Vielleicht würde Juta noch da sein – oder vielleicht auch nicht. Ich möchte es darauf ankommen lassen. Fakt ist, ich muss etwas tun und zwar jetzt und sofort.

Philip erhebt sich. »Ich begleite dich.«

»Das ist lieb von dir. Und verstehe mich bitte nicht falsch, aber ich möchte lieber allein fahren.«

Philip zögert und schaut zu Viktoria. Mit Blicken diskutieren sie, ob ich allein gehen darf oder ob es sich lohnt zu streiten.

»Wie du möchtest. Aber ich begleite dich wenigstes noch zum Auto. Und wenn du bis Mitternacht nicht wieder zurück bist, komme ich nach.«

Im *Baccara* ist es dunkel. Ich weiß gar nicht so recht, ob ich dies schade finde oder erleichtert bin.

Langsam schreite ich durch meinen Rosenladen. Wie kann ich nur glauben, dass er mir zur Last fällt. Ich lebe hier meinen Lebenstraum und seitdem ich Philip gefunden habe, bin ich komplett in allem – meinem Kopf, meinem Herzen und meiner Seele.

Was für ein absurder Gedanke, den Laden aufgeben zu wollen. Ein frischer Energieschub treibt mich an und ein unbändiger Wille zum Durchhalten erfasst mich.

Ich setze mich mit überkreuzten Beinen auf den Ladentisch, an dem ich schon so viele Tausend Sträuße gebunden und Gestecke gezaubert habe. Der ganz eigene Duft meiner Rosen nach Honig, Vanille und

Sonne umfängt mich. Ich atme tief die würzige Luft ein und lasse sie in mich fluten.

Ich spüre nichts, was mich müde macht, mich erschöpft, mich an mir selbst zweifeln lässt. Ich fühle nur Geborgenheit.

Nach einer Weile hopse ich vom Tisch und gehe in die Teeküche. Ich schalte die antike Tiffany-Lampe in Form einer Rose ein, die mir meine Freunde zur Eröffnung schenkten. Warmes Licht erhellt den Raum.

Neben dem Sofa steht ein abschließbarer Schrank, den Juta und ich jedoch so gut wie nie nutzen, da wir meist unsere Sachen in eines der Regale unter dem Ladentisch stopfen.

Die Schrankseite, die ich Juta am Anfang leergeräumt habe, ist verschlossen. Der Schlüssel steckt nicht und auch der Ersatzschlüssel, der immer in der Schublade unter der Kaffeemaschine liegt, ist fort.

Ich habe Juta noch nie dabei beobachtet, wie sie diesen Schrank nutzt. Warum also ist er verschlossen?

Das geht dich gar nichts an, schimpft meine gut erzogene innere Stimme mit mir.

Und ob es mich etwas angeht, kontert meine Kämpferstimme, steh ein für deine Leidenschaft. Das *Baccara* ist dein Rosenladen!

Aus der Werkzeugkiste unter der Spüle krame ich einen dicken Schraubendreher heraus und hebele damit die Schranktür auf.

Wie einfach das geht. Wozu dieser Schrank ein Schloss hat, wundert mich dann doch nach diesem leichten Einbruch.

Los Rosanna, lenk dich nicht ab. Öffne ihn!

Und ich öffne die Schranktür. Darin befinden sich zwei Paar Gartenhandschuhe, Fingerschutzkappen aus Silikon, zwei Glaspipetten und eine braune Flasche mit einem Etikett: *Sommeilus estomacus.*

Und sämtliche Puzzleteile fallen an ihren Platz.

Kurz vor Mitternacht lege ich mein altes Botanikbuch neben mich auf den Ladentisch. Wieder sitze ich im Schneidersitz auf dem Tisch, vor mir die Flasche. Mehrere Kerzen werfen ihren flackernden Schein auf die farblose Flüssigkeit und lassen sie funkeln.

Sommeilus estomacus: Pflanze aus der Gattung der Mieskräuter aus der Familie der Nachtschattengewächse; krautige Pflanze mit trichterförmiger, olivgrüner Blüte; besonders die Knolle und die Blüte sind stark giftig und führen bei regelmäßiger Aufnahme zu extremer Schläfrigkeit bis hin zur Teilnahmslosigkeit und zu Übelkeit und Erbrechen; in der Medizin wird Sommeilus estomacus als Narkotikum verwendet

Wieder und wieder lese ich den Absatz, ich kenne ihn auswendig und hoffe doch, etwas anderes zu lesen.

Ich reibe über meine Fingerkuppen, die ich mir in den letzten Jahren so oft zerstochen habe. Wie einfach es für Juta doch war, mir dieses Zeug zu verabreichen. Ein paar Tropfen gezielt auf die Dornen aufgebracht und ich habe mich jedes Mal selbst geimpft.

Warum?

Es dauert nicht lange und die Antwort kommt zur Tür herein.

Juta läuft langsam auf mich zu. Sie trägt einen feinen cremefarbenen Poncho zu einer engen weißen Jeans. Ihr Haar fließt ihr locker geflochten über die Schulter.

Ein Hauch von *Belle Rose Noir* umschmeichelt meine Nase.

Juta lächelt mich zart an und ihre grauen Augen schimmern silbern im Kerzenlicht. So ähnlich wir uns auch sehen mögen, in diesem Moment erkenne ich nicht ein Stück von mir in ihr.

»So hat Dornröschen doch noch die Spindel gefunden.«

Ich starre sie an und suche in ihrem schönen Gesicht nach etwas, irgendetwas. Doch da ist nur Leere.

»Ich habe den Schlüssel auf dem Autositz gefunden, der muss dir beim letzten Mal wohl aus der Hosentasche gerutscht ...« Erik hält auf der Türschwelle inne, als er mich sieht.

»Ich denke, den brauchen wir nicht mehr.« Juta dreht sich zu Erik um. »Lässt du uns bitte allein?«

Erik sieht von Juta zu mir und wieder zurück zu Juta. Dann nickt er und verlässt rückwärts das *Baccara*. »Ich warte im Auto auf dich.«

Juta widmet mir wieder ihre volle Aufmerksamkeit. Mit verschränkten Armen steht sie vor mir, es gruselt mich fast schon, wie sie mich anlächelt.

»Deswegen hast du dir nie die Finger zerstochen, nicht wahr?«

»Nicht nur. Es war nicht ganz gelogen, dass ich es hasse, Rosen ihre Stacheln abzuschaben.«

»Und der Rauswurf bei *Fleurir*?«

»Fand nicht statt.«

»Die Trennung von Erik?«

Juta schüttelt den Kopf. »Und ich muss mit Stolz zugeben, dass die Geschichte mit der Praktikantin auf unserem Küchentisch meiner Feder entstammt.«

»Dein Vorstellungsgespräch in Bonn?«

»Was bitte schön soll ich in Bonn? Geranien für Fensterbänke von Vorort-Eigenheimen züchten?« Sie zieht die Stirn kraus und ihr Lächeln sieht nur noch spöttisch aus. »Ich wollte dir ausreichend Gelegenheit geben, ordentlich viel zu arbeiten, damit du dich auch bald wieder so richtig elend fühlst.«

Ich ringe um Worte, doch die Entrüstung, die sich wie Brennnesselsaft in mir ausbreitet, findet in meinem Vokabular kein Ventil.

»Gib es zu Rosanna, du warst so kurz davor, mir das *Baccara* anzubieten.« Juta presst den Zeigefinger auf den Daumen. »Ich hätte mich selbstverständlich am Anfang etwas geziert aber beim zweiten oder dritten Mal hätte ich dir den Gefallen getan.«

»Warum, Juta?« Meine Stimme ist so gut wie tonlos.

Ihr fieses Lachen kratzt nicht nur an meinem Trommelfell, sondern auch an meinen Nerven. »Ich habe dir schon vor Wochen gesagt, dass ich eifersüchtig bin. Doch dein großes Mädchenherz konnte gar nicht anders, als mir zu verzeihen.«

»Dass du mich mit Philip auseinandergebracht hast, war ebenso Teil deines Plans?« Ich bin kurz davor, eine der brennenden Kerzen nach ihr zu werfen.

»Na ja, sein Auftauchen war mir nicht gerade recht. Immerhin trägt ein Liebster seine Angebetete auf Händen und kümmert sich, wo er nur kann. Aber du romantisches Ding musstest dich ja Hals über Kopf in ihn verlieben. Drum machte ich aus der Philip-Zitrone einen Saft und verabreichte dir eine ordentliche Dosis Liebeskummer. Zusammen mit der vielen Arbeit, die du regelmäßig stemmst, kann dies durchaus zu ernstzunehmenden Erschöpfungszuständen führen.«

»Ich hätte zum Arzt gehen können.«

»So what. Du hast keine Beweise und du weißt das. Die Alkaloide von *Sommeilus estomacus* reichern sich im Körper nicht an. Innerhalb von vierundzwanzig Stunden befindet sich kaum noch etwas davon in deinem System. Und selbst wenn, du arbeitest in einem Blumenladen, da kommt es schon vor, dass man hin und wieder mit giftigem Unkraut in Berührung kommt.«

»Warum willst du meinen Rosenladen? Du bist so talentiert, du würdest aus jedem Alpenveilchen ein Musthave machen.«

»Weil es dein *Baccara* ist.«

»Ich verstehe nicht.«

»Immer ist alles deins. Du bist die Tochter deiner berühmten Mutter, ich bin bloß die Tochter ihrer Assistentin. Deine Mutter hat meiner Mutter deinen Vater weggenommen!«

»Das ist doch Blödsinn! Mum hat Daddy zuerst kennengelernt und sie haben sich beide nie für andere interessiert. Und deine Mutter liebt ihren Job bei Mum, sie will ihre eigene Kunst gar nicht öffentlich machen.«

»Das redet sie sich doch nur selbst ein. Meine Mutter hätte damals zu Granny gehen sollen – aber nein – sie hat sich lieber heimlich mit irgendeinem Loser getroffen und deine Mutter geschickt. Und die hat dort deinen Vater getroffen und ihn sich geschnappt.«

Jetzt reicht es! Ich entwirre die Beine und springe vom Tisch.

Auf Augenhöhe stehen Juta und ich uns gegenüber. Mit voller Klarheit sehe ich Jutas verschobene Sicht auf unsere Familie vor mir und mir ist auch klar, dass ich diese nicht würde korrigieren können. »Denk darüber, was du möchtest, es ist mir egal, da es totaler Schwachsinn ist. Aber das Eine hat nichts mit dem Anderen zu tun. Meinen Rosenladen habe ich mir ganz allein aufgebaut. Deine Fehde entbehrt jeglicher Grundlage!«

»Du kotzt mich an!«

Ehe ich weiß, was meine rechte Hand macht, knalle ich Juta eine Ohrfeige. Deutlich zeichnet sich der Abdruck auf ihrer blassen Wange ab.

»Verlasse auf der Stelle meinen Rosenladen. Ich will dich weder auf einer unserer Familienfeiern sehen, noch in der Nähe meiner Eltern. Am liebsten würde ich dich auch von deiner Mutter fernhalten, denn so ein Biest wie dich hat Tiffany nicht verdient. Aber das kann ich ihr nicht antun.«

»Du bist so ein Gutmensch. Nicht einmal jetzt traust du dich, gegen mich vorzugehen.«

»Das habe ich bereits getan. Vor einer halben Stunde habe ich meiner Anwältin eine E-Mail gesendet, in der ich ihr alles Notwendige mitgeteilt und sie für morgen um einen Termin gebeten habe. Und wie ich meine Anwältin kenne, wird sie mir diesen mit Genuss gewähren.«

»Gut gebrüllt, Löwe.«

»Du tust mir leid, Juta. Denn das Ganze ist nur in deinem Kopf.«

Jutas Blick flackert. Vielleicht war es aber auch nur das Kerzenlicht. Dann dreht sie sich um und verlässt das *Baccara*.

Mein Gedankenkarussell trudelt aus und es ist nicht nur still um mich herum, sondern auch in mir. Für einen Moment genieße ich es, wieder ich selbst zu sein, ehe ich die Kerzen auspuste.

Auf dem Weg zum Auto kommt mir Philip entgegen. Ein voller Mond scheint auf seine schwarzen Haare, die in dem blauweißen Licht glänzen. Mein Herz schlägt schneller und ich umarme ihn so fest, wie ich nur kann.

»Danke fürs Abholen«, murmele ich an seinem Hals und atme tief seinen würzigen Philip-Geruch ein.

»Jederzeit. Ich war übrigens schon darauf vorbereitet, dich wieder wachzuküssen.«

»Dazu wirst du noch viele Gelegenheiten haben und im Übrigen darfst du mich gern auch in den Schlaf küssen.«

»Auf dieses Angebot habe ich nur gewartet.« Mit Schwung hebt mich Philip hoch und ich schlinge die Beine um seine Hüfte. Zart treffen unsere Lippen aufeinander und wir vergessen die Welt um uns herum in unserem Kuss.

Wir küssen uns zärtlich und leidenschaftlich und ungestüm und innig – und wir werden uns noch bis in alle Ewigkeit so weiterküssen.

38

Happily Ever After

»Wisst ihr noch, wie wir vor einem Jahr hier standen?« Cinda beugt sich zu ihren Freundinnen Viktoria und Rosanna. Gemeinsam stehen sie am Geländer ihrer Dachterrasse, die warme Junibrise lässt ihre bunten Kleider in der Abenddämmerung flattern, eine Symphonie aus Vogelgezwitscher ertönt aus den blühenden Robinien vor ihnen und Glühwürmchen tanzen als Lichtpunkte durch den Garten.

»Vor einem Jahr hast du hier eine Sternschnuppe gesehen und dir etwas gewünscht.« Rosanna schaut hinauf in den Sternenhimmel und spielt dabei mit dem langen geflochtenen Zopf, der ihr über die Schulter hängt.

Viktoria lächelt verträumt. »Und ein paar Wochen später gab es für mich eine Wunsch-Sternschnuppe.«

»Dafür hat der Frühling dir deine gebracht.« Cinda legt den Arm um Rosannas Taille, die wiederum den anderen Arm um Viktoria schlingt.

»Meint ihr, es wäre auch so passiert?« Rosanna spricht aus, was zugleich die anderen denken.

Versonnen suchen sie zwischen den Sternen über sich nach einer Antwort. Doch es bleibt still am Nachthimmel.

»Womöglich fallen immer genau dort die Wünsche vom Himmel, wo sie herbeigesehnt werden.« Rosanna sieht in die Richtung, in der sie ihre Sternschnuppe gefunden hatte. Ihr Kampf mit Juta hat sie stärker gemacht und dennoch musste sie nichts von ihrem Glauben an das Gute dreingeben.

Auch Cindas Augen suchen ihre Sternschnuppenstelle. »Ein schöner Gedanke.«

Viktoria schweigt, denn wenn sie eines im letzten Jahr gelernt hat, dann, dass es mehr Realitäten gibt, als die, die sie anfassen und ausrechnen kann.

Zusammen drehen sich die drei Freundinnen um und lehnen sich an das Terrassengeländer. Vor ihnen auf der Dachterrasse steht ein großer Esstisch. Eine weiße Leinentischdecke reicht bis zum Boden und gedeckt ist er mit bunt gesprenkelten Keramiktellern, Kristallgläsern und Silberbesteck. In der Mitte thront ein Gesteck aus silberweißen *Cendrillon* Rosen umrahmt von feenstaubroten *Esfera de Oro* und sonnengelben *Aurora*.

An dem Tisch sitzen drei Männer, vertieft in ein Gespräch und hin und wieder fliegt ein tiefes Lachen zu Cinda, Viktoria und Rosanna.

»Erinnert ihr euch daran, als ihr Philip das erste Mal im Hotel Calla begegnet seid?« Rosanna sieht zu Philip, der zu ihr aufschaut. Sein Lächeln verstärkt sich, während sein Blick voller Liebe auf Rosanna ruht. »Er hat mir später erzählt, dass ihr ihn fürchterlich nervös gemacht habt. Er hatte das Gefühl, einer Prüfung standhalten zu müssen, deren Thema er nicht kennt.«

»Zu Recht.« Viktoria nickt zur Bestätigung. »Für dich ist der Beste gerade gut genug. Das gilt selbstverständlich auch für Cinda und mich.«

Cinda streicht sich eine Haarsträhne aus dem Gesicht, welche ihr ein Windhauch immer wieder auf die Wange pustet. »Es ist viel passiert im letzten Jahr.« Und neben David kennenzulernen, war es das Beste für sie, sich endlich von den Schatten ihrer Stiefschwestern und ihrer Mutter gelöst zu haben. Die drei können Cinda nicht mehr angreifen, denn sie bietet ihnen keine Angriffsfläche mehr.

Cinda neigt den Kopf zur Seite und betrachtet Davids Profil mit den zerzausten Haaren. Wie es aussieht, erzählt er den anderen beiden Männern eine wilde Abenteuergeschichte. Warm durchströmt sie die Liebe und lässt ihr Herz fliegen.

Viktoria kichert kurz auf. »Das Lustigste war definitiv, dass du aus deinem zerfetzten Ballkleid Designer-Putzlappen für deine Stiefschwestern und deine Mutter genäht hast. Die Putzerei, nachdem die drei versteigert worden waren, ging ihnen damit garantiert stilechter von der Hand.«

»Das war eine gute Sache, meine Liebe. Die Kombination aus Luxus-Putzhilfe und Seiden-Putzlappen hat richtig viel Geld auf der Spendengala eingebracht.« Cinda schmunzelt und ihre Augen funkeln bei dem Gedanken an dieses i-Tüpfelchen, welches auf das Geburtstagswochenende folgte. »Ich glaube, meine Großmama hat ein diebisches Vergnügen daran, einen der Putzlappen wie zufällig immer wieder im Haus da und dort auftauchen zu lassen, damit meine Mutter nicht allzu schnell vergisst.«

»Was uns wohl das nächste Jahr bescheren wird?« Viktoria winkt Nik zu, der sie anlächelt. Voller Zuneigung verschränken sich ihre Blicke und ihre Seelen.

»Als Erstes auf jeden Fall die Hochzeit deiner Schwester.« Mit Schwung dreht sich Cinda im Kreis. »Ich kann die Feier kaum noch abwarten! Da können wir endlich mal wieder unsere Ballkleider anziehen und die Nacht im Walzerrausch durchtanzen.«

»Bist du fertig mit Patrizias Hochzeitskleid?«

»Aber sicher doch! Wir wollen in den nächsten Wochen eine letzte Anprobe zelebrieren und dann kann geheiratet werden.«

»Mädels, ich freue mich so auf unseren Urlaub. Und dass unsere Jungs dabei sein werden.« Rosanna schlingt die Arme um ihre Freundinnen und gemeinsam gehen sie zurück zum Esstisch und setzen sich.

Lucinda zu David, Viktoria zu Dominik und Rosanna zu Philip.

Lachen und Liebe bestimmen noch lange in dieser Nacht die Gefühle und verknüpfen die Freundschaft zwischen ihnen untrennbar miteinander. Und mit jedem liebevollen Gedanken leuchtet irgendwo auf der Welt eine Sternschnuppe auf und erfüllt Wünsche, so alt wie die Sterne selbst.